NINGUÉM PRECISA ACREDITAR EM MIM

JUAN PABLO VILLALOBOS

Ninguém precisa acreditar em mim

Tradução
Sérgio Molina

Copyright © 2016 by Juan Pablo Villalobos
Editorial Anagrama S. A.

*Grafia atualizada segundo o Acordo Ortográfico da Língua Portuguesa de 1990,
que entrou em vigor no Brasil em 2009.*

Título original
No voy a pedirle a nadie que me crea

Capa
Elisa von Randow

Preparação
Sheyla Miranda

Revisão
Valquíria Della Pozza
Luciane Helena Gomide

Dados Internacionais de Catalogação na Publicação (CIP)
(Câmara Brasileira do Livro, SP, Brasil)

Villalobos, Juan Pablo
   Ninguém precisa acreditar em mim / Juan Pablo Villalobos ;
tradução Sérgio Molina — 1ª ed. — São Paulo : Companhia das
Letras, 2018.

   Título original: No voy a pedirle a nadie que me crea.
   ISBN 978-85-359-3127-3

   1. Ficção mexicana I. Título.

18-15789   CDD-m863

Índice para catálogo sistemático:
1. Ficção : Literatura mexicana   m863

Iolanda Rodrigues Biode – Bibliotecária – CRB-8/10014

[2018]
Todos os direitos desta edição reservados à
EDITORA SCHWARCZ S.A.
Rua Bandeira Paulista, 702, cj. 32
04532-002 — São Paulo — SP
Telefone: (11) 3707-3500
www.companhiadasletras.com.br
www.blogdacompanhia.com.br
facebook.com/companhiadasletras
instagram.com/companhiadasletras
twitter.com/cialetras

O humorismo é o realismo levado às últimas consequências. Tirando muita literatura humorística, tudo o que o homem faz é risível ou humorístico.

Augusto Monterroso

Esta cidade é tão triste que, quando alguém ri, ri mal.

Nacho Vegas

A Barcelona hi viuen uns quants mexicans, correctes i discrets, que ja s'ha vist que no donen cap molèstia. No se m'acudirà mai d'esperar que han d'escriure a casa seva o als seus diaris i revistes afirmant que el Tibidabo els té fascinats o que els catalans som una gent estupenda.*

Pere Calders

---

* Em Barcelona vivem alguns mexicanos, corretos e discretos, que evidentemente não oferecem nenhum incômodo. Nunca me passará pela cabeça esperar que eles escrevam a seus parentes ou em seus jornais e revistas afirmando que o parque Tibidabo os fascina ou que os catalães são um povo estupendo. (N. T.)

Sumário

9 Um
81 Dois
185 Três
251 Epílogo

UM

Tudo depende de quem conta a piada

Meu primo me ligou dizendo: quero te apresentar os meus sócios. Ficamos de nos encontrar no sábado às cinco e meia, no shopping Plaza México, na frente do cinema. Cheguei, eram três, mais o meu primo. Todos com uma penugem escura em cima do lábio (tínhamos dezesseis, dezessete anos), o rosto coberto de espinhas que supuravam um líquido viscoso e amarelado, quatro narizes enormes (cada um o seu), fazendo o cursinho dos jesuítas. Apertamos as mãos. Perguntam de onde eu sou, dando de barato que não sou de Guadalajara, talvez porque ao apertar as mãos fiquei com o polegar apontando para o céu. Digo que sou de Lagos, que morei lá até os doze anos. Não sabem onde fica. Explico que em Los Altos, a três horas de carro. Meu primo diz que a família do pai dele é de lá e que o pai dele e o meu são irmãos. Ah, dizem. Somos alemães de Los Altos, meu primo explica, como se fôssemos uma subespécie da raça mexicana, *Alemanus altensis*, e os sócios se entreolham com um brilhinho malicioso no seu olhar de classe média alta guadalajarense, ou classe alta baixa, ou até de aristocracia decadente.

Que negócio vocês estão montando?, pergunto antes que o meu primo comece a detalhar os estragos genéticos causados pelos soldados franceses durante a Intervenção, a origem oitocentista e bastarda de nossos olhos azuis e nosso cabelo loiro, ou melhor, castanho-claro. Um campo de golfe, diz meu primo. Em Tenacatita, diz um outro. Os terrenos são do sogro do irmão de um amigo, diz um terceiro. Na semana que vem, vamos almoçar com ele no Club de Industriales para apresentar o projeto, diz o último que faltava falar. Aí começam a me explicar que o único problema é a água, que é preciso muita água para manter os *greens* verdes. Mas o cunhado do vizinho do meu primo é diretor da agência de águas do estado, diz um outro. É só a gente molhar as mãos certas, diz outro. Todos concordam, espinhas para cima e para baixo, cheios de certeza. Só precisamos de um sócio capitalista, completa meu primo, para levantar dois milhões de dólares. Pergunto quanto eles já levantaram. Respondem que trinta e cinco mil pesos novos. Faço as contas de cabeça: dá perto de quinze mil dólares (isso se passa em 1989). Trinta e sete, corrige um outro, acabei de conseguir mais dois mil com a irmã de uma amiga da minha irmã. Todos trocam abraços comemorando os dois mil pesos novos. E aí, vamos ao cinema?, pergunto, porque aos sábados meu primo e eu costumávamos pegar a sessão das seis. Discutimos os filmes em cartaz: são dois de ação, um com Bruce Willis, outro com Chuck Norris. O sujeito dos dois mil pesos diz que não tem ninguém na casa dele, que sua família foi passar o fim de semana em Tapalpa e que ele sabe onde o pai esconde uma coleção de filmes pornô. E que ele mora ali perto. Atrás do Plaza. Em Monraz. Vamos lá? Algumas espinhas estouram de excitação, como ejaculações precoces purulentas.

O anfitrião escolhe o filme. O título é *Psicólogas na frente e safadas por trás*. Tiramos na sorte a vez de nos masturbarmos, um por um. Meu primo vai primeiro e, apesar do limite de dez minutos por cabeça, demora uma eternidade. Enquanto seus sócios e eu esperamos a vez, explodindo de tesão e bebendo coca-cola, sou submetido a um interrogatório, numa sala decorada como se fosse uma casa de fazenda colonial, totalmente *fake*, todos sentados em cadeiras superdesconfortáveis, porque ninguém parou para pensar que o estilo neomexicano só funciona nos cenários das novelas. Eles me perguntam se em Lagos tem carros. Se já chegou a eletricidade e o telefone. Se escovamos os dentes. Se meu pai raptou minha mãe montado a cavalo. Respondo que sim, claro. E onde você deixou o chapelão?, perguntam. Esqueci no quarto da tua irmã, respondo para o sujeito que me perguntou, que vem a ser o anfitrião, cujos pais acham que pintar uma casa de fazenda com cores berrantes desbotadas deixa tudo muito chique. Minha irmã tem seis anos, diz o sujeito, furioso, e se levanta para me bater. Fico impressionadíssimo ao saber que a irmã de uma amiga da irmã dele, de seis anos, tinha dois mil pesos novos para investir no projeto de um campo de golfe. Se a amiga for uma colega da escola, do primeiro ano primário, e também tiver seis anos, quantos anos pode ter a irmã dela? Oito, dez? Isso se a tal irmã for mais velha. E se for mais nova? Mas já não tenho mais tempo para especulações financeiras, porque o irmão da irmã parte para cima de mim com todas as suas espinhas e o punho pronto para me esmurrar. Levanto de um pulo, arremesso uma melancia de cerâmica que acho numa mesinha e, desmentindo a fragilidade do artesanato de Tlaquepaque, a peça não se quebra, corro pelo jardim afora, escapo da casa batendo a porta, atravesso a rua e vou correndo a toda rente ao meio-fio, como o mocinho de um daqueles filmes de ação que acabamos não vendo, mas com muita dor nos testículos (não tinha chegado a minha vez de me masturbar).

Passaram-se quinze anos, estamos em 2004, meu primo volta a me ligar: quero te apresentar os meus sócios, volta a dizer.

Respondo que ando muito ocupado, que estou me preparando para fazer meu doutorado em Barcelona. Eu sei, responde, teu pai me contou, e é por isso que estou ligando. Não entendo o que uma coisa tem a ver com a outra, digo. Eu te explico ao vivo, quando a gente se encontrar, diz. Sério, não posso, insisto, tenho um monte de coisas pra resolver, só vou ficar uma semana em Guadalajara, ainda tenho que ir ao DF tirar o visto e voltar a Xalapa para acabar de fazer as malas e pegar a Valentina. Você me deve essa, diz, pelos velhos tempos. Vai saber do que ele está falando. Nos velhos tempos, a única coisa que fazíamos juntos era pegar um cinema aos sábados, na sessão das seis. E os velhos tempos não duraram nem um ano, justamente até aquele dia em que eu tive que sair correndo da casa de um dos seus sócios, que queria me linchar. Na noite daquele mesmo sábado, meu primo me ligou para dizer que minha atitude prejudicava seus projetos de negócios. Respondi que ele podia enfiar seus projetos no cu, só que usando uma paráfrase, sem pronunciar a palavra "cu". Depois disso, nunca mais nos vimos. Quando terminei o cursinho, fui morar em Xalapa para fazer letras espanholas na Universidad Veracruzana. Ele entrou em negócios internacionais no Iteso, como bom discípulo dos jesuítas, mas não terminou o curso. Foi morar um tempo nos Estados Unidos, numa cidadezinha perto de San Diego, na casa de uma irmã do meu pai e do pai dele. Disse que ia fazer uma pós-graduação, um MBA, foi o que ele disse para o meu pai, sem levar em conta o detalhe de que, para isso, ele precisaria completar a graduação. Um dos filhos da minha tia, ou seja, um dos meus primos que moram nos Estados Unidos, me contou que ele se instalou na casa dos seus pais e passava o dia inteiro vendo TV, diz que para aprender inglês, só que sempre no canal da Univisión. Depois voltou a Guadalajara e se mudou para Cabo San Lucas. Segundo minha mãe, minha tia disse que ele tinha comprado uma lancha para levar os turistas para ver baleias. Mas, como não tinha licença, o sindicato dos guias baleeiros infernizou a vida dele, até que numa madrugada afundaram sua lancha, que estava atracada numa marina clandestina. Aí ele voltou para Guadalajara. Abriu uma loja de pranchas de surfe em Chapalita, que não deu certo e fechou poucos meses depois. Abriu uma barraquinha de tacos estilo Ensenada na avenida Patria, mas não durou nem duas semanas, foi fechada por ordem dos fiscais da vigilância sanitária da prefeitura de Zapopan. Tudo perseguição, meu pai me disse que meu primo lhe disse na festa de noventa anos do meu avô, à qual faltei porque estava em Xalapa. Um grande complô burocrático. Que no México era impossível fazer negócios. Depois se mudou de novo, dessa vez para Cozumel, onde ninguém sabe muito bem o que ele fez por vários anos. Meu tio disse para minha irmã que ele era garçom num quiosque onde serviam *pescado zarandeado*, embora esse seja um prato do Pacífico, e não do Caribe. Minha tia disse para minha mãe que ele cuidava dos projetos de um grupo de investidores estrangeiros. Só não soube explicar que projetos eram esses, nem de onde eram os investidores supostamente estrangeiros. Supondo que os supostos investidores existissem mesmo. Uma das poucas vezes que por acaso nos reencontramos, no casamento de outro primo, ele berrou ao meu ouvido, em meio ao estrondo dos tambores (a família da noiva era de Sinaloa), que vivia dos seus aluguéis. Pensei que não tinha ouvido direito, principalmente porque naquela época devíamos ter uns vinte e sete ou vinte e oito anos. Vai me dizer que você tem propriedades no Caribe?, perguntei, com toda a malícia do mundo. Tenho, sim, respondeu, dez espreguiçadeiras com guarda-sol. Acabava de voltar para Guadalajara, segundo consta como gerente de projetos de um fundo de investimentos. Alguém da família, não lembro quem, me disse que era dinheiro de aposentados dos Estados Unidos que moravam em Chapala.

Enquanto isso, eu por meu lado tinha dedicado todos esses anos apenas a terminar a faculdade, escrever uma monografia sobre os contos de Jorge Ibargüengoitia, ser bolsista do Instituto de Pesquisas Linguístico-Literárias e dar aulas de espanhol para os poucos estudantes estrangeiros que apareciam em Xalapa.

Garanto que você não vai se arrepender, disse meu primo, quebrando o longo silêncio que se seguiu à sua cobrança de injustificada lealdade, e que eu aproveitei para resumir os quinze anos que separavam os velhos dos novos tempos. Vai te tomar no máximo meia hora, disse. Se não te interessar, você só vai perder meia hora, mas aposto que vai te interessar, sim. Principalmente porque a tua bolsa não vai dar pra nada. Teu pai me falou de quanto é. A vida na Europa é muito cara.

E agora, em vez de contar como acabei concordando em encontrar com meu primo, em vez de me deleitar esmiuçando minha leviandade em concluir que era o único jeito de me livrar dele, em vez de reconhecer que, voluntariamente e com minhas próprias pernas, fui lá me atirar no precipício, prefiro, como diriam os maus poetas, lançar um denso véu sobre esse fragmento da história, ou, melhor dizendo, recorrer aqui e agora aos serviços de uma eficaz e digníssima elipse.

Minha ingenuidade em matéria de negócios era tão grande que eu não sabia que se realizavam reuniões de investidores em porões de inferninhos, e com um dos sócios amarrado numa cadeira, no melhor estilo sequestro. Meu primo me cumprimentou com um movimento das sobrancelhas: estava com o resto do corpo amarrado. A boca, completamente tapada com esparadrapo, mas mesmo assim ele tentou sorrir, sem sucesso. Eram dois, mais o meu primo. Os dois bem fortinhos, como diria minha mãe, ostentando barrigas grávidas de cerveja e muito gel nos seus penteados barrocos, quase rococós, mas com um par de pistolas (uma cada um) que lhes conferia a aparência assustadora negada pela genética (desarmados pareceriam dois gordinhos simpáticos, desses que vivem fazendo guerra de trocadilhos para disfarçar seus impulsos homoeróticos). O porão estava cheio de caixas, com uma lâmpada vermelha pendurada do teto, num toque francamente redundante.

Alguém te viu descer?, pergunta o sujeito que nos esperava no porão, que parece ser o chefe, ao que foi me pegar na livraria Gandhi da avenida Chapultepec, onde eu tinha marcado com meu primo para que ele supostamente me apresentasse a seus sócios, calculando que, já que eu ia perder meu tempo, pelo menos poderia aproveitar para comprar alguns livros de que estava precisando. Negativo, diz o outro, que tinha me encontrado zanzando na seção de literatura mexicana, mais sozinho que estuprador em beco, e perguntado se eu era o primo do meu primo, mostrando uma pistola encaixada na cintura. Tu que é o primo do babaca do teu primo?, ele tinha dito, para ser mais exato, e, quando respondi que não, que não sabia quem era meu primo, ele pegou um celular e vi que olhou a minha foto. Muito pixelada, mas não o bastante para impedir que me reconhecesse. Ah, você é o sócio do Proyectos, muito prazer, eu disse, disfarçando terrivelmente mal. (O nome do meu primo era Lorenzo, mas todo mundo o conhecia como Proyectos.) Vamos lá, ele disse. Lá onde?, perguntei. Ver o babaca do teu primo, respondeu. Pedi licença para pagar uma antologia de aforismos de Francisco Tario que podia aproveitar na minha tese. Imaginei que, agindo com naturalidade, a ameaça da pistola desapareceria. Ele me olhou surpreso (desmentindo minha hipótese) e ameaçou sacar sua concretíssima pistola. Não vou demorar, insisti, é um livro muito raro. Então anda logo, cara, falou, e se postou atrás de mim na fila do caixa, me fazendo cócegas com a pistola naquele ponto onde as costas perdem o nome, como minha mãe gostava de dizer. A fila era insolitamente longa, porque quem gastasse vinte pesos em livros ganhava um desconto nos lanches da esquina. Entramos numa caminhonete com os vidros escuros e sem placa, estacionada em fila dupla, impune como tudo no país, e depois de dar uma umas voltas seguimos pela avenida Vallarta. O sujeito dirigia impecavelmente, como imagino que os bandidos devem dirigir na vida real, ou como deveriam, para não chamar a atenção. Espiei com o rabo do olho e só consegui registrar, antes que ele me repreendesse, que o tal sujeito tinha uma ferida de herpes no lábio superior. Tá olhando o quê?, ele disse com um sotaque do Norte, de Monterrey ou talvez de Saltillo. Tirei o livro da sacola amarela da livraria e comecei a folhear, de puro nervosismo, e porque não sabia onde pôr as mãos e os olhos. Chegando à rotatória de La Minerva, pegamos o sinal fechado.

Tá bom o livro, é?, perguntou ao notar que eu fingia ler, quando todo mundo que me conhece sabe que não consigo ler num carro em movimento, porque logo enjoo. Respondi que sim. Diz aí, disse. Dizer o quê?, perguntei. Lê aí alguma coisa desse livro, porra, respondeu. Fixei a vista ao acaso na página 46 e li: Que coisa, o homem só toma posse da terra depois de morrer. O sinal abriu. Que mais?, ele disse. Só isso, eu disse, é um aforismo. Um pensamento, acrescentei, subestimando os conhecimentos retóricos dos criminosos em geral e daquele que estava dirigindo em particular. O autor é comunista?, perguntou. Era, respondi, já morreu. Mas era ou não era?, insistiu. Hum, não sei, respondi, acho que não, era dono de um cinema. E dono de cinema não pode ser comunista?, perguntou. E se ele só passasse filme comunista? Mas o cinema dele ficava em Acapulco, repliquei. E daí?, ele disse. E daí?, repetiu, deixando claro que não se tratava de uma pergunta retórica e que exigia uma resposta. Coçou a barriga com a mão direita, e, quando levantou a camiseta, voltei a ver a insolente pistola. Tem coisa menos comunista que Acapulco?, perguntei. Acapulco fica em Guerrero, ele disse, que é um ninho de guerrilheiro, verme e cascavel. Mas ele escreveu isso nos anos cinquenta, expliquei, durante a presidência de Miguel Alemán Valdés. E daí?, voltou a dizer. Tem coisa menos comunista que a família Alemán?, perguntei. Mas nada disso impede que o que tu leu seja coisa de comunista, afirmou. Na verdade, é uma piada, expliquei. Pois eu não achei graça nenhuma, cortou. Tô dando risada? Fechei o livro e o enfiei de volta na sacola da livraria, concluindo que era melhor dedicar o resto do trajeto à inócua atividade de fitar o para-brisa do carro.

Sessenta e oito mariposas, borboletas e moscas diversas perderam a vida espatifadas no lado direito do para-brisa, como se a caminhonete tivesse cruzado metade do país, com seu motorista sistematicamente empenhado em não limpá-lo e em evitar que qualquer um dos milhares de pedintes de cruzamentos, estacionamentos e postos de gasolina o limpasse. Finalmente chegamos ao nosso destino, um inferninho na avenida Vallarta, pouco antes de Ciudad Granja.

Tu é o primo desse babaca?, me diz aquele que age como se fosse o chefe, apontando para meu primo com o queixo. Por baixo das cordas que o apertam, consigo ver que meu primo engordou (contrariando a tendência genética da família) e que está bronzeado, se bem que a cor de sua pele também pode ser efeito da combinação da luz vermelha com a pressão da corda. Digo que sim e aproveito para perguntar: hum, desculpem, mas por que ele está amarrado? Porque o babacão não parava quieto, responde meu acompanhante nas compras da livraria. Não faz pergunta babaca, diz o outro, que parece ser o chefe, e em seguida acrescenta: Juan Pablo, não é? Faço que sim com a cabeça. Juan ou Pablo?, diz. Os dois, digo, Juan Pablo. Teu primo falou que tu vai morar na Europa, *Juan Pablo*, diz o que parece ser o chefe. Se tu não vai morar na Europa, se é mentira do babaca do teu primo, fala logo, que já despachamos os dois. Meu primo se contorce na cadeira, tentando se safar das cordas, até que consegue soltar o braço direito, e o que parece ser o chefe lhe acerta uma coronhada na cabeça. Quem foi o merda que amarrou esse babaca?, pergunta. Embora pareça uma pergunta retórica (é o que me pareceu), o outro responde: foi o Chucky, chefe, confirmando minha hipótese de que o sujeito que parecia ser o chefe era mesmo o chefe. Não era o puto do Chucky que foi escoteiro?, diz o chefe. O sangue começa a escorrer pela cabeça do meu primo e a entrar nos seus olhos. Ele pisca com força, como se quisesse ver estrelinhas, o esparadrapo sufocando seus gemidos. O chefe se aproxima, tira um lenço inverossímil do bolso da camisa (acabo de reparar que ele está de terno preto, e por isso desde o início achei que ele fosse o chefe, porque o outro está de camiseta e calça jeans), que desdobra com lentidão para limpar os olhos do meu primo com cuidado, quase com carinho, feito uma Madalena arrependida. Tu tem o coco mais fraco que barro de Tlaquepaque, diz para ele, e em seguida para mim: e então? E então o quê?, digo meio perdido, porque confesso que a ação sempre tem o efeito de atrapalhar meu discurso. Como assim, o quê?, diz. Só falta agora a babaquice ser de família. Se é verdade que tu vai morar na Europa. Digo que sim. Parece aliviado, como se o fato de a União Europeia ter me concedido uma bolsa para fazer meu doutorado na Espanha lhe poupasse o incômodo de me executar. Em seguida, diz: o babaca do teu primo inventou um projeto muito, muito, mas muito babaca, tão babaca que, se tu não for igual de babaca, capaz até que dê certo. Faz uma pausa para coçar o saco com o cano da pistola, e eu chego à conclusão de que, desde Cícero, a espécie humana não tem feito outra coisa senão involuir *ad nauseam*. Hum, antes desamarrem o Lorenzo, digo. Com ele preso, não tem trato. Porra,

Proyectos, tu te chama Lorenzo?, diz aquele que acha que Francisco Tario é comunista. Que trato?, diz o chefe. Pelo jeito, o babaca aí andou vendo muito cinema, chefe, diz o outro. E ele tinha razão: por associação de ideias, ou de pessoas, eu acabava de dizer exatamente o mesmo que Harrison Ford falou para uns terroristas num filme que vi com meu primo em 1989. Mas, afinal de contas, por que raios agora eu resolvia bancar o mártir para defender o meu primo?

Quando é que tu vai?, o chefe me pergunta, enquanto aperta a corda na barriga do meu primo, atendendo às minhas exigências, só que ao contrário. Quando vou pra onde?, digo. Pra Europa, caralho! Pra onde mais é que seria?, diz o chefe. Daqui a três semanas, digo, no final de outubro. É pra Barcelona que tu vai?, diz. Afirmativo, respondo sem querer, por pura imitação nervosa. E o que é que tu vai fazer lá?, pergunta. Meu doutorado, digo. Qual a universidade?, diz. Hum, a Autónoma, digo. Certeza que é na Autónoma?, pergunta. Certeza absoluta, digo. Em que área?, diz o outro. Demoro a responder, duvidando que eles tenham a mais remota noção do que seja um doutorado. Fala logo, porra!, diz o chefe. Hum, em teoria literária e literatura comparada, digo. Isso teu primo já falou, caralho, diz o outro, a gente quer saber sobre o que é a tua tese. Ah, digo, o meu projeto de pesquisa? Como assim, projeto?, diz o chefe. Tu não vai fazer essa porra de tese? Pro inferno os projetos! Muito projeto, muito projeto, pra no fim acabar amarradinho feito uma mortadela. É sobre os limites do humor na literatura latino-americana do século XX, digo, sentindo meu rosto esquentar. Explica essa porra, diz o chefe. Hum, procuro indagar como as noções do politicamente correto, digo, ou da moralidade cristã, atuam como elementos repressores que introduzem o sentimento de culpa no riso, que é espontâneo por definição. Os dois capangas, de fato, reprimem uma gargalhada. Em última instância, acrescento, chega-se ao extremo de querer ditar do que se pode e do que não se pode rir. Ah, peguei, diz aquele que prefere andar com o para-brisa sujo a dar esmolas, como falar que não está certo fazer piada com a gente aqui despachando teu primo pras profundas? Mais ou menos isso, digo. E que é que tu acha?, diz o chefe. Hum, acho que depende, digo. Depende do quê?, ele pergunta. De quem conta a piada, respondo. Se for meu primo, pode ter graça. O babaca do teu primo só sabe contar piada sem graça, diz o outro. Os três olhamos para meu primo, que geme alguma coisa, provavelmente uma defesa inútil de sua comicidade, inútil não apenas porque o esparadrapo sufoca seus argumentos, mas porque, sinceramente, meu primo é mesmo um péssimo contador de piadas. Era só uma hipótese, digo, tem muita diferença entre uma piada contada pela vítima e pelo carrasco. Não fode, diz o chefe, morto não conta piada. Isso é uma ameaça?, pergunto sem pensar, como se não bastasse a visão das pistolas e do meu primo amarrado e sangrando. Os capangas riem às gargalhadas.

E se a tese é sobre a América Latina, por que é que tu vai para a Europa, babaca?, pergunta o chefe quando acaba de rir. Hum, é que eu quero incluir a obra de um escritor catalão que viveu por mais de vinte anos exilado no México, digo. Não é um escritor latino-americano, mas tem dois livros sobre o México que eu defendo que deveriam fazer parte do corpus da literatura mexicana do século xx. Sua obra foi muito mal lida no México, continuo, pouco lida e mal interpretada, interpretada errado, tanto que na época ele até foi acusado de racismo. Parou, parou!, me interrompe o chefe, isso já não é comigo, eu só quero saber se tu não é abestado a ponto de achar que pode enrolar a gente. Negativo, digo. Resolveu fazer graça, é?, pergunta o de camiseta e calça jeans, ameaçando sacar a pistola. Desculpe, digo, é o nervosismo, não estou acostumado. Não está acostumado com o quê?, pergunta o chefe. Hum, com as armas, digo, com ser ameaçado, nunca tinha visto uma pistola, só no cinema, digo. Pois é bom ir se acostumando, diz o chefe. Tu fala catalão?, pergunta. A mudança de assunto me nocauteia. Responde, *chingada*!, diz o chefe. Digo que não, mas que penso em começar a estudar assim que chegar lá, porque não posso fazer uma tese lendo traduções para o espanhol, preciso analisar o original em catalão. É bom mesmo tu dar o sangue, diz o chefe. Dar o sangue no quê?, pergunto. No catalão, caralho!, diz o chefe, de que porra estamos falando? E tanto faz se tu fala ou deixa de falar, tu tem é que entender, que é pros merdas dos sócios catalães não passarem a perna na gente. Entendeu?, pergunta. Digo que sim. E volta a mudar de assunto sem transição, sem ponto e parágrafo, tanto que começo a suspeitar que essa seja a sintaxe do crime organizado: o babaca do teu primo falou que tu vai levar a namorada, diz. Fico calado. Valentina, não é?, pergunta. Continuo calado. Tu conheceu na universidade, não é?, insiste. Supercalado e até quieto, realmente imóvel. Não precisa falar nada se tu não quer, diz, porque a gente já sabe tudo dela, e em seguida diz para o outro: leva o babaca para falar com o Doutor. Continuo sem me mexer, sem falar, sem seguir atrás daquele que vai me levar até o Doutor, que começa a subir as escadas, brilhantes como se alguém tivesse derramado um frasco de purpurina nos degraus. Que foi?, diz o chefe ao ver que continuo plantado. Hum, e o meu primo?, digo, teimando na minha repentina vocação de mártir ou suicida. Eu devia aprender a lidar com o nervosismo. Tem razão, ia me esquecendo, diz. Em seguida grita para aquele que já ia subindo as escadas: chama o Chucky! Ato contínuo, estica o braço direito com a pistola na mão e encosta o cano na cabeça do meu primo. Meu primo geme e se contorce, afastando a cabeça. Quieto, *chingada*!, diz o chefe, e volta a encostar o cano na testa do meu primo. Dispara, e, quando o eco do tiro se apaga, quando os pedaços do cérebro do meu primo acabam de se espalhar por todo lado, o chefe vira para mim e me pergunta: e se for eu quem conta a piada? Tu sabe que é que são Lourenço mártir falou quando estava sendo grelhado? Não sabe, não? Já estou com as costas bem assadas, podem me virar de frente.

Cadê a Valentina?, pergunta o Rolando quando vê que me aproximo sozinho do seu carro, puxando as malas. Hum, a Valentina não vem, digo. Como assim, não vem?, diz. Terminamos, digo. Não fode, quando foi?, pergunta. Hoje, agorinha, faz meia hora, digo. Não fode, diz, foi você que terminou, ou foi ela? Eu, digo. Mas por quê?, diz. Quero ir sozinho para Barcelona, digo, quero começar uma vida nova, preciso de um novo projeto de vida. Que papo é esse?, diz, no rosto a mesma expressão de angústia que ele fez certo dia de 1991, quando lhe contei que ia me mudar para Xalapa para estudar letras. (Você vai morrer de fome, ele disse naquela ocasião.) Fiquei muito abalado com o que aconteceu com meu primo, digo. Mas que é que tem a ver o atropelamento do teu primo com dar um pé na bunda da Valentina?, ele diz. Está com as chaves do carro na mão, mas não abre o porta-malas. É que um dia você está vivo e no dia seguinte está morto, digo, hum, e também não sei se gosto da Valentina tanto assim a ponto de viver com ela em Barcelona. Para com isso, diz. E você só foi perceber agora, a caminho do aeroporto? Que sacanagem. Já estávamos conversando a respeito, digo, mas a Valentina ainda teimava, e só agora consegui que ela aceitasse. Que ela aceitasse o quê?, diz. Não vir comigo, digo, que é melhor pros dois. Não fode, diz. Você vai se arrepender. É normal você estar confuso agora. Pode ser, digo. Mas o feito, feito está. Vamos lá? Está ficando tarde. Mas e aí?, diz. E aí o quê?, digo. Como o quê? Ela! O que ela vai fazer?, diz. Nada, digo, vai voltar pra Xalapa. Não fode, diz. Finalmente abre o porta-malas, mas, quando estou pondo a bagagem, o celular dele toca. É para você, diz desconfiado, estendendo o telefone. Um amigo que quer se despedir.

Alô?, digo. E a tua namorada, compadre?, diz uma voz com sotaque do Norte. Quem fala?, digo, enquanto me afasto do carro e do Rolando o suficiente para ele não me escutar. É o Chucky, caralho, diz. Olha aqui pra esquina. Do outro lado, compadre. Já me viu? Cadê a Valentina? Hum, ela não vem, digo, terminamos. Vai lá pegar ela, diz. Não posso, digo. Por quê?, diz. Porque ela não vai querer vir comigo, digo. Tu mandou ela à merda, compadre?, pergunta. Tá querendo proteger a guria, é? Mas como tu é babaca. Se é isso que tu quer, volta lá agora mesmo e convence ela a subir no avião. Ela não vai querer, digo, fui bem cruel. Que é que tu sabe de crueldade, ô babaca, diz. Cruéis são os porras dos motoristas de ônibus que passam por cima da cabeça dos outros. E já não se fazem cabeças como antigamente, compadre, as de agora arrebentam feito melancia, parecem artesanato de Tlaquepaque. Já não dá mais tempo, digo, está quase na hora do voo. E que merda tu está fazendo aqui, perdendo tempo comigo?, diz, e desliga.

O Doutor me liga no celular que acabei de comprar e diz: procura um locutório e me liga. Um o quê?, pergunto. Um locutório, repete, um *call shop*. Tu não sabe o que é? Nem parece imigrante. Hum, cheguei ontem, digo. Ontem à noite. Me liga, diz, e desliga. Olho em volta, lendo os letreiros dos comércios que se alinham um ao lado do outro, ao longo da avenida do Paralelo. Volto à loja onde comprei o celular. Sabe onde tem um locutório aqui perto?, pergunto para o paquistanês que me atendeu e está folheando uma lista telefônica. O paquistanês levanta a cabeça, refletindo, ou consultando um mapa imaginário do bairro no teto. Há um cliente olhando os celulares, um chinês de jaqueta de couro preto, talvez de couro sintético. Está fumando, dentro da loja. Dá uma tragada e se vira para o paquistanês, que continua em silêncio, alisando o queixo para melhorar sua atuação. Aqui na esquina, diz o chinês, e me explica como chegar.

No locutório, um equatoriano ou paraguaio (não consigo distinguir os sotaques) me manda entrar na cabine número dois. Procuro na carteira o papel onde anotei a interminável série de números, que mais que um telefone parece um código secreto. Teclo. Um minuto, por favor, diz a operadora, em inglês, e em seguida o Doutor fala, sem nem dizer alô: presta atenção. Todo dia. Entre dez da manhã e duas da tarde. Hora do México. Tu vai me ligar. Todo dia. Sempre de um locutório. Sempre de um diferente. Entendido? Digo que sim, hum, e em seguida lhe pergunto, hum, como fez para conseguir o número do meu celular, se eu tinha acabado de comprar. Não faz pergunta babaca, diz, são quatro da manhã. Faz uma pausa, olho para o relógio na parede do locutório, são onze e quinze.

Cadê a Valentina?, pergunta o Doutor. Ficou no hostel, respondo, dormindo. Ela já te perdoou?, pergunta. Hum, mais ou menos, digo. Então capricha, porra, diz, que vamos precisar dela. Aproveita que ela está dormindo e pede pro China te mostrar o apartamento. Como é?, digo. Pede pro China te mostrar o apartamento, repete. Não entendi, digo. Não precisa, diz, não tem o que entender. Tu só tem que obedecer o China. Entendido?, diz. Hum, digo, hum, e desliga.

Saio da cabine em direção ao caixa, para pagar, e vejo um chinês encostado no balcão, ao lado do boliviano ou peruano, ou seja lá o que for. Está de jaqueta de couro preto, talvez de couro sintético, calça jeans e tênis Nike, provavelmente Mike. Se todos os chineses não me parecessem iguais, se a realidade não me chegasse com a aparência de um sonho, ou de um pesadelo, para ser mais exato, por causa do jet lag, eu diria que é aquele mesmo chinês que me indicou o endereço do locutório na loja de celulares. E aí, cara?, ele me diz quando pergunto para o caixa sul-americano quanto devo. Hum, oi, digo. Um e vinte, diz o caixa. Tiro uma nota de vinte euros da carteira. Não damos troco, diz o caixa, apontando para um cartazinho que informa aos senhores clientes que devem pagar em valores exatos ou próximos. Troco máximo: cinco euros, diz o aviso. Enfio as mãos nos bolsos da calça para provar que não tenho moedas. Deixa que eu pago, diz o chinês. Entrega duas moedas, empurra a porta e se afasta para me deixar sair.

Você vai precisar de quinhentos euros, diz o chinês assim que pisamos na calçada. Duzentos e cinquenta para a caução, duzentos e cinquenta para o primeiro aluguel. Observo com atenção seus olhos puxados, o cabelo liso, os pelinhos mal raspados que lhe salpicam o rosto. Deve ter trinta e poucos anos. Hum, você é o China?, digo. O chinês dá risada. Que é que você acha?, diz. O China do Doutor?, digo. Vamos, diz, sem responder, estão nos esperando, e dá uns passos. Eu fico parado. Anda logo, cara, diz. Aonde a gente vai?, pergunto. Aonde você acha?, diz, não me faz perder a paciência, o Doutor me falou que, se eu precisar te dar uns tapas, é para eu te dar uns tapas. Começamos a caminhar, desandando o caminho entre a loja de celulares e o locutório. Duzentos e cinquenta é muito caro, digo, tentando acompanhar o passo do chinês. Eu pensava em gastar no máximo duzentos, digo. Ordens do Doutor, diz o chinês. Preciso de um lugar mais barato, digo. O chinês estaca. Saca um maço de cigarros da jaqueta. Cara, diz, você não sabe o que são ordens? As ordens a gente obedece e ponto. Você acha que o aluguel é caro porque o China aqui está querendo te passar a perna? Acontece que o Doutor mandou te instalar num bairro sem muita polícia, e isso custa caro. Faz uma pausa para acender o cigarro. O apartamento que te arranjei fica na parte alta, cara, diz, em San Gervasio. Você vai ver que duzentos e cinquenta é barato, nesse pedaço você não acha nada por menos de trezentos, porque não tem mouros nem ciganos, e a polícia só entra quando um velho bate as botas e precisam derrubar a porta para tirar o presunto. Os velhos ricos são muito sozinhos, diz, você vai ver. Dá uma segunda tragada: com essa, meio cigarro já virou fumaça. O chinês retoma a caminhada. Hum, eu não posso decidir isso sozinho, digo. Preciso conversar com a minha namorada. Deixa de histórias, cara, diz o chinês, tua namorada não vai reclamar, eu já vi o apartamento, e é do cacete, tem uma vista de foder. Mas, começo a dizer, e o chinês me interrompe, pisando a bituca: você não sabe mesmo o que são ordens, cara? Como é que pode trabalhar pro Doutor, caralho? Entramos na estação do metrô, o chinês me explica qual bilhete é melhor eu comprar, e fazemos o trajeto em silêncio, até que nos postamos em frente à quarta porta do sexto andar de um prédio numa ruazinha minúscula chamada Julio Verne.

E aí, China, como é que é?, diz o sujeito que abre a porta, com sotaque argentino. Esse aí que é o *boludo*?, pergunta o argentino, e estende a mão para me cumprimentar. Eu sou o Facundo, diz, e me aperta a mão com força, força demais, de um jeito meio maníaco. Tudo bem?, pergunta. Você é mexicano, né? Digo que sim. Atravessamos o corredor de entrada, desembocamos na sala, a visão da janela me deixa sem fôlego. Da janela, não: da cidade que se estende embaixo, cheia de telhados e torres, e no horizonte a faixa azul do Mediterrâneo. Lindo, né?, diz Facundo, que não para de falar enquanto me mostra a cozinha, a área de serviço, os dois banheiros e o quarto dos fundos, o que está para alugar, realmente grande, mas um tanto disforme (tem sete paredes). Uma janela que dá para o poço de ventilação deixa entrar um pouco de claridade, mas não o bastante para tirar o quarto da penumbra. Além da cama, há um guarda-roupa e uma mesa dobrável presa numa das paredes.

Voltamos para a sala atravessando um corredor que dá em outros dois quartos. Aqui moramos eu e outro *boludo*, diz Facundo, o Cristian, também argentino. Tenho uma filha de seis anos que vem dormir aqui duas ou três noites por semana. Alejandra. Um anjo de menina, você nem vai notar quando ela vier. Eu ralo o dia inteiro, e o Cristian em geral só está aqui de manhã, porque trampa de noite num restaurante. Se você veio estudar, aqui é perfeito: supersilencioso, com muita luz na sala, e o bairro é sossegado até demais. Você não vinha com a namorada?, pergunta. Digo que sim. Perfeito, diz, até o mês passado morava um casal de colombianos nesse quarto, você e a tua namorada vão ficar bem pra cacete aí. Pode vir hoje mesmo, se quiser. Onde é mesmo que você está agora? Num hotel? Então para de gastar e vem logo pra cá.

O chinês lhe dá uns tapinhas nas costas: você está bem pilhado, hein, cara?! Que é que você botou pra dentro? Para com isso, China!, diz Facundo. É o mate, *boludo*, e os dois caem na gargalhada. Bom, então ficamos assim?, diz Facundo. Você vem hoje? Olho para o chinês. Logo mais, ele responde. Maravilha, diz Facundo. Escuta, China, eu trabalho num hotel da praça España, deixa eu te dar o meu cartão, caso você arrume um cliente pra poucos dias. Tira um quadradinho de cartolina da carteira e o estende para o chinês, que o guarda sem olhar. Como era mesmo o teu nome, China?, pergunta o Facundo. Esqueci, desculpa, todos os nomes chineses são iguais pra mim. Meu nome é China, diz o chinês, e toma o rumo da porta para abreviar o verborrágico cerimonial de despedida do Facundo, que agora está me explicando que a estação de metrô mais próxima é a da praça Lesseps, mas que também tem uma estação de trem na rua Pàdua, e um supermercado na esquina e um mercadinho paquistanês na rua Zaragoza que abre de noite e aos domingos.

Saímos para o hall e entramos no elevador. Não falei que o apartamento era do caralho?, diz o China. Tira um cigarro e o acende. A descida de seis andares, na verdade sete, contando o primeiro intermediário, basta para o cubículo se encher de fumaça. Começo a tossir. O China abana para achar meus olhos. Você não fuma?, pergunta. Respondo que não. Atravessamos o saguão e, assim que põe os pés na calçada, o China diz que já vai indo. Mas e agora?, digo. E agora o quê?, diz. Agora, o que eu faço?, pergunto. Sei lá, cara, responde. Que tal dar uma volta nas Ramblas? Estou falando da, começo a dizer, mas o China me interrompe: o Doutor já vai te dizer, diz, e some.

Escreva para sua mãe assim que puder

Querido filho, sua mãe espera que ao receber este e-mail você já esteja instalado e recuperado do cansaço da viagem. Não pense que sua mãe ficou louca e que, agora que você mora na Europa, vai lhe escrever todo dia, porque a verdade é que sua mãe já se acostumou com a distância, depois de tantos anos com você morando longe dela. O que sua mãe quer é lhe contar umas coisas que gostaria de ter podido conversar com você antes de sua partida, porque com toda a correria e os trâmites, e ainda o que aconteceu com seu primo, não tivemos mais nem um momento de calma.

Aliás, quando você puder, telefone para seus tios, que ficaram muito ofendidos com sua ausência no velório. Sua mãe lhes explicou que você já tinha senha na Embaixada da Espanha para tirar o visto e não podia trocar a hora, mas não houve jeito de eles entenderem. Sua tia até falou que você era quem menos podia faltar, por causa da intimidade que tinha com seu primo. Sua mãe achou que era um exagero, porque sua mãe sabe que vocês nunca se deram muito bem, mas sua mãe não ia começar a discutir com sua tia naquela situação.

Muito triste o velório, muito sem graça, como sempre que morre um moço. Sua mãe nunca entendeu por que a família fica com vergonha do morto, como se ele não merecesse um velório como Deus manda só porque morreu antes da hora, como se a morte fosse um fracasso que é preciso esconder. As pessoas acham que nesses casos é melhor ser discreto, mas a discrição acaba parecendo coisa de morto pobre, insignificante, reles. A aparência é importante até nessas horas, filho, escute o que sua mãe está dizendo, a aparência é importante principalmente nessas horas. Sua mãe quer que, quando sua hora chegar, ela seja velada em uma sala bem arejada e fresca (se for verão) ou quentinha e aconchegante (se for inverno). Que sirvam bom café, de Coatepec, sua mãe deixa por sua conta conseguir café de primeira, que para alguma coisa hão de servir todos esses anos que você desperdiçou em Xalapa. Isso é muito importante, Juan, senão no dia seguinte todo mundo fica com azia e começa a falar mal do morto já no enterro. E as coroas, sua mãe quer coroas de flores exóticas, coloridas, alegres, para que a morte de sua mãe seja um canto à vida, aves-do-paraíso, tulipas importadas da Holanda, orquídeas brasileiras, girassóis! Os girassóis não são caros e enchem as salas de luz, são como pedacinhos de sol. Olhe, sua mãe soltou uma metáfora! Você deve estar orgulhoso de sua mãe, filho. Sua mãe já lhe contou que quando era moça escrevia poesias? Tudo isso acabou quando sua mãe se casou com seu pai, mas sua mãe está se desviando do assunto, e sua mãe não quer que você pense que ela escreveu para reclamar de seu pai, para contar seus sofrimentos e suas frustrações, você sabe muito bem que sua mãe não é desse tipo de mãe.

No velório de seu primo, poucas coroas, pequenas, de flores ordinárias, das mais baratinhas. Os colegas de trabalho de seu tio mandaram uma coroa de cravos cor-de-rosa, porque fizeram confusão e acharam que seu primo era mulher, e passaram a noite inteira se desculpando com seu tio pelo engano, depois de botar a culpa numa secretária, que ficou num canto chorando de vergonha. Como se não bastasse, o caixão ficou o tempo todo fechado e não deixaram ninguém chegar perto, passaram uma fita em volta como se fosse a cena do crime. Seu tio contou a seu pai que seu primo tinha a cabeça esmagada, como uma abóbora que alguém tivesse atirado do alto de um prédio. Estava muito alterado, seu tio, não falava coisa com coisa, seu pai teve que lhe receitar calmantes, um ansiolítico muito forte, desses que guardam no cofre das farmácias para os viciados não roubarem. E você pode imaginar o coitado do seu pai, a noite inteira dando consultas grátis, o povo é mesmo abusado, chegava um como quem não quer nada e dali a pouco já ia dizendo que estava com uma dor aqui embaixo das costelas, ou perguntando o que podia tomar para o refluxo, ou explicando que o filho estava com tosse, ou com assaduras no bumbum. E você sabe que seu pai não sabe dizer não, tem vocação para samaritano, tudo seria bem diferente se ele tivesse percebido a tempo que a saúde das pessoas é um negócio, na verdade um ótimo negócio, seu pai deve ser o único dermatologista da cidade que não ficou milionário. Aliás, deixe sua mãe lhe contar que sua tia Norma procurou seu pai reclamando de uma dor de garganta, e seu pai a examinou e disse para ela ir ao consultório no dia seguinte, e depois seu pai contou para sua mãe que sua tia Norma tinha sintomas de câncer na tireoide. Esse câncer é terrível, seu pai me disse, e sua tia Norma, tão hipócrita, tão volúvel, tão mosca-morta. Tomara que seu pai esteja enganado, sua mãe pede que você seja discreto e não comente com ninguém enquanto não confirmarem o diagnóstico.

Ai, filho, desculpe sua mãe lhe contar essas coisas horríveis, agora que você está começando uma vida nova, mas acho que sua mãe precisava desabafar, sua mãe ainda não se recuperou da má impressão do velório. Você precisava ver os amigos de seu primo, seus ex-colegas da escola, ficaram o tempo todo numa varanda fumando e bebendo uísque e falando de negócios. Sua irmã contou para sua mãe que eles passaram a noite inteira discutindo o nome que iam pôr numa franquia de frango assado. Uns queriam que fosse O Frango Voador, outros Frango Bate Coxa, como quem diz bater perna, só que coxa, porque é de frango delivery. E que depois ficaram explicando a seu tio por que a franquia deles ia fazer mais sucesso que o Frango Pepe. Falavam em filiais nos Estados Unidos e na América Central. Diziam que a taxa de consumo de frango em Honduras e na Guatemala é a mais alta do mundo. Será mesmo? Só se for porque o frango é mais barato.

De repente as pessoas começaram a ir embora, e aí sua tia Concha, vendo que o velório ia ficar vazio, arrebanhou umas amigas do coro da igreja para animar um pouco o ambiente, que estava mesmo deprimente. E tome cantoria. Hinos da igreja. Mas também *rancheras* e boleros. Depois sua tia cantou uma música do Maná que ela disse ser a favorita de seu primo. E aí começou a choradeira.

Escute, Juan, deixe sua mãe lhe contar que uma hora apareceu a famosa Karla, lembra?, aquela suposta namorada de Cozumel de quem seu primo vivia falando. Sua mãe chegou a pensar que era invenção de seu primo, porque nunca apresentava a moça, e você sabe como seu primo era mentiroso. Mas aí ela apareceu, a tal Karla, vai saber quem a avisou. Bem rechonchuda, cabeçuda, escurinha, muito maia. Com os pés pequenininhos, como que para subir as pirâmides correndo. Não vale nada, quase teria sido melhor que fosse mesmo inventada. Também apareceram uns amigos de Cozumel, com uma pinta de que iam fazer uma feira em pleno velório. Vieram todos de ônibus, lá de longe, imagine, e foram direto da rodoviária para a funerária (bom, de ônibus do litoral, porque antes devem ter

34

pegado um barco para sair da ilha). Só lavaram o rosto no banheiro, todos com cheiro de lençol sujo. Seu tio queria morrer, não sabia onde esconder aquela gente.

Já no delírio das quatro da madrugada, sua tia Concha pediu silêncio aos gatos-pingados que ainda estavam lá e anunciou muito solene que ela e seu tio, com o apoio dos jesuítas, iam criar uma fundação com o nome de seu primo. A fundação Lorenzo Villalobos. Pelo jeito, essa tal fundação vai se dedicar a promover a educação no trânsito para as crianças aprenderem a atravessar a rua direito e a cruzar as passarelas por cima, e não por baixo como seu primo. Houve aplausos. O marido de uma das amigas de sua tia, do coro da igreja, que calhou de ser deputado, prometeu todo o apoio do Congresso estadual. Ele até improvisou um discurso, mas se atrapalhou todo, porque lá pelas tantas parecia que estava criticando seu primo por ter sido imprudente ou distraído. Ou palerma. Dizem que foi um acidente, mas olhe, sinceramente, sua mãe fica se perguntando o que seu primo fez para acabar com a cabeça esmagada daquele jeito. Por acaso ele se deitou na rua para as rodas do ônibus passarem por cima?

Mas sua mãe não escreveu para lhe contar essas coisas, e sim para lhe dizer que sua mãe quer que você saiba que está muito orgulhosa de você. No velório, mesmo tendo faltado, você foi o protagonista. Todo mundo só falava de você. Seus primos, dá-lhe pergunta atrás de pergunta, todos morrendo de inveja porque vai morar na Europa. Olhe só, depois de tanto caçoarem de você, achando que não valia nada. Sua mãe se lembra de um Natal, quando seu avô ainda era vivo e você estava em Xalapa, em que, quando sua mãe explicou que você não podia vir porque estava terminando de escrever sua monografia, todos começaram a inventar títulos. Um, as hemorroidas na obra de Octavio Paz. Outro, a narrativa gay urbana pós-revolucionária apocalíptica. Outro, o gerúndio como ferramenta do imperialismo ianque. Pura palhaçada. Agora todos têm que engolir suas palavras. Eles continuam neste país molambento, administrando seus lava-rápidos e seus motéis (aliás, parece que seu primo Esteban está falindo), e você levando a boa vida na Europa.

Filho, você sabe que é o filho favorito de sua mãe, mas nunca diga isso a sua irmã, que sua mãe vai negar de pés juntos. Acabo de encontrar os álbuns de fotos de quando você e sua irmã eram pequenos e me lembrei da casa de Lagos, de quando sua mãe se sentava na sala e olhava pela janela e via a copa da figueira, as torres da igreja lá embaixo, no centro, e parece que foi ontem aquele tempo em que sua mãe via você e sua irmã catando bichinhos no jardim ou atirando pedras nas janelas do vizinho.

Ai, filho, desculpe sua mãe, olhe que mensagem enorme ela acabou escrevendo, tão ocupado que você deve estar. Dê lembranças a Valentina da parte de sua mãe, sua mãe gostaria de ter convivido mais com ela, mas dá para ver que é uma boa moça. Além disso, sua mãe confia no seu critério. Claro que, se você conhecer uma espanhola bem bonita, sua mãe ficará feliz por melhorar a raça com uns netos europeus. Escreva para sua mãe quando puder, e não se esqueça de que sua mãe pensa em você e o abraça à distância.

Diário da Julio Verne

Terça-feira, 2 de novembro de 2004

Sei que não tem coisa mais falsa do que alguém que passou os últimos anos estudando diários, memórias, autobiografias e todo tipo de escritura íntima começar a escrever um diário. Principalmente se seu interesse até agora foi acadêmico, e não criativo. Mas sei também que não quero fazer literatura. Duas certezas no primeiro parágrafo, nada mau. Se bem que, como sempre, são certezas teóricas.

A escritura íntima é tão trapaceira que já estou me justificando, como se alguém fosse ler estas páginas algum dia. Ou pior: como se fosse publicá-las. Se o impulso que me levou a comprar este caderno fosse verdadeiro, eu contaria algo diretamente e sem preâmbulos. Diria que hoje não choveu. Que estou na página 92 de *Os detetives selvagens*. Transcreveria a conversa absurda que tive de manhã na papelaria (tanta história para comprar uma caneta, esta caneta com que estou escrevendo e que aqui chamam de *bolígrafo*). Registrar que hoje comi uma tangerina e duas maçãs. Que já se passou uma semana desde que cheguei a Barcelona e continuo sem falar com o Juan Pablo, e ele não se esforça muito para mudar a situação. E depois dessas duas ou três banalidades, agora, como em qualquer início de confissão, afirmar enfaticamente que tudo o que vou escrever é verdade. Tudo. Estilo Rousseau. A promessa de veracidade. O pacto autobiográfico. Como se alguém fosse mesmo acreditar. Ninguém precisa acreditar em mim.

Certo, acabo de escrever duas mentiras. Não comi uma tangerina. Nem duas maçãs. Era um modo de dizer, como dizer que tinha comido uma pera. Ou uma fatia de abacaxi. Na verdade, era um plágio dos diários de Sylvia Plath, grande comedora de tangerinas. Almocei macarrão com molho de tomate. Jantei macarrão com molho de tomate. Assim como ontem, e anteontem, e amanhã, imagino. O Juan Pablo preparou frango com salada para o jantar. Me ofereceu. Recusei e fui para a cama com o Bolaño, depois de despachar meu macarrão em pé na cozinha, ao lado do micro-ondas. Ouvia ao longe a conversa do Juan Pablo com os dois argentinos, estavam jantando na sala, com a TV ligada, vendo uma partida de futebol (eu devia escrever em algum lugar que dividimos o apartamento com dois argentinos, Facundo e Cristian, os dois portenhos, os dois do bairro de La Boca).

Quando o Juan Pablo voltou para o quarto, também se deitou e começou a ler. Não sei o quê: eu estava de costas para ele. Tinha vontade de atirar o tijolo do Bolaño na cabeça dele (mesmo sendo uma edição de bolso, se eu imprimisse bastante velocidade ao movimento, sem dúvida lhe deixaria um bom galo). Continuamos lendo. Como ninguém disse nada, nem boa-noite, a luz do abajur ficou a noite inteira acesa.

Quarta-feira, 3

Onze horas da manhã. O Juan Pablo foi para a universidade. Eu fui passear pelo bairro, numa volta de reconhecimento. Atrás do prédio tem uma avenida enorme (uma *ronda*, como dizem aqui), com um barulho infernal, uma dessas monstruosas fronteiras urbanísticas. Na frente tem um emaranhado de ruazinhas. A *ronda* sempre cheia de carros e a ladeira da cidade sempre me empurram para baixo (ainda não atravessei a avenida para ver o que tem do lado de cima).

No bairro, a esta hora, só tem velhos. Todos metidos. Vestindo casacos grossos demais para o frio que faz (não é tanto assim) e puxando carrinhos onde vão enfiando os legumes, o pão, a carne ou o vinho que compram. Os mais velhos não puxam nada: são empurrados. Vão sentados em cadeiras de rodas levadas por mulheres latinas. O rosto delas, às vezes, faz com que eu me sinta em casa. Até que elas abrem a boca e percebo seu sotaque, tão diferente (são peruanas, equatorianas ou bolivianas, na maioria). Na rua Pàdua tem um açougue e uma padaria que parecem butiques de grife. Uma salsicharia onde cem gramas de presunto serrano custam o que eu gasto em três dias de macarrão com molho de tomate.

Acho que já entendi por que o Juan Pablo encasquetou de vir morar neste bairro, quando tinha opções mais baratas. Duzentos e cinquenta euros é uma loucura, um desperdício idiota. Eu vi anúncios de cento e cinquenta, cento e oitenta, a maioria por volta de duzentos. Claro que isso era para os lados do Paralelo, ou no Raval, mas a localização não era um problema, porque de todo jeito o Juan Pablo tem que pegar o trem para ir até a universidade, em Bellaterra. A menos que... a menos que o Juan Pablo quisesse evitar aquelas ruas cheias de marroquinos e equatorianos, de mulatos dominicanos e mulheres de véu. Aqueles açougues *halal* e aqueles salões afro. O que o Juan Pablo queria era viver num bairro "chique". Ele trouxe na bagagem os preconceitos da família. Já eu, pelo que vejo na rua e pelo jeito como me olham, com esses olhares que se cravam como espinhos, acho que caímos num bairro de franquistas.

Quinta-feira, 4

De noite corri até o supermercado, antes que fechasse, para renovar o estoque de macarrão e molho de tomate. Estava agachada na frente da prateleira das conservas quando uma mulher me pediu dois vidros de aspargos. Eu lhe estendi os frascos sem me levantar, e ela, com o olhar, me mandou pôr no carrinho. Depois me pediu para acompanhá-la até o setor do leite, porque ela não podia carregar as caixas, que eram pesadas demais. Olhei para ela desconcertada. Só então a mulher reparou na minha roupa.

— Ah, desculpe — falou —, pensei que você trabalhasse aqui.

Fez um gesto com a mão direita percorrendo o próprio rosto, indicando, metaforicamente, meus traços e a cor da pele, para se desculpar sugerindo que, se ela tinha feito confusão, era por culpa da minha aparência.

— Mas você é muito bonita — acrescentou.

Eu não devia me importar com isso, mas...

Eu não devia escrever sobre isso, mas...

Mas...

Mas...

Sábado, 6

O dia amanheceu lindo, sem uma única nuvem no céu e com um frio gostoso. Fui para a rua para me aquecer ao sol, como um gato. Ou como uma velhinha: descobri, do outro lado da *ronda*, um parque muito bonito que serve como solário público para a terceira idade. Fileiras de cadeiras de rodas viradas para o sol, e os bancos ocupados pelos velhos que ainda têm controle sobre seus movimentos.

Achei um lugar vago ao lado de uma senhora que cochilava sossegadamente. Quando me sentei, ela acordou assustada. Tinha um lindo par de olhos azuis, ainda mais claros que os do Juan Pablo. O rosto coberto de umas manchinhas que na juventude talvez fossem sardas. Calculei que não devia passar dos setenta. Pedi desculpas por acordá-la.

— Não tem problema, filha — disse —, eu não devia dormir, porque depois, de noite, perco o sono.

Levantei a cabeça na direção do sol e fechei os olhos.

— De onde você é? — perguntou a mulher. — Não é daqui, aqui não temos gente tão bonita.

Eu ri com gosto. Respondi que era do México.

— Lindo país — devolveu.

— A senhora conhece? — perguntei.

— Tenho um filho que está morando no DF — disse —, trabalha para uma empresa espanhola, uma empreiteira. Eu o visitei no verão e fomos passar uns dias com meus netos no Caribe, para ver as pirâmides. Como é lindo tudo aquilo. Pena que seu país esteja na mão de gente tão ruim. Meu filho diz que lá é impossível fazer negócios sem corrupção, que tem que dar dinheiro para um político, e depois para outro, e mais outro.

Eu gostaria de ter respondido que não era verdade, mas como era verdade não respondi nada. Fiquei em silêncio. Depois pensei que boa parte da culpa também era da empresa onde o filho dela trabalhava, que pagava as propinas em vez de denunciar a extorsão ou desistir do negócio.

— Como é o nome da empreiteira onde seu filho trabalha? — perguntei para a senhora.

Ela deu uma gargalhada.

— Conta-se o pecado, filha — replicou —, mas não o pecador.

Domingo, 7

— Vou dar uma volta — o Juan Pablo anunciou no meio da manhã —, você também devia sair.

Eu estava largada na cama, de pijama, na página 235 de *Os detetives selvagens*. Não sei o que me magoou mais: que seu comentário me excluísse do passeio (que não só não me convidasse, mas também me impedisse de acompanhá-lo, sem que isso significasse uma humilhação), ou que se julgasse no direito de me dar conselhos.

— Não sei quem o Juan Pablo pensa que é para me dar conselhos — eu lhe disse, e voltei a me concentrar na leitura.

O que eu devia fazer? Ir caminhar na praia ou no Bairro Gótico? Para quê? Para constatar que Barcelona é bonita? Que Barcelona é *guapa*, como diz a publicidade da prefeitura?

Prefiro ficar com a Barcelona miserável das memórias de frei Servando, aquela Barcelona de pobres onde "quem não se mexe não come", aquela Barcelona de estrumeiras dentro das casas, de pátios cheios de lixo e excremento, aquela Barcelona insurreta onde, por ordem dos Borbões, até a faca do pão era acorrentada à mesa e era preciso tirar licença e pagar uma taxa para poder usar uma espingarda de caçar coelhos.

Mais tarde interrompi a leitura porque estava com fome. Na sala encontrei o Facundo com a filha, Alejandra, que acaba de fazer seis anos e veio passar o fim de semana com ele (é separado da mãe dela).

— Faz um desenho pra Vale, Ale — disse o Facundo, e aproveitou para ir ao banheiro.

Fiquei observando como a menina rabiscava um sol, uma princesa, uma flor, uma montanha. Ela é péssima desenhando.

— A princesa é você — disse, e pintou o rosto de preto.

Quando o Facundo voltou, fui requentar no micro-ondas o macarrão que tinha sobrado do jantar e escutei como ele a repreendia:

— Mas a Vale não é preta, Ale! Assim a baixinha vai ficar triste.

— Ela é preta, sim, *papa*, olha direito e você vai ver que é preta. — Ela dizia *papa* como se o Facundo fosse o papa ou uma papa.

— Deixa de besteira, Ale! Olha direito você, ela é morena. Anda, faz outro desenho pra Vale.

Segunda-feira, 8

Acordei tarde, e não tinha ninguém no apartamento (o Juan Pablo já tinha ido para a universidade). Pensei em aproveitar para ir ler na sala, com luz natural. Preparei um café e reli as últimas páginas de Os *detetives selvagens* que tinha lido na noite anterior, antes de pegar no sono, enquanto esquentava o leite no micro-ondas. Sou péssima para ler romances, esqueço as coisas e fico o tempo todo voltando, aflita por perder o fio da meada. A leitura de um diário é totalmente diferente: saber que o que dá lógica à narração é uma vida, e não uma estratégia, ou seja, um artifício, me tranquiliza.

A sala estava um caos: lápis de cor, bonecas, desenhos, bolinhas de massinha, contas de bijuteria espalhadas por toda parte. Vestígios do Furacão Alejandra, como o Facundo a chama quando a repreende. Recolhi o estritamente necessário para me sentir confortável, fui amontoando as coisas em cima de uma das mesinhas laterais. Entre os desenhos descobri uma folha onde a menina tinha escrito várias vezes:

irei sem ficar
irei como quem se vai

Nem consegui voltar ao livro, tamanho o susto que eu levei. Lembrei de um filme coreano de terror e de uma história que contavam em Coatepec, quando eu era pequena, sobre uma menina que se despediu de todo mundo antes de morrer num acidente. Estou indo embora, dizia a menina, ou diziam que ela dizia. No filme coreano, duas gêmeas cobriam uma parede de sua casa com dizeres apocalípticos, que depois se via que eram sentenças de morte das pessoas que elas iam encontrando pela rua, ao longo do filme. Ainda bem que o Facundo não demorou a chegar.

— Você viu isso? — perguntei assim que ele abriu a porta, barrando sua passagem.

— Ah, sim — disse enquanto tirava o casaco —, são versos de um poema, a *boluda* da mãe da Alejandra tem isso aí tatuado nas costas. Você não conhece? Não fez letras? São versos da Alejandra Pizarnik, a *boluda* tatuou em Buenos Aires quando tinha dezoito anos e estava louca pra cair fora, vivia dizendo que a Argentina não era um país, mas uma doença incurável, olha se não é *boluda* a *boluda*.

Terça-feira, 9

Duas e meia da manhã. Acordei assustada. O Juan Pablo estava gemendo. Soluçando. Eu não sabia se era um pesadelo ou se ele estava acordado. Me virei e olhei para ele. A luz do abajur tinha ficado acesa outra vez.

— Que foi? — perguntei quando vi que ele estava tremendo, com o olhar perdido na parede da esquerda e as mãos apertando a boca do estômago.

— Gastrite — disse. — Não estou me aguentando de dor.

— Tomou algum remédio? — perguntei.

Respondeu que sim. Levantou para ir ao banheiro e quando voltou disse que ia ao pronto-socorro. Enquanto se vestia, fiquei me perguntando se deveria acompanhá-lo. Cheguei à conclusão de que ele é que devia pedir. Que eu devia sentir que ele precisava de mim. Saiu sem se despedir. Retomei a leitura de *Os detetives selvagens*, incapaz de pegar no sono.

Ele voltou depois das quatro. No pronto-socorro lhe receitaram o mesmo remédio que já estava tomando.

De manhã, o Juan Pablo insistiu para que fôssemos juntos à Fundação Miró, e eu aceitei, querendo acreditar que ele afinal começava a reagir. Que a crise de gastrite podia significar que ele tinha tocado o fundo do poço. Pensei que um simulacro de normalidade nos faria bem. Que nada. As boas intenções (se é que ele tinha alguma) evaporaram no caminho. Zanzamos em silêncio pelo museu, e ele nem se comoveu diante dos móbiles de Calder, que supostamente adorava (e que só tinha visto em fotografias e vídeos).

Para completar, de noite começaram a aparecer manchas na sua pele. E lá foi ele de novo para o pronto-socorro. Disseram que era uma alergia. Segundo Juan Pablo, ele já tinha tido essa alergia e havia se curado em Xalapa. Respondi que, até onde eu sabia, era o contrário: as pessoas ficam alérgicas com a umidade e os fungos de Xalapa.

— Isso que deu no Juan Pablo está parecendo uma dermatite nervosa — acrescentei.

— Claro, você sabe mais que os médicos — disse. — Eu tive essas manchas quando era pequeno e meu pai me curou. Não se esqueça que meu pai é dermatologista.

Passou uma pomada que sei que é para a dermatite. Pelo menos brigamos.

Quinta-feira, 11

De tarde fui à Pompeu Fabra pedir informações sobre o doutorado em humanidades e fiquei sabendo que às sete ia ter uma conferência de Manuel Alberca sobre autoficção. Me refugiei na biblioteca para fazer hora e depois procurei a sala, onde entrei de penetra, ou me achando uma penetra, porque acabei descobrindo que era um evento aberto.

Adorei a experiência de ver uma bibliografia virar gente de carne e osso. Foi isso mesmo que eu disse ao doutor Alberca no final, quando fui lhe agradecer pela conferência e por seus textos, que tanto me ajudaram na monografia de graduação. Acho que exagerei no entusiasmo, porque ele até ficou vermelho, e eu me pus a falar da minha monografia sobre frei Servando e explicar que, aproveitando a temporada na Espanha, estava pensando em aprofundar a minha pesquisa nos fragmentos que podem ser lidos como relatos de viagem, a parte mais divertida de suas memórias, em que ele fala horrores de Madri e Barcelona, e que no ano que vem eu ia me matricular no doutorado da Universidad de Barcelona, porque queria trabalhar com Nora Catelli (todas meias verdades, motivadas pela euforia do momento). Ele me disse que estava em Málaga (isso eu já sabia), à disposição para o que precisasse. As pessoas da universidade começaram a apressá--lo, com uma impaciência que me incomodou muitíssimo. Disse que iam jantar ali perto e me convidou a acompanhá-los. Um grupo grande saiu a caminho de um bar de *tapas*, disseram, todos tentando chamar a atenção do doutor Alberca, falando dos seus projetos de pesquisa e das suas leituras. O grupo foi se espalhando e eu fui ficando para trás, tímida e indecisa, invisível, até não fazer parte dele. Mais parecia estar perseguindo o grupo. Avistei ao longe a entrada do metrô e me encaminhei para lá, como se essa fosse minha intenção desde o início.

Ao chegar à Julio Verne, topei com o Juan Pablo na entrada do prédio. Ele ia saindo para se encontrar com uns colegas do doutorado, todo lambuzado de pomada. Perguntou se eu queria ir com ele, e, como achei que ele esperava o meu não (que ele queria o meu não), respondi que sim. Também não pareceu muito contrariado por eu aceitar, como se tivesse problemas muito mais importantes do que os dele comigo.

Descemos a pé até um bar de Gràcia, cruzamos umas praças cheias de cachorros e de *okupas*, sempre em silêncio. Os *okupas* são para mim um enigma, um fenômeno espantoso, que eu só conhecia dos filmes. No bar, uma caverna vermelha onde mal se podia respirar de tanta fumaça, pude afinal assistir àquilo que tinha tentado imaginar todos aqueles dias: a nova vida do Juan Pablo. Lá estavam dois mexicanos do DF, duas peruanas de Lima, um colombiano de Medellín, uma brasileira de São Paulo e um da Bahia. Um catalão de Tarragona. Uma catalã do interior de Lleida. Tinham se conhecido num curso de mitologia junguiana. Vai saber por que o Juan Pablo inventou de se matricular nesse curso, vai saber o que o Jung tem a ver com o humor na literatura latino-americana.

Ficamos numa ponta da mesa, ao lado de Iván, o tal catalão de Tarragona, que de repente começou a falar com o Juan Pablo sobre a paródia, sem prólogo nem introdução, como se retomasse uma conversa interrompida.

— O problema da paródia — disse Iván — é que para ser inteligente tem que ser ideológica, e se é ideológica deixa de ser engraçada, ou só é engraçada se você compartilha da mesma ideologia, o que no fundo é um saco.

Imaginei que estivessem falando de Ibargüengoitia, da monografia de graduação do Juan Pablo, ou do seu projeto de tese de doutorado. De fato, Juan Pablo respondeu que não achava que houvesse uma predisposição ideológica na obra de Ibargüengoitia.

— Se não há predisposição ideológica, então é uma paródia vazia, idiota — retrucou Iván. — Para que debochar de alguém ou ridicularizar alguma coisa? Para nada? Só pelo prazer de provar que aquilo é uma merda? E daí? Isso é cinismo, cara, o que Sloterdijk chamou de realismo malvado.

Começou a lhe explicar o que Sloterdijk dizia na *Crítica da razão cínica*, o "cinismo da nova época", entremeando um pouco do "mal-estar da cultura" de Freud, algum exemplo tirado do *Walden*, de Thoreau, e, por alguns minutos, enquanto Iván avançava na sua lenga-lenga, tive a reconfortante sensação de que nada tinha mudado e de que era uma noite como qualquer outra em La Chiva, o bar de Xalapa aonde íamos até poucas semanas atrás. Quando Iván argumentou que, de forma implícita, quem parodia ataca uma ideologia e defende outra que considera superior, o Juan Pablo *sacou* o Baudelaire, digo sacou não porque não viesse ao caso, ao contrário, mas porque o tirou da manga como uma cartada brilhante, como uma figurinha rara ou um totem acadêmico.

— Baudelaire diz que o riso nasce da ideia de superioridade

de quem ri. Quem ri ri do outro, do outro que leva um tombo, por exemplo, e quem ri ri porque, no fundo, sabe que ele mesmo está a salvo, que não é ele quem caiu.

— O Baudelaire disse isso? — perguntou Iván.

— Mais ou menos — respondeu Juan Pablo. — Ele disse algo parecido, só que carregando mais nas tintas. Baudelaire disse que a risada é satânica porque nasce da ideia da própria superioridade. Diz que o único sujeito capaz de rir da própria queda é o filósofo, que tem o hábito de se desdobrar e de, aspas, assistir como um espectador desinteressado aos fenômenos do seu eu.

A partir daí, o Juan Pablo, como era de esperar, ainda que não com sua veemência habitual, começou a falar de um projeto de que ele sempre fala quando está meio bêbado, que é criar um grupo de leitura só de estrangeiros que leiam e comentem as crônicas de Ibargüengoitia, um projeto de sociologia da literatura, na verdade, que segundo ele confirmaria sua hipótese da primazia dos preconceitos do leitor sobre o conteúdo do texto na produção de significados, um projeto que mostraria como os leitores podem se apropriar de um texto e distorcê-lo para reforçar seus preconceitos, nesse caso, contra os mexicanos.

— Que nós mexicanos somos uns bostas, corruptos, uma espécie de raça degenerada — disse o Juan Pablo.

— Mas os leitores não escreveram o texto, por mais estrangeiros que eles sejam — respondeu Iván. — *Isso* está nas crônicas, foi Ibargüengoitia quem retratou os mexicanos assim.

— Certo — disse Juan Pablo —, mas você não pode comparar o efeito de um processo de autorreconhecimento num leitor mexicano, que pode ser catártico, com o efeito de um processo de generalização do outro num leitor estrangeiro, que serve para reforçar preconceitos que levam a atitudes xenófobas.

Seguiram nessa linha por mais algum tempo e umas tantas cervejas, até que o Juan Pablo se mudou para a outra ponta da mesa, para bater papo com as peruanas. Iván se esqueceu da conversa anterior, na qual eu não tinha dado nem um pio, trocou o disco e começou a me falar de espadas medievais (sua tese é sobre um poeta arcaizante). Eu estava tão concentrada em espiar o Juan Pablo (não parecia lá muito à vontade, e sim meio ausente) que demorei a descobrir, perplexa, que Iván estava se insinuando. Eram comentários sutis, que podiam ser interpretados como brincadeiras se eu não o deixasse ir além, que lhe permitiriam uma retirada digna se o freasse, mas que eram também os preâmbulos de uma estratégia de sedução, se eu lhe desse trela.

Não fiquei perplexa por ele se insinuar, coisa que até poderia me agradar (em outras circunstâncias), mas porque só então notei que o Juan Pablo não tinha me apresentado como sua namorada. E que não tinha falado de mim para aqueles colegas. Interrompi a dissertação de Iván sobre cruzes góticas, pedi licença e escapuli para os porões do bar, onde havia uma fila na frente do banheiro das mulheres. Vi a porta do banheiro dos homens entreaberta, espiei, era um cubículo com uma privada, estava desocupado, e me tranquei lá antes que alguém protestasse.

Limpei os respingos no assento e me sentei para urinar. Tinha tomado três ou quatro cervejas, começava a me sentir bêbada. Filho da puta, pensava, que filho da puta. Babaca. Escroto. *Comemierda*, como diria o colombiano de Medellín. *Gilipollas*, como diria Iván, que queria trepar comigo, ou melhor, *follar*. Levantei os olhos e vi a porta rabiscada de cima a baixo. "Por uma Catalunha livre de *sudacas*, mouros e espanhóis." "Somos todos catalães: *sudacas*, mouros e espanhóis. Somos mais catalães que esse caipira vindo das montanhas." "Mouros e *sudacas*, sim, espanhóis não." "Fascistas de merda." Tirei as chaves do apartamento e rabisquei em letras garrafais uma frase de frei Servando que me pareceu perfeita para completar a decoração daquela porta: "É IMPOSSÍVEL DIZER A VERDADE DA ESPANHA SEM

OFENDER OS ESPANHÓIS". Demorei bastante (bateram duas vezes na porta, com impaciência).

Saí do banheiro. Subi de volta para o bar. Juan Pablo e seus amigos já não estavam lá.

Sábado, 13

— Sabe o que eu mais gosto em você, *boluda*? Que não é como todos esses *boludos* que vêm pra Barcelona e ficam de boca aberta feito idiotas, que chegam aqui e vão todo dia nas Ramblas ou na Sagrada Família, até que um dia aparece um cigano e bate a carteira deles, de tão *boludos* que são. Você é diferente, *boluda*, sempre na sua, você sabe o que quer, não se deixa impressionar pelos brilhos falsos desta cidade. Entende o que estou dizendo, *boluda*?

Quando eu ia responder, o Facundo continuou sem parar, era o preço por ter aceitado as empanadas para o jantar.

— É uma combinação fatal, *boluda*, de um lado os *boludos* que vêm morar aqui e acham tudo isso mais lindo que a Disneylândia, do outro os *boludos* dos catalães, que, como não conhecem nada, dizem que a Catalunha tem tudo, mar e montanha, e acham que vivem no paraíso.

Facundo enfiou na boca meia empanada que fazia alguns minutos esperava, desesperançada, que ele acabasse de comê-la. Aproveitei a pausa para meter minha colher:

— É exatamente isso que frei Servando dizia no início do século XIX — eu disse. — Que, como os espanhóis não viajam, não têm termos de comparação, e por isso acham que a Espanha é o melhor lugar do mundo, o Jardim das Hespérides.

— Isso mesmo, *boluda* — voltou à carga, ainda mastigando a empanada; pude ver até as azeitonas meio trituradas entre seus dentes. — Acham que Barcelona é o máximo porque não conhecem Londres ou Nova York, nem Paris eles conhecem, *boluda*.

Continuei comendo empanadas, deliciosas, estas sim, por comparação: depois de tantos dias à base de puro macarrão, as empanadas pareciam um manjar dos deuses. Deixei o Facundo tagarelar à vontade, intercalando um "ahãm" de vez em quando, entornando a garrafinha de cerveja a cada duas ou três mordidas. Estávamos praticamente sozinhos no apartamento, o Juan Pablo ainda não tinha voltado (tinha saído de tarde "para dar uma volta"), o Cristian tinha turno da noite no restaurante e a Alejandra estava dormindo no quarto do Facundo desde as nove e meia. De repente o Facundo tinha se sentido obrigado a me convidar para jantar, talvez para me agradecer por ter passado a tarde inteira desenhando com a Alejandra, fazendo pulseirinhas, inventando penteados, o que sempre acaba acontecendo quando a menina vem aqui.

— Antes era um casal de colombianos — continuava Facundo — que morava no quarto onde você está agora com o *boludo* do teu namorado. Aliás, desculpa eu dizer, *boluda*, mas como teu namorado é *boludo*, hein? Outro dia descemos juntos no elevador e perguntei aonde ele estava indo. E sabe o que o *boludo* me respondeu? Que pra aula de catalão, *boluda*! Aula de catalão! Para com isso, *boluda*, os catalães não querem que os outros falem catalão, querem é se sentir superiores, ou no mínimo diferentes, mas logo, logo o *boludo* do teu namorado vai ver, quando tentar falar em catalão na rua e ninguém der a menor bola pra ele. Mas eu ia te contar dos colombianos, um par de *boludos* do tamanho do estádio do Barça, *boluda*, o tempo todo falando *boludices* sobre como Barcelona é linda, os *boludos* chegavam ao cúmulo de fazer sanduíches pra ir comer sentados na frente das casas do Gaudí, me diz se não eram *boludos* os *boludos*. O tempo todo falando de museus e parques, e se eu conhecia tal restaurante onde preparavam o melhor pão com tomate de toda a Catalunha, *boluda*. Mas se eu moro aqui, *boludos*! Eu só banco o turista se for a trabalho, que me contratem pra bancar o Lonely Planet, e por uma boa grana posso até aturar as bichices do Gaudí, *boluda*. E dali a pouco os *boludos* brigaram, *boluda*, a mina se enrolou com um catalão e largou o *boludo*, óbvio, a mina gostou tanto de Barcelona que falou daqui ninguém me tira, e o *boludo*, em vez de fazer do limão uma limonada, em vez de aproveitar a separação pra dar a volta ao mundo em oitenta minas, porque taí uma coisa que Barcelona tem mesmo, *boluda*, aqui você pode ir fincando bandeirinhas no mapa, quanta mina linda que tem em Barcelona, *boluda*!, escandinavas, negras, latinas, asiáticas, o que você quiser, *boluda*, mas o *boludo* pega e volta pra Colômbia. Como os colombianos são *boludos*, não merecem as bênçãos que Deus lhes deu, *boluda*! Mas escuta, você não quer uma carreirinha? Te incomoda que eu faça uma pra mim?

Melhor eu parar de escrever, parar com este exercício de folclorismo barato para ridicularizar o Facundo, minha triste vingança por ele ter tentado me agarrar depois de cheirar três carreiras, e por querer me cobrar dez euros pelas empanadas depois que o empurrei indignada, depois que perguntei aos gritos se ele não via que eu era a namorada do Juan Pablo e que o Juan Pablo ia chegar a qualquer momento.

— Será que você é tão *boluda* que ainda não percebeu, *boluda*? — ele me disse. — O *boludo* e você vão por caminhos opostos, são o caso clássico do casal que Barcelona separa. Um caso típico. Divórcio à catalã. As pessoas que chegam aqui juntas não seguram a onda, *boluda*. Barcelona é uma mina muito puta, *boluda*. Eu mesmo me separei, *boluda*. E você é mesmo uma *boluda*, são duas horas da manhã, agora mesmo o *boludo* do teu namorado deve estar trepando com uma *boluda* como você, uma *boluda* que ele pegou num bar de Gràcia ou do Born, uma *boluda* tão *boluda* como você, só que mais bonita. Quem você pensa que é, toda cheia de dignidade? A Maria do Bairro?

Três e quarenta e cinco da manhã. Acabei de ler *Os detetives selvagens*. O Juan Pablo ainda não voltou.

O Juan Pablo teria adorado isso

A doutora Elizondo apanhou o molho de chaves em cima de sua mesa e disse: vamos tomar um café. Na mesa ao lado, o doutor Valls, de quem eu tinha lido uma antologia do conto espanhol contemporâneo publicada pela Anagrama, fingiu que não percebia nada, atrás da barricada de livros que o rodeava. Talvez não tivesse mesmo percebido nada. Se bem que, por mais distraído ou abstraído que ele estivesse, era improvável que não tivesse reparado na frase que eu acabava de dizer: quero trocar de orientador, tinha dito, num tom de voz desnecessariamente enfático.

Vamos para o corredor, e a doutora Elizondo para na frente da máquina automática de café. A senhora não prefere conversar na cafeteria, doutora?, pergunto. Ela aperta o botão do café com leite e me oferece um olhar de desprezo que dura um segundo e meio, com a idêntica dose de ódio e decepção dos olhares da Valentina desde que chegamos a Barcelona (a mesma mistura, quero dizer). A doutora Elizondo pelo menos reconhece minha existência, por enquanto, não como a Valentina, que se dirige a mim em terceira pessoa, como se eu não estivesse presente e ela falasse com um amigo imaginário (ou melhor, uma amiga imaginária, a julgar pela retórica e pelo conteúdo dos comentários). O que mais me incomoda no Juan Pablo é ele fingir que não aconteceu nada, diz. Não sei se um dia vou esquecer as coisas horríveis que o Juan Pablo me disse, diz. Na semana passada, inclusive, diante de um dos móbiles de Alexander Calder na Fundação Miró: o Juan Pablo teria adorado isso, disse, enquanto olhávamos o movimento quase imperceptível de umas bolinhas coloridas, como se eu estivesse morto.

Peço um expresso à máquina, espero que o copinho acabe de receber o líquido e saio para o frio de novembro, caminhando até o jardim onde a doutora Elizondo me espera sentada. Qual é o problema?, pergunta. Hum, nenhum, digo (a coceira começa na nuca e vai descendo pelas costas). E então?, pergunta, e então me enrolo explicando coisas que ela já sabe que eu já sabia quando lhe pedi, por e-mail, que fosse minha orientadora e fizesse o favor de assinar os papéis para solicitar a bolsa. Que ela é especialista em narrativa andina, e meu projeto de pesquisa se concentra principalmente no Rio da Prata, em Cuba e no México. Que ela trabalha com mitologia. Que é greimasiana e que, por mais que eu admire o trabalho de Greimas, especialmente seu conceito da semiótica das paixões, não me parece a metodologia adequada para minha pesquisa. Que o humor e a semiótica não combinam. Digo tudo embolado e sem parar de falar, como se em vez de falar eu estivesse me coçando ou demonstrando cientificamente que a verborragia cura a coceira (agora se espalhou pelo corpo todo). Calo a boca quando noto que meu palavrório começa a parecer coisa do Cantinflas: a comédia é um efeito e a semiótica é uma causa, acabo de dizer, mas é um efeito de outra causa, a comédia e a semiótica são discursos paralelos que nunca se tocam, hum, não como a semiótica e a tragédia, ou como a semiótica e a mitologia, que são perpendiculares. Atrás dos óculos que lhe dão uma aparência vagamente tartaruguesca, de tartaruga sábia das ilhas Galápagos, para ser mais exato, o olhar da doutora Elizondo é tão expressivo que ela nem precisa dizer nada para eu saber que está pensando que sou um imbecil. Ou melhor, um *capullo*. Ou que estou com o rosto coberto de manchas. Viro o copinho que seguro entre o polegar e o indicador da mão direita. O café desce anunciando uma crise de gastrite. Não sei por que estou fazendo isso, eu lhe diria, se dissesse a verdade, se pudesse dizer a verdade eu lhe diria que só cumpro ordens, que caí nas malhas de uma organização criminosa que me obriga, sob ameaça de morte, a trocar de orientador e mudar o tema da minha tese de doutorado. Ninguém precisa acreditar em mim.

Você já passou no médico para olhar essa dermatite?, diz a doutora Elizondo. Digo que é uma alergia, que meu pai é dermatologista. Está parecendo uma dermatite nervosa, diz, e começo a suspeitar que sua preocupação com a minha saúde pode não ser totalmente desinteressada (o diagnóstico de uma crise nervosa provocada pela mudança de país ou pelo estresse do doutorado lhe permitiria aceitar meu pedido sem ferir seu amor-próprio). É uma alergia multifatorial, insisto, sofro disso desde criança, minto, roubando-lhe essa possibilidade, mais preocupado, por um reflexo narcisista, com meu amor-próprio do que com o dela. Devia treinar mais o meu senso de sobrevivência (vou precisar muito dele). A doutora Elizondo bufa, contrariada. Em quem você pensou para me substituir?, pergunta, com evidente despeito, como se os acadêmicos também cantassem *rancheras*. Em quem?, repito, adiando por alguns segundos a revelação do nome que o Doutor soletrou no nosso último telefonema, dessa vez num locutório de Sants. Anota aí, disse o Doutor. Estou sem caneta, respondi. Então pede uma, *chingada*, disse o Doutor, anda logo. Abri a porta da cabine e três pessoas se precipitaram, pensando que eu já tivesse desligado; uma mulher de véu, um sujeito com pinta de boliviano ou de peruano e um subsaariano, como se fosse o começo de uma piada: estavam num locutório uma muçulmana, um latino e um negro. Gesticulei dando a entender que ainda estava ocupado e que precisava de uma caneta, disse, um *boli*, repeti, olhando para as pessoas na fila, até que o boliviano ou peruano puxou uma caneta Bic de algum bolso do seu macacão manchado de tinta e a estendeu na minha direção. Voltei para a cabine, fechei a porta, cocei o pescoço e a barriga, tirei um papelzinho da carteira e falei: pronto, e o Doutor soletrou o nome que a doutora Elizondo agora espera que eu revele.

No Fernando?, pergunta a doutora Elizondo, referindo-se ao doutor Valls, seu companheiro de sala. Hum, não, digo. Então?, diz ela. Tomo mais um gole de gastrite. Ela suspira, exasperada. Na doutora Ripoll, digo por fim. Na verdade digo *Ripol*, porque não consigo de jeito nenhum pronunciar o duplo "l" catalão no final das palavras. A Meritxell?, ela pergunta, pronunciando bem o som de duplo "l", e se levanta quase de um pulo, mas, ao notar que sua reação foi exagerada e que pode ser mal interpretada, como se houvesse algum problema pessoal entre elas, diz: gostaria de saber o que o seu projeto tem a ver com os estudos de gênero. Eu não vou mexer um dedo para tramitar a troca de orientador para a bolsa, acrescenta. Você trate de resolver tudo e me traga os papéis para assinar quando estiverem prontos. E se retira a um passo demasiadamente frenético para sua sapiência tartaruguesca, poupando-me assim do vexame de confessar que não só estou trocando de orientador, mas também mudando meu projeto de pesquisa, e que agora o tema da minha tese será o humor misógino e homofóbico na literatura latino-americana do século XX. Ato contínuo, começo a me coçar inteiro, como se o tema da tese me desse alergia.

O celular no bolso da calça também se sacode, no ritmo da coceira, e demoro a perceber que está vibrando. Número desconhecido. Alô, digo, e uma voz em inglês diz: um momento, por favor. Passam-se dois, três segundos. Como foi?, pergunta o Doutor. Hum, bem, digo. Algum problema com a troca?, diz. Não, digo, mas ainda preciso tramitar o pedido. Quando é que tu vai ter aula com a doutora Ripoll?, pergunta, pronunciando corretamente o duplo "l" final. Vai ter um seminário na semana que vem, digo. Ótimo, diz. Presta atenção. Investiga tudo o que tu puder sobre Laia Carbonell. É uma orientanda da doutora Ripoll que deve estar no seminário. Laia Carbonell, repete, soletrando o duplo "l" final. Chega nela, preciso que tu faça contato com ela. Não vai fazer merda, decora bem todo aquele papo-furado dos estudos de gênero, que tu vai precisar. Daqui pra frente, não tem brincadeira. Na primeira cagada, tu já era. Entendeu?

No seminário aparece um ou outro perdido como eu, mas noventa por cento dos presentes são compostos por uma compacta legião de orientandas que trabalham em projetos dentro do grupo de pesquisa coordenado pela doutora Ripoll, intitulado "Corpos textuais e textos corporais". São na maioria catalãs, exceto um subgrupo de quatro colombianas; todas parecem se conhecer há muito tempo, ostentando a férrea cumplicidade de quem fez o primário em escolas militantes, guerrilheiras do método Waldorf ou, no mínimo, Montessori.

As colombianas apresentam os últimos avanços no seu projeto sobre a masculinização do corpo feminino, projetando um vídeo em que elas mesmas aparecem vestidas de terno preto, gravata preta, bigodes postiços e cartola, passeando pelas Ramblas. O vídeo dura uns dez minutos, durante os quais elas não fazem nada além de se desviar dos turistas, falar engrossando a voz, fumar charutos, agarrar a genitália como fazia Javier Bardem no cartaz de *Ovos de ouro* e reclamar da risada das pessoas em volta. Ao vivo, talvez para disfarçar o constrangimento de se verem na tela, as colombianas roubam a palavra umas das outras, tagarelando confusamente sobre travestismo e transexualidade. Quando a projeção termina, a doutora Ripoll lhes pergunta qual foi o maior desafio que elas enfrentaram ao encarnar o corpo masculino. As colombianas dizem que o mais difícil foi não rir. Nem sorrir. Como assim?, pergunta a doutora Ripoll, supondo, imagino, assim como eu, que elas se referem à dificuldade de levar a performance a sério, e não como uma brincadeira. Mas não é isso, explica uma das colombianas, e sim que, como os homens não riem nem sorriem, o mais complicado para elas foi não rir nem sorrir. Os homens não riem?, pergunta a doutora Ripoll. As colombianas dizem que não, em uníssono, e eu rio, às gargalhadas, e de repente todo mundo descobre que eu existo, que lá estou, no fundo da sala. Desculpem a risada, digo, escapou.

A doutora Ripoll pede que eu aproveite para me apresentar. Falo brevemente do meu currículo, do meu projeto de pesquisa sobre o humor machista e homofóbico, conto que já na minha monografia analisei os contos de Jorge Ibargüengoitia, entre eles, por exemplo, um cujo protagonista considera a maior humilhação do mundo um médico lhe enfiar o dedo no cu. Na verdade, uso os termos "introduzir" e "ânus", que soam mais acadêmicos. E digo isso tudo com um tonzinho meio horrorizado, quando na verdade eu adoro esse conto. As catalãs me perdoam. As colombianas nem tanto. A doutora anuncia um intervalo de dez minutos, para aguardarmos um professor convidado da Universidade de Santiago de Compostela.

Durante o intervalo, vou até a máquina automática de gastrite, entro na fila atrás das catalãs, me desdobrando para entender algum farrapo de sua conversa, sem conseguir quase nada. O problema é que parece haver duas ou três Laias; pelo jeito, chamar-se Laia em Barcelona é tão comum quanto se chamar Claudia no México ou Jennifer em Honduras. A pausa termina sem nenhum progresso, minhas aulas de catalão se revelam um fiasco, duas vezes por semana há quase um mês, e continuo sem entender patavina.

O professor galego coordena um grupo de pesquisa em Santiago de Compostela sobre opressão e repressão do discurso fálico. Depois de uma breve introdução institucional saudando a colaboração entre sua universidade e a Autónoma, começa a projetar umas imagens em que ele aparece na companhia do namorado, introduzindo-se mutuamente monstruosos consolos de borracha nas mais variadas posições: frango assado, cachorrinho, cowboy, guarda-costas. Que bonito, diz uma das catalãs. Lindo mesmo, concorda uma das colombianas. Na penumbra (apagaram as luzes para melhor apreciação das fotos), observo o rosto das bolsistas iluminado pelo reflexo da projeção. Três ou quatro parecem mais ou menos bonitas. Uma delas, muito bonita. Todas juntas apreciam embevecidas o pornô gay hardcore. Em condições normais, diria a Valentina, o Juan Pablo teria adorado isso.

Muito interessante, diz a doutora Ripoll, quando as luzes se acendem, depois de um grande *close-up* do ânus do professor convidado. O falo como subversão, diz, ou a subversão do falo. A *mise en abyme* do falo. E em seguida dá por encerrada a sessão e nos convoca para o próximo encontro, no dia 10 de dezembro.

Eu embromo, como diria minha mãe, dentro da sala, esperando as catalãs terminarem de conversar com o professor convidado, imagino que perguntando qual a pomada que ele usa para as hemorroidas. Quando elas afinal saem, começo a segui-las discretamente pelo labirinto de corredores que se estende entre as salas do prédio de letras e a estação de trem. São oito ao todo, duas logo se desgarram para os lados da biblioteca, outra (a mais bonita) segue rumo ao café, outra se despede em frente à sala de informática, e corro o risco de que alguma delas seja Laia, a Laia que estou procurando, mas, atendo-me a um cálculo de probabilidades, resolvo continuar no encalço das quatro que seguem juntas para o túnel de acesso à estação, aperto o passo para chegar à plataforma ao mesmo tempo que elas, fico bem perto, como se estivéssemos juntos, e as encaro descaradamente, fazendo com que seja quase impossível me ignorarem. Oi, digo, quando constato que, mesmo assim, elas continuam fazendo de tudo para me ignorar. Oi, respondem, muito a contragosto. Comento que a apresentação do professor galego foi muito interessante, muito estimulante, digo, e, para prevenir mal-entendidos em torno do meu entusiasmo, e para evitar que as quatro catalãs pensem que estou me insinuando com duplos sentidos, acrescento que as fotos me fizeram pensar num artigo de Gayle Rubin e Judith Butler que interpreta a história da sexualidade através da história dos materiais e da tecnologia, do urbanismo que gerou as zonas de meretrício, da escuridão do espaço público antes do advento da eletricidade, ideal para encontros clandestinos, digo que não se pode entender o fetichismo nem o sadomasoquismo sem levar em conta a história da produção da borracha, a exploração dos índios da Amazônia pelas companhias inglesas no século XIX, e que não se deveria esquecer o aspecto político e social das práticas eróticas da pós-modernidade, porque, para que o professor galego e seu namorado pudessem atingir o orgasmo, foi necessária a criação de um mercado de próteses sexuais que remonta à escravidão dos índios de Putumayo, torturados e humilhados por senhores criminosos.

Mas e aí? Agora temos que sentir culpa cada vez que gozamos?, diz uma das catalãs quando minha verborreia histérica finalmente se interrompe, no instante em que uma tela informa que faltam quatro minutos para a chegada do trem com destino a Barcelona. Ha ha ha, eu rio, muito forçado, festejando a piada ruim, porque é uma das catalãs mais ou menos bonitas, o que melhora a piada. Acho que basta você pedir perdão por sua mentalidade colonialista antes de pôr a calcinha, digo. Como é mesmo seu nome, mexicano?, ela me pergunta, rindo condescendente, mostrando os caninos superiores um tanto saltados, ou talvez os quatro incisivos é que sejam um pouco recuados. O meu é Laia, acrescenta. Digo meu nome e olho para as outras três, que dizem se chamar Ona, Ana, com dois enes, diz, Anna, e Laia, uma Laia anódina de pele leitosa e com uma jaqueta Levi's pré-histórica. Olho para as duas Laias alternadamente, esperando a elucidação que qualquer pessoa consideraria pertinente (e eu, urgente, uma questão de vida ou morte), e por fim a dos dentes tortos diz que ela é Laia Carbonell, *Carbonei*, diz, ou é isso que escutam meus ouvidos pré-catalães, para depois mencionar o sobrenome da outra Laia, outro sobrenome catalão que já não vem ao caso.

Na verdade, mexicano, diz Laia, virando a página das apresentações, também não podemos falar em fetichismo sem analisar a história da misoginia, levando em conta, inclusive, que muitos desses "bons selvagens" que você defende eram misóginos até a medula, e começa a exemplificar seu argumento com o caso de uma tribo da Polinésia. Eu aproveito os três minutos que ainda faltam para o trem chegar, dois minutos e cinquenta e oito segundos, para fazer um retrato mental de Laia, como se as ordens do Doutor na realidade fossem instruções para o exercício de uma oficina literária. Cabelo dourado, quase ruivo, rapado na nuca, os lóbulos das orelhas enfeitados com um par de minúsculas pérolas, o nariz arrebitado e com um leve desvio para a direita (seguindo o rastro de algum aroma apetitoso), as maçãs do rosto e a testa muito saudáveis, coradas, sem sinais de espinhas da adolescência, sem oleosidade, os lábios fininhos e um pouco roxos de frio (não usa batom).

O trem chega, as três amigas conseguem se sentar, e Laia e eu temos que nos conformar a viajar encostados ao lado de uma das portas, bem na hora em que Laia arremata seu argumento dizendo que, afinal de contas, os totens foram as primeiras bonecas de encher (não diz infláveis). Eu digo que, no que se refere ao México, os astecas e os maias eram mais propensos à aniquilação que ao erotismo ou à reprodução, ou que, no mínimo, sua concepção do erotismo era um tanto tétrica, necrofílica; Laia Carbonell ri como se eu tivesse contado uma piada, e a posição dos seus dentes começa a me fazer cócegas nas partes baixas. Antes que se instale entre nós um daqueles silêncios pesados como mochilas cheias de areia, pergunto se ela conhece o mito de Pigmalião, e ela faz uma careta que quer dizer óbvio que sim (abre o casaco, deixando entrever sua silhueta magra, o par de seios minúsculos, que, mesmo avolumados pelo sutiã, a blusa e a malha, devem ser menores que ameixas), o que me leva a elevar o grau de sofisticação e falar de Oskar Kokoschka, o pintor que, ao voltar da Primeira Guerra Mundial, descobriu que sua amante tinha se casado com outro homem e, em vez de tentar reconquistá-la, fez uma coisa muito mais simples: mandou fabricar uma boneca idêntica a ela; e, além disso, como se não bastasse, ambas, a ex-amante e a boneca, por ironias da vida, se chamavam Alma. Kokoschka levava a boneca à ópera, às festas oferecidas em sua homenagem, até que, depois de uma noite de loucura, a boneca apareceu decapitada no jardim de sua casa. Na verdade, digo, como quem revela a moral de uma fábula, não se pode falar da história da misoginia sem levar em conta a doença mental. Aí você acertou na veia, mexicano: vocês, machos, são todos uns malucos, diz Laia, abrindo mais a boca enquanto solta uma gargalhada, exibindo sua arcada dentária completa.

Aproveito que ela parece ter baixado a guarda para fazer o interrogatório de praxe, onde nasceu, idade etc. Ela diz que é de Barcelona. Que tem vinte e nove anos, quase trinta. Que estudou literatura catalã na Autónoma. Pergunto se sempre morou em Barcelona. Diz que morou um ano em Bruxelas, quando fazia o ensino médio, por causa do trabalho do pai, e que depois passou seis meses em Berlim, pelo programa Erasmus. Você fala alemão?, pergunto. Não, responde. Bom, digo, seis meses é pouco para aprender alemão se a pessoa é meio lerdinha. Como você é estúpido, diz, e volta a dar risada, e eu a olhar seus dentes. Não fui lá para aprender alemão, completa, fui ao Instituto de Línguas Românicas da Humboldt. O trem passa a estação Peu del Funicular, e ela diz: a próxima é a minha, mexicano. Acena para as três amigas que continuam sentadas, prometem se telefonar, e, quando se aproxima para me dar os dois beijos de despedida, sem evitar o contato com as manchas no meu rosto, sobre as quais também não fez nenhum comentário, digo que podíamos marcar um café, ou uma cerveja. Ou até uma aula de alemão. Pode ser, responde rindo, e eu volto a olhar para seus dentes. E em seguida, quando a porta do vagão se abre, ela acrescenta: mas não se iluda, mexicano, eu gosto de meninas.

De tarde ligo para o Doutor de um locutório do Poble Sec. Digo tudo o que apurei sobre Laia Carbonell. Que mais?, pergunta o Doutor. Não parece estar anotando. Quando lhe digo que é só, que é só isso que consegui descobrir até o momento, ele diz: agora tu vai comer a fulana, diz. Como é?!, digo, e aperto o fone contra a orelha como se de repente todas as ondas e os ventos do Atlântico se orquestrassem para provocar interferências, e até passo o telefone para a orelha direita rapidíssimo, achando que com o ouvido direito vou escutar melhor. Que tu vai foder essa Laia, diz o Doutor, já esqueceu como se fala no México?, e minha orelha direita também é incapaz de traduzir a mensagem em algo minimamente verossímil (se ele me pedisse que a matasse, ou que a sequestrasse, que a torturasse, que a extorquisse, ou que a chantageasse, qualquer coisa teria mais coerência diegética, considerando os precedentes). Pronto?!, grito, alô?!, alô?!, repito, tentando ganhar tempo para ver se a realidade, em geral tão onipresente, ou o realismo, seu vulgar lugar-tenente, por fim entram em cena. Que tu vai co-mer ela!, repete o Doutor, vai fo-der!, repete, como se as ordens da organização criminosa fossem uma sublimação da libido coletiva.

Bato o telefone e saio disparado da cabine, e quando já estou me precipitando na rua o paraguaio do caixa atalha minha carreira com um berro histérico: aonde você pensa que vai sem pagar, *capullo*?!, e meus preconceitos de classe média (meus valores, diria minha mãe) são mais fortes que o impulso de fugir, e me detenho para esperar que o paraguaio imprima a conta, dois euros e oitenta centavos, enquanto diz que o golpe do cliente que recebe uma notícia terrível e sai sem pagar já é muito manjado, que ninguém cai mais nessa, que no bairro tinha uma cubana que saía chorando da cabine e gritava que seus filhinhos tinham morrido em Havana, ou em Matanzas, mudava a cidade em cada locutório, e ninguém tinha coragem de barrar sua saída, até que a história se espalhou pelo bairro. Sua fama foi sua perdição, vai dizendo o paraguaio quando o celular no bolso da minha calça começa a tocar, número desconhecido, e atendo sem pensar, para me livrar do paraguaio, que agora quer me mostrar a foto da cubana (está impressa num cartaz colado ao lado da caixa), e escuto a operadora dizer, em inglês, um momento, por favor, e em seguida o Doutor gritando: nunca mais desliga na minha cara, ô babaca! Nunca! E já estou a ponto de desligar quando ele acrescenta: primeiro vai ser teu pai, e é uma pena, um homem tão bom, tão honesto, tão trabalhador. Outro dia fui no consultório dele para que examinasse uma mancha que eu tenho no braço. Bom médico, teu pai, queria que eu fizesse uns exames na circulação, bem preocupado, mas a mancha era só a marca de uma pancada que eu tinha levado de um babaca que o Chucky deixou escapar quando lhe cortava uma orelha, o merda do Chucky nunca dá um nó que preste, ele que vive dizendo que foi escoteiro. Me liga de volta agora mesmo, diz, e desliga. Preciso de outra cabine, digo ao paraguaio, a coceira se espalhando do dedo mindinho do pé até o cocuruto. O paraguaio me manda procurar outro lugar, que nem sonhando vai me deixar entrar de novo no seu locutório, que sou um *capullo* se penso que vou lhe passar a perna na base da insistência. Pago adiantado, digo. Cacete, diz o paraguaio, o que você tem? Está com o rosto todo cheio de manchas. É uma alergia, digo, enquanto saco a carteira e lhe entrego uma nota de dez euros. É um caso de vida ou morte, digo, e o paraguaio apanha a nota dizendo que eu não pense que ele vai cair no golpe do alérgico, que quando eu gastar os dez euros vai entrar na cabine para me escorraçar. A três, diz o paraguaio, e corro para a cabine três.

Assim que eu gosto, diz o Doutor ao atender. Vou procurar a polícia, digo. Ah, é?, responde. Posso saber qual delas? Se for a Guardia Urbana, pergunta lá pelo Gimeno, que é o chefe em Barcelona. Manda um abraço para ele. Se for procurar os Mossos, dá lembranças ao comissário Riquer. Não digo nada: em vez de responder, me coço (o braço, o pescoço, a barriga, o fim das costas). E posso saber o que tu pensa dizer pra eles?, continua o Doutor. Que tu tá sendo chantageado para foder uma fulana que, aliás, é muito rica? O China me mandou umas fotos dela. Bonitinha essa Laia. Magrinha do jeito que eu gosto. Se arrumasse os dentes, ficava melhor. Vou contar, digo, que vocês mataram meu primo, que eu mesmo vi tudo. Larga mão de ser babaca, diz, teu primo foi atropelado por um ônibus, se quiser posso até te mandar uma cópia da certidão de óbito. Teus tios armaram tanto escândalo que botaram o motorista na cadeia, tu não ficou sabendo? Para de falar babaquices, ou *gilipolleces*, se tu preferir, acho que teu pai prefere continuar vivo, parece uma pessoa que ama a vida. A Laia é lésbica, digo, caso ele ainda não saiba desse pequeno detalhe, e ao repeti-lo já começo a ceder. Isso a gente já sabia, ô babaca, diz o Doutor. Tu vai é fazer um trio, por isso que a gente precisava da Valentina. É agora que vamos usar a Valentina, diz. Como é?!, digo, estupefato, nem tanto pela explicação quanto por seu efeito: uma súbita ereção. Na verdade, continua o Doutor, o que precisamos é entrar no círculo íntimo da Laia, e o jeito mais rápido e simples é através do sexo. Não seria mais fácil eu fazer amizade com ela, ganhar sua confiança?, pergunto sem convicção, mais estupefato ainda, ainda mais pela lembrança dos dentes da Laia, os quatro incisivos superiores um pouco recuados, pela fantasia de lamber aqueles dentes, o formigamento no baixo-ventre competindo com a coceira generalizada, a promessa de um trio e a ameaça de morte, Eros e Tânatos, algo que sem dúvida poderia ser explicado com Bataille, ninguém precisa acreditar em mim. Está na cara que tu não sabe onde foi viver, diz o Doutor. É mais fácil um camelo passar pelo buraco de uma agulha que tu ganhar a amizade de um catalão. Presta atenção, anota o telefone que vou te passar. Liga para esse cara da minha parte, da parte do Doutor, pode dizer, ele vai te dar o que tu precisa para armar a suruba, não pensa que sou babaca a ponto de confiar nos teus dons de conquistador. Desta vez tu trouxe caneta, ô babaca? Anota aí.

O sujeito estava de calça de moletom e blusão verde-oliva com capuz. Andava de um lado para o outro com as mãos nos bolsos, na entrada da estação Artigues. Tinha pinta e atitude de bandido, do tipo que não faz a menor questão de esconder isso, ou que disfarça muito mal. Fui chegando, desconfiado. Você vem da parte do Doutor, *nen*?, diz ele, tomando a iniciativa. Você é o Nen?, digo. Você está atrasado, *nen*, diz. Errei a baldeação da Sagrada Familia, digo. Vamos naquele bar, diz, sem tirar as mãos dos bolsos, apontando para a esquina com o queixo.

Quem toca o bar é um chinês. Há duas máquinas caça-níqueis ocupadas por chineses. Seis ou sete mesas com gente do bairro lendo o jornal, conversando aos gritos, olhando a TV pendurada ao fundo. Sentamos a uma mesa perto do balcão. Uma gelada, o Nen grita para o chinês. Calculo que deve ter entre vinte e cinco e trinta anos. A pele bexiguenta. O cabelo castanho, deduzo, a julgar pelas mechas que transbordam do capuz, que nem dentro do bar ele tira. Os olhos azuis como os meus. Peço minha dose de gastrite. Por baixo da mesa, o Nen me cutuca o joelho. Recuo o corpo. A mão, *nen*, diz baixinho o Nen, põe a mão embaixo da mesa. Obedeço. Recebo um saquinho de plástico que escondo sem olhar no bolso do casaco. Agora é ele quem recua o corpo, relaxado.

De que lugar do México você é, *nen*?, pergunta o Nen, depois de tomar o primeiro gole de cerveja. Hum, do DF, minto. Ihhh, diz o Nen, aquilo deve ser de matar, *nen*, toda aquela gente amontoada, quilômetros de congestionamentos, e ainda por cima os terremotos, *nen*, um dia você acorda de cueca, e a merda da cidade toda destruída. Você fez bem de vir para cá, *nen*, diz. Que manchas são essas no teu rosto? Uma alergia, digo. Não falei, *nen*?, diz, aposto que é por causa da poluição. Conhece a piada do judeu que tinha lepra? Você é judeu?, pergunto, constrangido, olhando em volta para ver se alguém nos escuta. Que é isso, *nen*?, diz o Nen, em catalão, o Nen aqui é de Badalona, *nen*, de onde tirou que sou judeu? Sei lá, digo, imaginei, eu só contaria uma piada de judeu se fosse judeu. Que merda, *nen*, diz o Nen, agora não posso nem contar uma piada de negro ou veado ou imigrante mexicano? É só uma piada, *nen*. Só porque eu te conto uma piada de judeu não quer dizer que eu seja nazista, *nen*. Não ponho minha mão no fogo, digo, sabe aquele ditado, diz-me com quem andas, e te direi quem és? Ou diz-me com quem ris, e te direi quem és. *Hostia, nen*, diz o Nen, nenhum camarada meu é nazista, tem muito maluco, mas nazista, nenhum. É uma hipótese, digo, pensa um pouco em quem pode achar graça na tua piada, e aposto que no meio tem um nazista. Ele não precisa existir de verdade, é um nazista imaginário que estaria rindo da tua piada. Se teus camaradas são nazistas imaginários, te encafuam em Sant Boi, *nen*, diz o Nen, ha ha ha. Caralho, *nen*, vocês mexicanos são muito cheios de histórias, se não quer que eu conte a piada, não conto, e pronto. O barulho de uma cascata de moedas interrompe o diálogo. Esses chineses são uns demônios nas maquininhas, diz o Nen, olhando para o chinês que está recolhendo as moedas. Entra em qualquer bar de Barcelona, e você vai ver um monte deles jogando nos caça-níqueis. Sabe o que um camarada meu me falou, *nen*? Que é assim que os chineses financiam seus negócios, *nen*, com o dinheiro das maquininhas, com isso eles compram as lojinhas dos bairros, os bares, já reparou?, agora por tudo que é lado tem uma lojinha de chinês, é um plano de dominação mundial, *nen*, tudo com o dinheiro que eles ganham nos caça-níqueis, diz. Vira o resto de cerveja de um gole e faz menção de se levantar. Você paga a gelada, *nen*, diz, as balas já estão pagas. Depois adianta o rosto para sussurrar, olhando para um lado e para o outro de modo paranoico: essas pastilhinhas são o fino, diz, não tem nada mais puro, as melhores balas de Barcelona. As pessoas se matam por elas. E você ganha de graça. Quem é você, *nen*? Mula do Luis Miguel? Da Paulina Rubio?

Você ainda vai me agradecer por isso

E aí, primão? Beleza? Como te tratam os catalães, velho? Já aprendeu a lambuzar o pão com tomate? Já foi nas Ramblas pra ser assaltado?

Se você tá lendo essa carta é porque ela chegou aí pra você, então anda logo e me liga no telefone que botei aí embaixo, pra eu saber que o canal de comunicação tá aberto. Também me fala se é seguro eu continuar te escrevendo aí na universidade, nesse endereço que catei na internet. Você recebeu esta carta, né, primão?

Você deve estar achando muito bizarro eu te mandar uma carta pelo correio e não um e-mail, né, velho?, mas é que a minha conta deve estar grampeada, e logo você vai entender por quê. É por isso também que depois vou falar pra empregada levar a carta no correio, que toda semana ela escreve pra família dela em Oaxaca. Às vezes ela também bota vinte pesos no envelope, juro, velho, e uns cartões de Guadalajara, como se ela morasse em Paris, mó deprê, velho. Que merda de país, puta que o pariu. Mas assim pelo menos vou ter certeza que a carta chega aí, e se chegar na universidade é porque deve ser um lugar seguro. Me fala logo se você recebeu, velho. Chegou mesmo na tua mão, né?

Aposto que você tá achando que te meti numa jogada sinistra, tipo um negócio ilegal, é isso que dá estudar literatura e viver no mundo da fantasia, sem saber como são as coisas aqui fora, velho, na vida real. Na vida real a parada é muito pesada, tá ligado?, e quando você resolve fazer negócios de alto nível, de um nível muito foda, você precisa se colocar no mesmo nível, primão. Agora, se você tá lendo essa carta, já meio que deve saber do que é que eu tô falando, que os caras que podem nos grampear são tudo gente da pesada, e não por acaso eles fazem negócios de alto nível, não pensa que é qualquer bostinha que pode entrar nesse tipo de projeto, velho. E se esses caras grampeiam os telefones e espionam o e-mail da gente não é de sacanagem, não, velho, é que eles sabem cuidar dos seus interesses de negócio, sabem que uma parada desse nível só dá certo se fiscalizar bem cada detalhe e fizer um *follow up* muito foda, sem deixar nada fora do lugar.

O mais importante é a gente acertar os ponteiros, primão, ainda mais agora que o projeto vai entrar na fase de *startup*, que é uma fase muito foda, velho, a maior parte dos negócios não sobrevive nem dois anos, por isso você e eu precisamos trabalhar juntos, primão, pro bem dos dois. Não tô falando pra gente passar a perna nos figurões, não, afinal eles são meus sócios, velho, nossos sócios, velho, só tô falando pra gente ficar esperto e cuidar dos nossos interesses, e você vai ver que, se o projeto decolar, a gente vai encher o cu de grana. Esses caras são gente muito da pesada, tudo cachorro grande, isso você já deve ter notado, é gente que lidera projetos que é muito difícil entrar, gente que almoça com presidentes, gente que só de pegar o telefone o mundo inteiro começa a mexer a bunda pra cumprir suas ordens, gente muito mas muito foda, e eu só tô pondo você em contato com eles porque você é meu primo, primão, falei de você pra eles, falei que você é um parça firmeza, e um dia você ainda vai me agradecer por isso.

Se você ainda tá se perguntando que merda tem a ver com isso, pensando que não passa de um porra dum *loser* que só quer ser professor de literatura, escrever livros sobre a imortalidade das estátuas e garantir seu salarinho de quinze mil pesos, vê se larga de ser egoísta e pensa também na Valentina. Você sabe como é a mulherada. Faz quanto tempo que você tá com ela? Cinco anos? Mais? Pode escrever que logo, logo ela vai vir com o papo de que quer ter uns moleques, a porra do relógio biológico da mulherada é muito foda, foda mesmo, você sabe como é a mulherada. E a titica do teu salário de professor de literatura não vai dar pra porra nenhuma, primão, nem pras fraldas, mas como você é um puta dum sortudo, teu primão aqui não esqueceu de você, velho, não esqueço tudo o que a gente viveu junto, primão, e, mesmo você sendo um puta dum vacilão que até boicotava meus projetos de negócio, eu sempre continuei considerando você meu primo favorito, primão, o sócio com quem eu quero fazer negócios pra gente ganhar os tubos na parceria, velho. Se não, pra que merda serve a família, velho? A família é pra isso, pra gente quebrar tudo junto, trocar contatos, fazer *business* na moral, ou como você pensa que os Azcárraga e os Slim chegaram lá? Nunca vou me esquecer do que teu pai fez pelo meu, ou você acha que eu não sei que teu pai bancou o meu quando ele tava na faculdade? Essas coisas a gente não esquece, velho, eu aqui não esqueço, e agora chegou minha vez de retribuir, te oferecendo uma chance que você nem pode imaginar, que se você partir pras cabeças vai ganhar os tubos, primão, vamos encher o cu de grana juntos, você e eu, primo. Tenho uns amigos que são capazes de matar só pra entrar numa parada dessas, num negócio desse nível, mas é você que é o meu primo, primão, e pode ser que eu seja um puta dum sentimental, mas não esqueço tudo o que a gente viveu junto. Caraca, espero que você tenha mesmo recebido esta carta, velho, me liga agora mesmo para acabar com essa agonia, vai, corre lá, não tô ouvindo o telefone tocar.

Vou te explicar qual é a parada pra gente ficar bem alinhado, trabalhando junto, que só me falta daqui a pouco você querer partir pra carreira solo, primão. Tô te mandando esta carta pra você saber onde tá pisando, porque eu te botei em terreno firme, velho, não pensa que te meti numa merda de projeto sem futuro, numa punheta mental, o negócio é seguro e não vai ser fácil esses caras tirarem a gente da jogada, porque eu tenho toda a informação e você é o contato em Barcelona.

Então vou te contar qual é, presta atenção e não se distrai. Se tá com a TV ou com o som ligado, desliga, e larga essas porras de livros que você fica remexendo o tempo todo. É o seguinte, velho: faz uns dois anos, conheci em Cancún duas gatas catalãs que estavam fazendo a Costa Maia de mochilão. Comecei cercando uma delas, a que era mais ou menos bonita, alemãzinha, de olhos verdes, magrinha, só que com os dentes meio tortos. Você nem imagina o porrilhão de europeias que tracei lá no Caribe, primão, e olha que eu tava em desvantagem, por ser alemão, de olhos azuis. As europeias só querem saber dos caras escuros, tipo índios, te juro, velho, alemão elas já têm aos montes aí na Europa, e se você vai caçar nas baladas do Caribe entra numa porra de um mundo de cabeça pra baixo. Aí, no que eu tava cercando a gata, descobri que ela era lésbica, velho, e a outra era namorada dela. Mas mesmo assim fiquei de boa com elas, as duas superdescoladas, e você sabe que eu não tenho preconceitos, primão, *open mind*, cada um na sua, e além do mais a gente tem é que ficar esperto, velho, porque no dia que todos os veados e ninfomaníacas saírem do armário vai é abrir um puta dum mercado de pirar o cabeção. Por isso botei as duas em contato com uns amigos pra passearem nos parques ecológicos, e também dei a dica de umas praias onde não tem um puto dum turista, você não imagina o que é aquilo. O marzão com umas cores fodásticas, de areia branquinha, branquinha, velho, não sei por que você não aproveitou quando eu morei lá pra me visitar, você ia curtir tudo na faixa. Só mesmo um vacilão que nem você. Azar o teu, agora já era.

O que importa é que as gatas ficaram superagradecidas e me falaram que se um dia eu fosse pra Barcelona era pra dar um toque. Até aí, normal, mas aí é que entra a visão de negócios do teu primo, primão, onde começa o trabalho do teu primo, porque qualquer outro teria jogado fora o papelzinho onde elas anotaram nome, e-mail e telefones e teria esquecido as duas, que afinal nunca iam dar a menor condição. Mas teu primo não, velho, porque teu primo aqui sabe muito bem em que mundo a gente vive, com toda a parada da globalização, e eu tenho tipo um sexto sentido muito foda pros negócios, e sinto o cheiro das oportunidades a dez mil quilômetros, sou capaz de saber que uma lojinha de parafusos no centro de Katmandu vai bombar e que congelar atum no Alasca é roubada. E aí me bateu uma intuição muito foda, velho, sério mesmo, não sei por quê, tem gente que chama isso de instinto de negócios, se bem que aí já parece tipo uma baboseira sobrenatural.

Comecei a pesquisar na internet quem eram essas gatas, e sabe o que eu que descobri, velho? Que uma delas, aquela que eu tinha meio que gostado, a dos dentes tortos, era filha de um político catalão pica-grossíssima, um fulano que tinha estado no Parlamento Europeu e que agora trabalhava numa empresa pública muito parruda, e que o filho da mãe tava no conselho de administração de não sei quantas companhias transnacionais, telefônicas, de gás, bancos, petrolíferas. O velho tá montado na grana. É de uma dessas famílias que tão montadas na grana desde o tempo das cavernas, velho, desde a Idade Média ou o Renascimento, desde a época Neandertal. Ninguém solta um peido na Catalunha sem pedir licença pra esse velho, velho.

Nas minhas horas vagas comecei a catar informação sobre o tal fulano e montei um dossiê muito foda, com suas ligações políticas e de negócios, quem são seus sócios e amigos, de que projetos ele participou, e também quem são seus inimigos. Eu sabia que um dia tudo isso ia ser útil, que era só ficar ligado, esperando a oportunidade pra dar o bote. Eu nem sabia muito bem por quê, era tipo uma intuição, isso aqui pode mudar a minha vida, eu pensava, isso aqui pode mudar a minha vida pra sempre, e eu tava certo, primão.

O tempo passou, mas eu não perdi o rastro daquele velho, até que no início deste ano aconteceram duas coisas: uns sócios com quem eu tinha feito uns negócios muito parrudos me procuraram pra saber se eu tinha alguma parada quente onde botar dinheiro, e teu pai me contou que você ia morar em Barcelona pra fazer um doutorado. Aí comecei a pesquisar sobre teu doutorado, primão, e olha que foda, descobri que você ia estudar na mesma universidade onde aquela gata trabalha de bolsista, a tal filha do político catalão, a dos dentes tortos, você tá me entendendo?, tá prestando atenção? Larga essa porra de livro, velho! Eu te conheço, aposto que já catou uma porra de livro pra ler. Tô te falando, primão, que aquela gata trabalha de bolsista na mesma universidade onde você vai fazer seu doutorado, velho! Puta coincidência foda, velho! Tudo se encaixou, primão, que nem nas novelas, onde uma hora descobrem que a empregada na verdade é a filha desaparecida de um milionário, não sei se alguma vez na vida já te aconteceu uma coisa dessas, tipo o alinhamento dos planetas, e você tem na mão todos os ases do baralho na rodada que o dinheiro todo tá na mesa.

O resto você já mais ou menos deve saber a esta altura. Eu passei uma cópia do dossiê pra esses caras, os nossos sócios, falei de você, falei que você é um parça firmeza, e eles logo ficaram interessados. Pediram pra gente armar uma reunião antes de você embarcar pra Barcelona, que é a reunião que vamos ter amanhã, ou seja, amanhã de quando estou escrevendo esta carta, não vai confundir as coisas, porra, não é amanhã de quando você estiver lendo, larga mão de ser lesado, como é que eu vou saber quando é que você vai ler esta carta, primão? Não fode, puta merda, espero que você receba esta carta, fala logo se recebeu mesmo, mas já, sério, velho, voando.

Se você me entendeu bem, já deve ter conhecido esses caras, os nossos sócios, amanhã do dia de hoje, que pode ser um mês ou dois antes de você ler esta carta, que não sei quanto tempo leva pra chegar, com essa porra de correio mexicano que é mais lento que uma lesma paralítica. Mas você já deve ter conhecido os caras amanhã, e já deve ter sacado que é gente da pesada, velho, ninguém chega nesse nível de negócios se não for muito foda, muito da pesada, por isso faz tudinho do jeito que eles mandarem, e você e eu ficamos alinhados. Não vai você agora querer pagar de esperto, primão, repito que essa gente não tá de brincadeira, é o único jeito de fazer negócios desse nível, se você quer chegar no topo tem que estar disposto a lidar com essa gente, com gente muito pesada, de outro nível.

Primão velho, uma chance como essa só aparece uma vez na vida, vê se não faz merda, e se por acaso me tirarem da jogada não esquece quem te abriu essa porta, quem te passou esses contatos, sem trairagem. Eu vou fazer o mesmo por você, estamos juntos nessa, primo. O mais importante agora é a gente fazer um *follow up* e você me confirmar se recebeu a carta, e já recebeu mesmo, né? Me avisa logo. Me liga no telefone que botei aí embaixo, que é dos escritórios corporativos de uma franquia de frango assado de uns amigos, e eles me alugaram uma sala pros meus negócios. Se atenderem e eu não estiver, deixa um recado, velho, fala pra avisarem que meu primo ligou, só com isso já vou saber que você recebeu a carta, e vê se não fala seu nome, cacete, só fala que meu primo ligou. Aliás, você deve ter reparado que não botei nome nenhum aqui, e foi de propósito, se por acaso alguma porra de secretária enxerida abrir a carta. Se é você quem leu a carta, primo, me liga agora mesmo, já, você tá demorando, não tô ouvindo o telefone tocar, velho.

E se foi uma porra de secretária que leu, quer saber?, vai pra puta que te pariu, sua metida. Ou, como dizem nos filmes espanhóis, para você entender bem: *que te den por el culo, tía.*

O Juan Pablo também teria adorado isso

Se a literatura me ensinou alguma coisa é que, para conseguir algo que parece impossível (ou fantástico, absurdo, maravilhoso, mágico), basta cumprir uma série de requisitos que, no fundo, não são tão difíceis assim. Na pior das hipóteses, deve-se criar um mundo novo com outras regras de funcionamento. Na melhor, basta respeitar uma lógica narrativa. Ser convidado a uma festa. Convencer a Valentina a vir comigo. Apresentá-la à Laia. Deixar as duas conversarem algum tempo a sós. Embebedá-las um pouco. Criar um clima de cumplicidade. Convencê-las a continuar a festa no nosso apartamento. Ir lá. Continuar bebendo. Oferecer os comprimidos. Tomá-los. E, de repente, o impossível se materializa: descobrir que estamos os três nus na cama e ouvir a Laia me dizer: você gosta de olhar, mexicano?, antes de cair de boca entre as pernas da Valentina, que, deitada de costas, gemendo, se ergue um pouco sobre os cotovelos, só o necessário para procurar meus olhos, e quando os encontra, quando seus olhos se cravam nos meus sem evitá-los pela primeira vez desde que chegamos a Barcelona, diz: o Juan Pablo também teria adorado isso.

DOIS

Diário da virtude

Quarta-feira, 22 de dezembro de 2004

Atravesso várias vezes vez a praça do Sol tentando me aquecer, desviando dos *okupas* e dos seus cachorros, que nunca saem dali, rodeados de latas de cerveja e de lixo. Observo seus gestos e seus hábitos, esse é meu principal passatempo.

Descobri um locutório na Torrent de l'Olla onde cobram trinta centavos por quinze minutos de internet. Um euro a hora e cinquenta centavos meia, como em qualquer lugar, mas aqui dá para pagar só por quinze minutos. Nenhum e-mail do Juan Pablo. Um do meu irmão. Um monte de spam. E uma amiga da minha irmã que me escreveu para me contar que está pensando em vir morar em Barcelona e me pergunta se poderíamos (assim, no plural) hospedá-la por uns dias, enquanto ela arruma um lugar. Se eu não precisasse racionar meus quinze minutos, teria respondido: claro, sua besta, posso te receber no meu quarto de dois por dois, vou tirar a cama e minhas malas para você conseguir entrar. Você vai amar meu cantinho, tem uma vista linda para um poço de ventilação e é perfumado com todas as frituras do prédio. Ah, e você vai ter que deixar a luz acesa o dia inteiro se quiser enxergar a própria mão, e aguentar um frio que congela os dedos dos pés, se bem que as duas vamos estar tão juntinhas que vamos nos esquentar. Em vez disso, escrevi para o Juan Pablo. Assunto: Juan Pablo é um babaca. Mensagem: Babaca Babaca Babaca Babaca Babaca Babaca Babaca. Fiquei escrevendo babaca até completar os quinze minutos. Pelo menos esquentei os dedos. Voltei para o meu quarto para morrer de frio.

Cinco e meia da tarde. Sinto todo o sangue na barriga depois de traçar uma lata de sardinhas e uma baguete inteira. Mais meia garrafa de vinho tinto de dois euros. As pernas estão congelando. Principalmente os dedos dos pés. Não me deixam ligar a calefação.

— Você vai pagar a conta do gás, princesa? — Gabriele me perguntou. — Compra uma manta no chinês.

O anúncio dizia que o apartamento tinha calefação. Quando o visitei e vi os aquecedores, apesar de estarem desligados, não perguntei nada. Devo ter pensado que era só ligar.

Desci no chinês, o cobertor que parecia mais quentinho custava doze euros. Com doze euros, eu vivo por dois dias. Não posso correr o risco de o dinheiro acabar antes de decidir o que vou fazer da vida.

Quinta-feira, 23

Quase duas horas congelando na Julio Verne. Me escondi na marquise do prédio da esquina, de onde podia espiar sem ser vista. Eram quase sete horas quando o Juan Pablo finalmente saiu. Sozinho. Mais arrumado que o normal. Acho até que tinha cortado o cabelo, mas não tenho certeza. Também achei que tinha mais manchas no rosto. Estava com um casaco novo, preto, de lã grosa, comprido até os joelhos, estilo europeu. Deve ter custado uma fortuna, uns setenta, cem euros, por baixo. Uma sacola da livraria La Central com um laço de Natal pendurada no pulso esquerdo (as duas mãos enfiadas nos bolsos quentinhos do casaco).

Desceu pela rua Zaragoza até a Guillermo Tell, virou à direita rumo à praça Molina. Caminhava desconfiado, como se fossem atacá-lo a qualquer momento, com aquela atitude de cachorro assustado que ele passou a ter quando começamos a fazer as malas em Xalapa. Na praça, entrou na estação de trem e seguiu em direção à serra. Desceu na Sarrià. Eu não podia acreditar no que ia acontecer. Mas era isso mesmo. Já sabia que ia acontecer. Já sabia o que ia acontecer.

No túnel de saída da estação, tive o impulso de correr e alcançá-lo na escada, agarrá-lo pela gola do casaco, gritando como a histérica de novela que tanto me esforço para não ser, e sabotar seu encontro. Mas me contive. Me contentei em não perdê-lo de vista. Ele entrou num café da avenida Bonanova onde um expresso deve custar três euros. Eu me instalei num banco em frente, para esperar, assim como ele, só que eu do lado de fora, no frio, e ele dentro, quentinho, pedindo um café com leite ou um chá. Talvez um chocolate. Levei um susto quando vi que, no quarteirão seguinte, ondulava uma bandeira mexicana. Era o consulado.

Cinco minutos depois, chegou a Laia. Com um sorrisão no rosto. Pude até ver seus dentes tortos. Eu sabia. Filho de uma grandessíssima puta.

Sexta-feira, 24

Véspera de Natal. Fui até o locutório para telefonar pros meus pais. Assim que atenderam, fui logo avisando que não podia falar muito, porque a ligação era muito cara e tinha muita gente esperando para usar o telefone (era verdade). Não queria mentir caso insistissem para que eu lhes contasse como estavam indo as coisas aqui. Uma meia verdade é sempre melhor que uma mentira. Disse que o Juan Pablo não podia falar porque não estava comigo. Tecnicamente, não foi uma mentira. Também não disse que ele lhes mandava lembranças ou abraços. As lembranças e abraços ficaram subentendidos.

Depois pedi um computador para olhar meu e-mail. Nenhuma mensagem do Juan Pablo, nem um mísero cumprimento de Natal. Eu em compensação lhe mandei um presente, sim, um belo fragmento de frei Servando que ele conhece muito bem (costumávamos rir juntos lendo), mas que agora não vai achar nada engraçado (eu achei mais ainda): "Voltando aos catalães, sua fisionomia me parece a mais feia de todos os espanhóis. Os narizes formam bloco com a testa. As mulheres também são másculas, e não vi em toda a Catalunha uma que fosse realmente bonita, exceto algumas entre o povo pobre de Barcelona, legado de estrangeiros ou das tropas das demais partes do reino que sempre há nessa cidade".

Voltei ao apartamento. No caminho gastei cinco euros em meio frango assado. Mais dois numa garrafa de vinho tinto. Um euro num saco de batatas fritas. Me tranquei no quarto para comer e escutar a algazarra dos amigos italianos do Gabriele. Me convidaram para jantar com eles. Estavam preparando um risoto. Recusei, o Gabriele é capaz de depois querer me cobrar vinte euros.

* * *

Passei a noite pensando nas últimas semanas, tentando descobrir uma lógica em tudo o que aconteceu. Claro que eu não tenho feito outra coisa desde que saí da Julio Verne, mas agora resolvi me dedicar à tarefa de forma sistemática. Eu me sentia tão babaca, tão figurinha de revista feminina, que para fugir do clichê daquilo que sempre detestei me pus a analisar as coisas como se fossem uma trama narrativa. Que meus estudos em letras sirvam para isso, pelo menos. Todorov poderia explicar tudo. Ou Genette. Estava um pouco bêbada (e continuo estando).

O problema é que, ao tentar reconstruir a história, vejo que não sou um narrador onisciente. Não sei o que aconteceu com o Juan Pablo em sua viagem a Guadalajara, por que ele voltou a Xalapa tão esquisito. Também não sei muito bem que efeito teve nele a mudança de país, de cidade, o doutorado, que inquietações tudo isso despertou nele, como afetou suas ideias sobre o futuro. Mas não é muito difícil imaginar.

Depois de muito quebrar a cabeça, até tomando notas e fazendo diagramas, cheguei à conclusão de que esta história é como a narrativa clássica da transformação de um herói, que no fim das contas é a essência de todo romance. O herói que, para transformar seu futuro, deve trair seu passado e sua gente. Onde digo "herói", leia-se "babaca".

Conclusão: eu não devia ter vindo a Barcelona. E o pior é que o Juan Pablo me avisou. Pediu que eu não viesse. Ou que eu não fosse, naquele momento. Disse que queria ir sozinho. E ia mesmo vir sozinho, teria vindo sozinho se eu não tivesse sido ingênua de imaginar que tudo ia se ajeitar, que o Juan Pablo estava assim por causa do estresse da viagem, das mudanças, das pressões todas. E também pelo que tinha acontecido com o primo dele, que o impressionou demais. Foi isso que eu pensei quando, no último minuto, ele caiu de joelhos para me pedir perdão por tudo o que acabava de dizer. E disse que estava confuso, mas que logo ia passar. E desatou a chorar bem na hora em que o táxi que eu tinha pedido chegou, porque apesar de tudo eu não ia ficar, não me sentia com forças para voltar para Xalapa e explicar à minha família e aos amigos que no fim não iria a Barcelona com o Juan Pablo. Nesse momento acho que o Juan Pablo não estava mentindo, acho que estava mesmo arrependido e queria que eu viesse. Mas a crise do herói já estava lá, atocaiada, e iria piorar: os pesadelos, os silêncios, as escapadas, os passeios absurdos só para não ficar perto de mim, sua incapacidade (ou desinteresse) de tentar a reconciliação, aquela permanente atitude de quem sabe que vai fazer algo errado e já espera o castigo. Agora tudo se encaixa. A gastrite. As manchas na pele. O herói somatizando.

Só faltava a promessa de futuro. O motivo da transformação: Laia. Conheci uma garota muito bacana, disse um dia ao voltar da faculdade, e ela nos convidou para uma festa. E naquela noite confusa o passado, o presente e o futuro foram os três juntos para a cama, mas quando amanheceu o passado era o passado e o futuro já arrasava com tudo.

Estou muito bêbada.

Fui até a sala, onde os italianos estavam cantando aos berros baladas italianas e fumando haxixe, e no meio da barulheira perguntei ao primeiro que me apareceu, um que não era nem muito bonito nem muito feio, nem muito alto nem muito baixo, nem muito branco nem muito moreno, nada de especial, nem sequer muito italiano:

— Quer vir pro meu quarto?

Sexo de bêbados, obstinados, estúpidos, o sexo dos que na

realidade só querem ir dormir sabendo que transaram, que não estão sozinhos, mesmo estando sozinhos. Sexo à beira do fracasso (ele não estava muito duro e eu não estava muito molhada). Duas posições em menos de dez minutos, e tchau, obrigado. Mesmo assim, o italiano foi gentil ao recolher suas calças do chão antes de sair do quarto:

— Que trepada gostosa, garota — mentiu.

Eu me vesti e fui para a rua feito uma possessa, com a energia do orgasmo que não tinha atingido encravada entre as pernas e virando um vazio no peito a ponto de me arrebentar o esterno. Achei um telefone público e liguei para o celular do Juan Pablo, morta de frio (tinha me esquecido de colocar o blusão).

— Quero meu presente de Natal — soltei, assim que ele atendeu.

Ao fundo se escutava música, uma canção do Charly García.

— Que é isso, Vale? — disse o Juan Pablo, e a música sumiu ao fundo, como se ele tivesse se fechado no banheiro.

— Estou morrendo de frio — falei.

— Não está tão frio assim — respondeu.

— Me roubaram o blusão — menti.

— Onde? — perguntou.

— Não tenho dinheiro pra comprar outro — falei —, não tenho dinheiro pra nada. Quero que você me dê seu casaco, esse lindo casaco preto que você comprou.

— O quê? — perguntou, com aquela voz assustada que combina tão bem com seus olhos assustados, com seus gestos assustados, com esse Juan Pablo que eu não conhecia e que apareceu do nada, saído das malas vazias que fomos enchendo em Xalapa, e que engoliu o Juan Pablo carinhoso e brincalhão por quem me apaixonei quando, substituindo a professora de teoria literária, analisou durante uma hora e meia, uma hora e meia!, o famoso conto do Monterroso de uma linha usando as árvores gerativas de Chomsky.

— Estou indo aí pegar o casaco — avisei.

Desliguei sem lhe dar tempo de reagir e corri ladeira acima até a Julio Verne, em dez minutos, ou talvez sete ou oito. Toquei no sexto andar, quarta porta.

— Já desço — disse uma voz que não reconheci no meio do barulho da festa.

Esperei tremendo de frio. Facundo apareceu na entrada.

— Pega aí, *boluda* — disse —, o *boludo* te mandou isso.

Bateu o portão na minha cara. Vesti o casaco e voltei para casa.

Eu tinha pensado numa história menos convencional

O Doutor me ligou e falou: te vejo às onze na Barceloneta. Eram nove horas da manhã do dia 25 de dezembro, e eu acabava de desencavar o celular do fundo do bolso da calça que descansava no canto mais remoto do quarto. Dentro da minha cabeça retumbava o concerto para bumbo e pratos de um compositor esquizofrênico. Tinha ido dormir fazia três horas e meia, se tanto.

Como?, falei, você está em Barcelona? Não, babaca, disse o Doutor, ainda vou pegar o avião. Como?, falei de novo, olhando fixo para um sapato e tentando baixar o volume do estrondo na minha cabeça. Tu ainda tava dormido?, perguntou. Hum, estava sim, respondi, é que eu deitei tarde. É Natal, acrescentei. Jura?, ele disse, nem tinha notado que tive que deixar a minha família para dar um jeito nas tuas babaquices. E agora quem é que vai torcer o pescoço do peru, hein? Quem vai preparar o *mole*?, disse. Como?, perguntei de novo, sem deixar de olhar para o sapato (que eu nem tinha desamarrado). O China vai te esperar às onze ao lado da estação do metrô, falou. Onde?, perguntei. No metrô

Barceloneta, *chingada!*, disse, por que é que eu tenho que repetir tudo o tempo todo?, e desligou.

Tomei uma chuveirada quente e virei um café com leite cujo único efeito foi abrir o segundo movimento do concerto na minha cabeça, este mais lento e compassado, pelo menos. Minhas têmporas retumbavam a cada sete segundos. Peguei o metrô feito um sonâmbulo, os duzentos metros do túnel do Paseo de Gracia me pareceram, literalmente, a entrada do inferno. Olhei os grafites no teto do túnel, procurando um que dissesse *Dante was here* com a tipografia dos Latin Kings.

O China estava fumando encostado no corrimão da escada. Eu o cumprimentei com uma careta que na verdade disfarçava minha ânsia de vômito. Que cara, cara!, disse, e disparou a caminhar em direção à praia. Eu o segui sem dizer nada. Entramos na areia, e ele me levou até uma escultura de uns cubos de metal que, ironicamente, me lembrava os Cubos de Guadalajara, no cruzamento de avenidas onde supostamente meu primo tinha sido atropelado. Espera aqui, disse o China, e sumiu. Enquanto eu esperava, me dediquei a chutar bitucas, tão numerosas como grãos de areia, e a suportar, mal, o vento gelado do Mediterrâneo.

Quase às onze e meia, quando já começava a achar que o telefonema do Doutor e a caminhada com o chinês tinham sido um delírio, fruto da mistura de vinho tinto e tequila, vejo o Doutor se aproximar, de casacão cinza até os joelhos, com a gola levantada, óculos escuros de policial ou bandido (são iguais), cabelo lambuzado de gel penteado para trás, as mãos enterradas nos bolsos do casaco. Começo a caminhar na direção dele. Para o outro lado, ele me diz, quando nos encontramos, e eu lhe estendo uma mão trêmula. Não para e não me cumprimenta, ô babaca. Começamos a caminhar na direção de umas chaminés de fábrica que se veem ao longe. Que é que tu tem no rosto?, pergunta. Uma dermatite, respondo. Nervosa, acrescento, depois de uma pausa, separando, de propósito, o substantivo do adjetivo para que este adquira mais dramatismo, mas o Doutor ignora meu esforço retórico sobre-humano. Caminha decidido, como se não estivesse passeando, porque não estamos passeando, e como se estivesse se dirigindo a algum lugar, embora não nos dirijamos a lugar nenhum, pelo menos não que eu saiba. Mais à frente, quatro gaivotas disputam os restos do que deve ter sido um piquenique noturno. Minha mãe não acreditaria se eu lhe dissesse que as gaivotas europeias também se alimentam de lixo.

Posso saber que merda é essa que tu tá fazendo?, diz, sem preâmbulos e sem manifestar a menor preocupação pelo estado do meu sistema nervoso. Normalmente eu gosto das histórias que começam *in media res*, sempre achei que simulam mais respeito pela inteligência do leitor, mas, quando se trata da vida real, sinceramente, prefiro que me expliquem as coisas direitinho, desde o começo. Cumprindo suas ordens, digo, porque realmente acho que é isso que estive fazendo, que minha vida tem se resumido a isso. Ah, jura?, diz, enquanto pisamos na areia molhada para desviar das gaivotas, tão pertinazes na sua fome que não levantam voo ao ver que nos aproximamos. Eu não te falei para mandar a Valentina à merda. Mas como tu gosta de mandar a Valentina à merda, hein?, coitada da Valentina. Foi ela que resolveu ir embora, digo. Depois do que aconteceu com a Laia, explico. Mesmo assim, a culpa é tua, diz, porque não devia ter deixado ela ir. Que é que tu queria? Proteger ela? Tu ainda não entendeu que o único jeito de proteger a Valentina é fazendo o que eu mandar? Hum, começo a dizer, não podia forçá-la, mas o Doutor me interrompe: não fode, diz, não vai me dizer que tu agora tá acreditando nessas baboseiras que anda lendo pra engambelar a Laia.

Um paquistanês com uma sacola de plástico verde aperta o

passo atrás de nós. *Cerveza beer*, ele vai dizer quando nos alcançar, nos oferecendo cerveja e, se mostrarmos interesse, haxixe, e eu já posso ver o Doutor escorraçando o tipo como a um vira-lata antes que chegue perto, mas ele não faz isso, e o paquistanês também não diz *cerveza beer* quando nos alcança, e sim bom dia, Doutor. Tu chegou antes da hora, diz o Doutor, eu falei ao meio-dia. O senhor quer que eu espere?, pergunta o paquistanês. Quero que pareça que tu veio nos oferecer uma cerveja e que recusamos, cai fora, diz o Doutor. Te vejo ao meio-dia. O paquistanês faz que não escutou e continua a nos seguir. Tem um bigode fininho e uma papada proeminente que destoa do seu corpo magro. Falando em destoar, o sol que acaba de aparecer entre as nuvens deflagra o terceiro movimento do concerto na minha cabeça. Agora vejo que os dois primeiros ainda tinham alguma harmonia. Ei, diz o paquistanês virando-se para mim, isso que você tem é contagioso? Tá esperando o quê, porra?, o Doutor diz para o paquistanês, cai fora! É que já estou aqui, começa a dizer o paquistanês, mas o Doutor o interrompe: tá vendo aquele babaca ali? O Doutor não tira as mãos dos bolsos, não aponta para lugar nenhum, mas mesmo assim os dois identificamos um velho que caminha junto à praia. Barba branca. Capa de detetive. Finge passear um buldogue francês que também não é muito bom disfarçando (juraria que o cachorro nos olha fixo). Não é a única pessoa ali perto, mas é a única que parece estar nos vigiando. O cachorro, branco e de cabeça preta, late como que para confirmar. Está nos seguindo, diz o Doutor. Desinfeta. O paquistanês faz sua retirada imediatamente, e o Doutor saca um celular. Tu viu ele?, diz ao telefone. Não, tranquilo. Mas não perde o velho de vista, diz, e desliga.

Quem é esse sujeito que está nos seguindo?, pergunto. O Doutor espera o paquistanês se retirar antes de responder: o babaca aí foi mandado pela família da tua namorada, diz. Da tua nova namorada. Como é?, digo. A família da Laia, ô babaca, diz. Minha cabeça vai estourar a qualquer momento, e chego a beliscar uma bochecha para ver se acordo, apesar de ter a impressão, achar, intuir, que já estou acordado (espero que não). Não sei se ela é minha namorada, digo. Como não?, diz. Bom, digo, hum, não sei se ainda existe a instituição do namoro na pós-modernidade. Já falei pra tu largar mão dessas baboseiras, diz. Tu tá saindo com ela? Sim ou não? Digo que sim. Então tu já é suspeito, babaca, diz, exatamente o que a gente queria evitar. Eu me belisco mais forte. Não acordo. Ou continuo acordado. E morrendo de frio. Tudo por não fazer o que eu mandei, ele diz. E não era tão difícil assim, caralho. Quando foi que eu te disse para terminar com a Valentina?, insiste. Eu não terminei, volto a dizer, ela que foi embora. E tu deixou ela ir, babaca, diz. Achei que era melhor assim, digo. Melhor para quê?, pergunta. Para ter acesso ao círculo íntimo da Laia, digo, repetindo de cor uma frase dele. E tu sabe lá o que é melhor, caralho?, diz. Só tem uma coisa pior do que um babaca com iniciativa, e sabe qual é? Não digo nada, respeitando a pausa da pergunta retórica. Um babaca com *muita* iniciativa, diz. Agora vamos ter que fazer controle de danos. Se bem que o mais provável é que tu já tenha fodido o projeto. Meu primo me mandou uma carta, digo sem pensar, como que respondendo por reflexo à menção da palavra "projeto". O Doutor para por um milésimo de segundo, como um carro que estivesse a ponto de atropelar um pedestre imprudente, e retoma a marcha. De novo o babaca do teu primo?, diz. Morto não escreve cartas. Ele mandou antes de, começo a dizer, mas o Doutor me interrompe: o babaca do teu primo não tinha a mais remota ideia de onde estava se metendo. Tu tá me ameaçando? Ao contrário, digo, quero propor um projeto. Agora sim ele para (eu faço o mesmo), enterra as mãos mais fundo nos bolsos, como se cavasse um túnel ali dentro, estremece com uma rajada de vento, mas que não consegue despenteá-lo. De repente me vejo falando como meu primo. Principalmente porque não sei que porra estou falando. De que porra tu tá falando?, pergunta o Doutor, de fato. De um projeto de longo prazo, digo, como se o espírito do meu primo, aproveitando que estou tremendo, com uma ressaca horrível e as defesas no mínimo, tivesse me tomado. Não vai me dizer que tu vai casar com a Laia, ter filhinhos e ser feliz para sempre, diz. Começa a caminhar de novo, e eu a segui-lo. Não fode, diz. Nunca que a herdeira lésbica de um político do Opus Dei vai casar com um imigrante mexicano. Tu não vê que só de falar não combina? Não sei a cara que eu fiz, mas devia aprender a disfarçar. O Doutor me pega pelo antebraço e me obriga a parar. Não vai me dizer que tu não sabia que a família da Laia é do Opus, diz. Claro, digo. *Claro*, repete o Doutor com ironia: realmente, sou péssimo mentindo. Sabe quantos irmãos a Laia tem?, pergunta o Doutor. Não respondo (não sei, inacreditavelmente, não lhe perguntei, e, suspeitamente, ela não me disse). Ou quantas irmãs, para ser mais exato? Onze, diz o Doutor, onze filhas da mãe. A porra do time feminino do Barça inteiro. E ela é a *pubilla*. É o quê?, pergunto, achando que escutei mal. A herdeira, babaca!, diz o Doutor. Tu não tá estudando catalão? O regente da orquestra manda todos os bumbos e pratos baterem em apoteose apocalíptica. Estou a ponto de desmaiar, acho, por causa do frio, ou da gastrite. Mas não desmaio. É pena.

Não posso acreditar que tu seja tão babaca, diz o Doutor. Podemos entrar em algum lugar?, digo, tô morrendo de frio. Tu não tem um casaco?, pergunta, com essa merda de blusão vai pegar uma pneumonia. Não posso acreditar que tu seja tão babaca, repete, ignorando meu pedido de refúgio. Que foi? Tu te enrabichou?, diz. Não digo nada. Tu gosta da Laia?, diz. Fico calado. Calado-calado. Só faltava tu te apaixonar por ela, diz.

96

Caladíssimo, como se tivesse engolido um milhão de gaivotas empanturradas de lixo que agora revoassem nas minhas entranhas. A Laia não era lésbica?, diz. O fato de ela nunca ter tido um namorado não quer dizer que seja lésbica, digo. O fato de ela nunca ter tido um namorado e só ter tido namoradas quer dizer, sim, que é lésbica, diz.

Continuamos caminhando por dois ou três minutos, em silêncio. Diz pra Laia que teu padrinho veio te visitar e que quer conhecê-la, diz o Doutor. Não é muito cedo para apresentá-la à família?, digo. Vai se assustar. Tu devia ter pensado nisso antes, diz. Fica mais algum tempo em silêncio, pensando. Diz que eu conheço o pai dela, diz. Que é uma coincidência incrível que acabamos de perceber, que teu padrinho fez um MBA em Barcelona e que o pai dela foi seu professor. Vamos ter que apostar tudo numa cartada. E é bom que dê certo.

Isso é inadmissível, diz o pai da Laia assim que nos sentamos a sós no seu escritório. A sós: o Doutor, o pai da Laia e eu. Eu não vou tolerar isso, diz, de modo algum. De modo algum, repete, em catalão. *Gilipollas*. Eu também fico muito feliz por te rever, Uri, diz o Doutor. Meu nome é Oriol!, diz o pai da Laia, embora pronuncie Uriol. O que você pretende provar?, pergunta. Que pode infiltrar-se na minha família? Eu olho para um e para o outro, atônito, confirmando o que o Doutor me disse na praia: que o babaca do meu primo, babaca, babaquíssimo, que Deus o tenha, não tinha a mais mínima ideia do projeto em que estava se (me) metendo. E descobrindo que o Doutor, contrariando todas as previsões, não mentia quando disse para a Laia que conhecia o pai dela, que tinha assistido ao seminário de investimentos estrangeiros que seu pai dava no MBA de uma escola de negócios do Opus Dei, disse, enquanto tomávamos um café no hotel do Doutor, um cinco-estrelas, ou seis ou sete, no Paseo de Gracia, naquela mesma manhã. E depois foi enrolando, falando de Rosa Luxemburgo e dos museus de Berlim, salpicando frases em catalão, dizendo que em suas empresas no México se respeitava a igualdade de gênero, e que havia até mais mulheres do que homens nos cargos de direção, e que não era por ideologia, ou não só por ideologia, mas também pela simples razão de que as mulheres eram mais espertas, mais eficientes, mais produtivas, e que de fato esses negócios não teriam crescido tanto se não fosse pelos conselhos do seu pai, um gênio na análise dos fluxos de capital, disse, até que a Laia, animada com tantas coincidências (sic) e com os encantos do meu padrinho (duplo sic), acabou nos convidando a dar um pulo na casa dos pais para tomar um café à tarde, depois do almoço, lá para as quatro e meia ou cinco, para almoçar não podia ser, se desculpou, porque seria um almoço de família, para comemorar o Dia de Santo Estevão.

Hum, digo, então quer dizer que vocês se conheciam mesmo?, mas o Doutor e o pai da Laia nem me olham, atracados que estão numa guerra de olhares como a que eu travava com a minha irmã quando éramos pequenos. Quem piscar primeiro perde. Aproveito que não reparam na minha existência para começar a me coçar. Honestamente, diz o Doutor, eu tinha pensado em algo diferente, numa história menos convencional, numa relação tóxica com uma garota, a ex do Juan Pablo, para ser mais exato. E finalmente pisca. Mas não dá para confiar nessa gente, acrescenta, são pessoas de letras, acreditam nos sentimentos, são românticos, boêmios, se apaixonam. *Capullos*, diz o pai da Laia. Isso mesmo, diz o Doutor, uns babacas. Sabe o que é o mais engraçado, Uri? Que foi você quem meteu sua filha nisso. O pai da Laia dá um tapa na mesa para desmentir a calúnia. Você não me pediu para cuidar dela na viagem ao Caribe?, pergunta o

Doutor. Do que você tinha medo? De que ela fosse sequestrada? De que voltasse em pedacinhos? Eu garanti que ela ia voltar inteira, e cumpri a promessa, cuidei bem dela, reservei o melhor quarto do nosso hotel em Cancún e coloquei um rapaz para ficar de olho nela. E veja só que coincidência: era o primo do Juan Pablo. Infelizmente, ele acaba de falecer num acidente. Uma história terrível, muito triste, era um bom rapaz, com muito potencial. Mas podemos tomar aquele uísque?, acrescenta, pois supostamente era para isso que tínhamos nos trancado no escritório, para nos refugiarmos da algazarra das onze irmãs da Laia e seus namorados (das mais velhas) e suas primas frescas e suas tias solteironas carolas e seus padrinhos, reais e adotivos, saídos de *Il Padrino*. Para de se coçar, *chingada!*, o Doutor me diz, tu parece um cão sarnento! O pai da Laia desvia os olhos e os fixa em mim por um segundo (eu escondo as mãos nos bolsos da calça), depois volta a se entrincheirar atrás de sua mesa, mais tenso que pedra em estilingue, incapaz de piscar. Não fique tão na defensiva, Uri, diz o Doutor, eu tentei por bem, mas não houve jeito de você me escutar. Considere a possibilidade de que minha proposta seja a chance que você estava esperando. E se não quiser considerar, diz, pelo menos agora você já sabe até onde sou capaz de chegar. Isso é uma ameaça?, diz o pai da Laia. O fato de estarmos sentados aqui, na sua casa, no seu escritório, na tarde de santo Estevão, é a verdadeira ameaça, diz o Doutor. Mas a única coisa que eu quero, neste momento, é beber um uísque.

O pai da Laia se levanta para servir o uísque. Você tem cinco minutos para explicar-me o que quer, diz, e é bom que me interesse. Do contrário, chamarei os *mossos*. Você sabe muito bem que neste país, ao contrário do seu, a Justiça ainda funciona. O Doutor ri. Às gargalhadas. Sinceras. Até bate as mãos nos joelhos, à beira do exagero. Esse é o Uri que eu conheço, diz, sempre contando piadas.

Batem à porta, e o pai da Laia diz: entre, em catalão. Aponta a cabeça de uma empregada de uniforme, latina, que diz com sotaque boliviano ou equatoriano (não sei distingui-los) que a patroa mandou perguntar se queremos café ou se precisamos de alguma coisa. Nada, diz o pai da Laia, sem nos consultar, mas, antes que a empregada feche a porta, o Doutor diz: espere. Acompanhe o moço até a senhorita Laia. E depois para mim: tu devia conversar com a tua sogra. Vê se consegue que ela pare de te olhar como se tu fosse uma barata. Explica pra ela que isso que tu tem não é contagioso. Levanto e caminho até a porta. Antes de sair, escuto o Doutor dizer: você vai me servir um doze anos, Uri?, sério?, e então fecho a porta que abre uma elipse que não deveria existir se eu quisesse contar esta história por inteiro, ou melhor, uma elipse que não existiria se eu pudesse contar esta história por inteiro.

Era uma vez um mexicano, um chinês e um muçulmano reunidos com um mafioso mexicano no escritório de um armazém abandonado em Barcelona, só que o muçulmano não era bem muçulmano, era um paquistanês ateu. O mexicano, o chinês e o paquistanês não se conheciam, era o mafioso mexicano que tinha reunido os três para lhes explicar o funcionamento de um negócio. Ou não exatamente o funcionamento de um negócio, mas o que cada um deles teria que fazer para o negócio funcionar, embora na verdade nenhum deles entendesse exatamente como o negócio funcionava, e o mexicano, em especial, não entendesse coisa nenhuma.

O mafioso mexicano diz que o funcionamento do negócio consiste em que a partir de agora todos devem fazer só e exatamente o que ele mandar. E que com só e exatamente quer dizer só e exatamente. Que não há margem para interpretações. Que se algum dos três achar que tem uma ideia melhor, que enfie a ideia no cu. Que não vai permitir qualquer desvio do plano. Que a mínima desobediência será castigada e que os três já tiveram provas suficientes de que ele não está brincando. Tô dando risada?, pergunta. Os três dizem que não. E tem mais, diz, para que vejam que não tô dando risada, para que vejam bem a diferença, vou contar uma piada.

Era uma vez um babaca que estava fazendo um doutorado em teoria literária e literatura complexada, diz o mafioso mexicano. O babaca parecia ser muito esperto, e por isso estava fazendo um doutorado, mas na verdade o babaca era muito babaca. Muito *capullo*, acrescenta, para que me entendam. Muito retardado. O babaca era tão babaca que achava que tinha ideias melhores que as ordens que recebia. O que o babaca não pensou foi nas consequências de suas ideias geniais, e a graça da piada é que o babaca achava mesmo que suas ideias eram melhores. Porque é isso que tu pensa, né, ô babaca?, diz o mafioso mexicano, apontando com o queixo na direção do mexicano, tu acha que fez tudo certo, né? O mexicano não diz nada, fica imóvel, porque só de piscar já estaria assumindo que ele é o protagonista da piada. Pois fique sabendo que temos um probleminha, diz o mafioso mexicano. E é tu quem vai resolver.

O mafioso mexicano tira um celular do bolso interno do paletó (está de terno preto) e faz uma ligação. Espera três, quatro segundos. Pode trazer, diz, quando atendem. Passam-se dois ou três minutos, durante os quais o chinês tenta acender um cigarro, mas seu isqueiro não funciona. Pede fogo. Ninguém tem. O paquistanês se aproxima do mexicano, mas não muito. Oi, diz, eu sou o Ahmed, já nos vimos o outro dia, lembra? Você ainda não me disse se isso no seu rosto é contagioso. Antes que o mexicano possa responder, o mafioso mexicano grita: mas que caralho! Se vamos trabalhar juntos, preciso saber que doença ele tem, diz o paquistanês, se for lepra e não estiver sob tratamento, pode nos contagiar. Nem que estivéssemos na tua bosta de país!, grita o mafioso mexicano. Cala essa boca! Tu vai estragar a porra da piada, *hostia*! Então entra em cena um capanga mexicano puxando pelo braço um velho de barba branca e capa de deteti-ve. O velho está algemado e uma fita de embalagem cinza tapa sua boca. Lembra do Chucky?, o mafioso mexicano pergunta ao mexicano. Cumprimente o Chucky, não seja mal-educado. Oi, diz o mexicano, confuso porque a piada está ficando muito com-plicada (era uma vez um mexicano, um chinês, um muçulma-no, que na verdade não era muçulmano, e sim um paquistanês ateu, um detetive espanhol, um mafioso mexicano e seu capan-ga... personagens demais, essa piada não pode acabar bem). E a Valentina, como vai?, pergunta o capanga mexicano. Esse aí quem é?, pergunta o paquistanês, apontando para o velho. Esse puto *gilipollas* é o babaca que a família da namoradinha desse outro babaca mandou para investigá-lo, diz o mafioso mexicano. Ele tem nome e sobrenome, acrescenta, mas aqui entre nós vai se chamar Controle de Danos. Ou Reprimenda. Ou Vê Se En-tende Como É Que Se Fazem As Coisas Seu Babaca. O pobre do *gilipollas* não investigou grande coisa, diz, mas aqui o doutor em literatura complexada precisa aprender. Chucky, diz, incli-nando a cabeça na direção do mexicano. O capanga mexicano tira uma pistola e a estende ao mexicano, oferecendo-a. O mexi-cano não se mexe nem um centímetro. Pega, diz o capanga me-xicano. Nem um milímetro. É pra tu pegar, *chingada*!, diz o mafioso mexicano. O mexicano estende a mão direita e recebe a pistola, tremendo.

Se tu quer que eu acredite que o projeto pode dar certo, diz o mafioso mexicano, vai ter que me dar uma prova. Não confio em gente que estuda tanto, que tem tanto respeito pela teoria. No fim, não fazem porra nenhuma, diz. Ficam indecisos. Contemplativos. Céticos. E nada pior para um projeto se realizar do que ter um cético envolvido. Então agora tu vai parar de pensar, diz. E vai passar a obedecer, diz. Entendido?, diz. O mexicano concorda balançando levemente a cabeça, embasbacado pela presença insólita da arma em sua mão direita. Atira, diz o mafioso mexicano. Como?, diz o mexicano. Que é pra tu atirar nele, *chingada*!, diz o capanga mexicano. Nele quem?, diz o mexicano. Como quem, babaca?!, como quem?!, quem é que vai ser?!, diz o mafioso mexicano. Tu que meteu o velho nisso, com tua ideia brilhante, agora tu resolve. Hum, começa a dizer o mexicano, mas não consegue dizer mais nada. Chucky, diz o mafioso mexicano, voltando a inclinar a cabeça na direção do mexicano. O capanga mexicano tira uma segunda pistola do bolso interno do seu casaco preto de lã, muito elegante, no qual aquele que conta a piada não tinha reparado até agora, nem em nenhum outro detalhe de sua indumentária, é um capanga janota, e a estende para o mexicano, só que desta vez apontando o cano. Tu precisa de uma hipótese para passar à ação?, diz o mafioso mexicano. Que o morto acabe sendo tu é uma hipótese válida. Não sei usar isso, diz o mexicano, olhando para a pistola. Não fode, diz o mafioso mexicano, todo mundo sabe usar uma pistola. O mexicano levanta a arma. O velho geme embaixo da fita que lhe cobre a boca e tenta se sacudir, sem muita convicção, talvez por saber que qualquer esforço é inútil quando na piada há um mexicano, um chinês e um muçulmano, por mais que o muçulmano na verdade não seja praticante dessa religião. Não tem como ele escapar vivo da piada. O capanga janota se afasta o máximo que lhe permite a chave de braço com que mantém o velho imobilizado, preocupadíssimo com que não lhe sujem a roupa. Anda logo, diz para o mexicano. E aponta bem, diz. O mexicano corrige a posição da pistola. Tira a trava, ô babaca, diz o mafioso mexicano. O mexicano olha para a pistola. É esse negócio em cima, diz o janota. O mexicano tira a trava e volta a apontar. Peraí, diz o mafioso mexicano. Últimas palavras, todo mundo tem direito a dizer suas últimas palavras, diz, e levanta a cabeça para o capanga. O janota se aproxima de novo do velho e arranca de um puxão a fita cinza que lhe cobria a boca. A fita depila parcialmente o bigode do velho. Seus imigrantes de merda, diz o velho. Muito edificante, diz o mafioso mexicano. Mais alguma coisa?, acrescenta. Não matem a cachorra, diz o velho, ela não tem culpa de nada. Tu trouxe a cadela?, pergunta o mafioso mexicano ao janota. Está amarrada lá fora, diz o janota. Vocês são lixo, diz o velho. Atira logo, *chingada*, diz o mafioso mexicano ao mexicano. Atira antes que esse *gilipollas* estrague a piada. O mexicano atira. De novo, diz o mafioso mexicano. O mexicano atira de novo. Mais uma vez, diz o mafioso. O mexicano obedece.

Chingada, diz o janota largando o corpo do velho e limpando com as costas da mão os respingos de sangue nas lapelas do casaco. O chinês e o paquistanês olham para o chão para verificar o estado do corpo: dois tiros no peito e um no pescoço (o primeiro). O mafioso mexicano se aproxima do mexicano e lhe arranca a pistola da mão. Tu fez mais torto que direito, diz. Depois olha (primeiro) para o chinês, que continua empenhado em fazer seu isqueiro funcionar (sem sucesso), e (depois) para o paquistanês, que levanta do chão a sacola de plástico verde com seis latas de cerveja. Posso ficar com a cadela?, pergunta o paquistanês. Fim da piada, diz o mafioso mexicano. Já podem rir. Ninguém ri. Falei que podem rir, porra, diz o janota. É uma ordem!

Conte a sua mãe mais coisas sobre ela

Querido filho, que surpresa receber sua mensagem com tantas novidades, se bem que sua mãe preferia que você tivesse ligado para lhe contar tudo isso por telefone. Você sabe que sua mãe não é uma dessas mães melodramáticas, mas custava você me ligar no Natal? Acredite em sua mãe quando ela diz que um telefonema do filho teria ajudado muito a tornar seu Natal um pouco menos triste, principalmente porque sua mãe teve o desgosto de cear na casa de sua tia Concha. Sim, eu sei o que você deve estar pensando: para que sua mãe foi lá, se depois vai ficar reclamando, mas você sabe como é seu pai, seu tio ligou para nos convidar, e ele não teve coragem de dizer não, porque ficou com dó, e depois veio com a história de que agora mais do que nunca a família devia ficar unida. Como se a morte de seu primo anulasse todas as grosserias e os desplantes que sua tia fez a sua mãe no passado! Você se lembra daquela vez em que ela se levantou no meio da ceia para preparar um molho, dizendo que o peru que sua mãe havia preparado estava seco? Pois sua mãe se lembra muito bem. Era uma receita da Provença, e sua tia jogou por cima um molho de *chile guajillo*. É nesses detalhes, filho, que se vê a diferença de berço.

Como se não bastasse, seu pai ficou fazendo chantagens emocionais com sua mãe. Imagine se isso tivesse acontecido com o Juan, ele disse à sua mãe, com cara de cachorrinho atropelado (perdoe sua mãe pela comparação, mas você que estudou letras sabe melhor que ninguém como a precisão da linguagem é importante). Imagine se o Juan estivesse morto, seu pai dizia para sua mãe. Seu pai não tem mesmo jeito. Se você estivesse morto, a última coisa que sua mãe iria querer é ter sua tia sentada na sala de casa esperando que lhe servisse a ceia. Mas sua mãe disse a seu pai que uma coisa dessas jamais aconteceria com você, primeiro porque desde pequenos você e sua irmã aprenderam que as passarelas são para passar por cima, não por baixo. Foi o único ensinamento útil que vocês receberam por ter nascido naquele buraco que é Los Altos.

Mas custava você telefonar, filho? Seu pai ainda fez questão de esperar até as oito da noite para ver se você ligava, e sua mãe dizendo que você não ia ligar, que na Europa já eram três da manhã, mas seu pai não entende de fusos horários. No fim se conformou e tirou da geladeira as garrafas de sidra que havia comprado para levar à ceia, e que seu pai sabe muito bem que dão azia em sua mãe. Seu pai ficou muito sentido, Juan, escreva a seu pai quando puder, ou melhor, telefone, e invente alguma desculpa complicada para explicar por que você não ligou no Natal, que para alguma coisa hão de servir todos esses livros que você leu, invente uma desculpa, seu pai engole qualquer uma. Outro dia seu pai ficou meia hora com a vista perdida na janela da sala, sem fazer nem dizer nada, e quando sua mãe lhe perguntou que tanto ele olhava, sabe o que ele respondeu? Que a luz do inverno o comovia. Que a luz o comovia! Seu pai sabe mesmo tirar a coitada da sua mãe do sério. Nessa meia hora, se ele estivesse no consultório em vez de ficar enfurnado em casa, teria atendido três ou quatro pacientes.

Mas sua mãe não escreveu para lhe contar seus problemas com seu pai, você sabe que sua mãe não é desse tipo de mãe, sua mãe escreveu para lhe dizer que suas notícias foram o melhor presente de Natal que ela poderia receber. Ah, filho, que felicidade você me deu! Se pelo menos você tivesse contado para sua mãe antes da ceia, sua mãe poderia depois dizer para toda a família que você agora tem uma namorada europeia. Sua mãe adoraria ver a cara de seus primos e de sua tia Concha! Sua mãe teve de se contentar em imaginar a cara dela quando lhe telefonou para contar a novidade, depois de receber sua mensagem. Você tinha que ver o silêncio do outro lado, filho, quando sua mãe anunciou, sem fazer alarde, diga-se de passagem: Concha, telefonei para informar duas coisas. Primeiro, que Juan Pablo e Valentina terminaram. Segundo, que agora meu filho tem uma namorada catalã, de uma família europeia tradicional. Sua mãe quase que podia escutar a empregada passando o pano aos pés de sua tia.

Filho, sua mãe sabe que não é certo chutar cachorro morto, mas neste caso sua mãe acredita que é importante você saber que sua mãe sempre soube que Valentina não era uma escolha adequada. Se sua mãe diz isso agora, filho, não é como uma recriminação, de jeito nenhum, sua mãe seria incapaz de uma coisa dessas, sua mãe não é desse tipo de mãe, sua mãe está falando essas coisas para lhe dar os parabéns. Que bom que você reconsiderou, Juan. Aquela Valentina, tão acachapada, com esse nome de molho, os olhinhos tristes e aquele cabelo escorrido de índia... na verdade, ela não tem culpa, coitada, vindo daquela família que desceu aos trancos das serras maias. Mas sua mãe não pode se preocupar com ela, porque nossa família não é uma instituição de caridade para recolher mocinhas e lhes dar uma chance na vida. Isso sua mãe deixa para o governo de Veracruz fazer. Sua mãe a esta altura só tem ânimo e energia para se preocupar com seu futuro, filho, e é por isso mesmo que sua mãe está tão contente.

Sua mãe agora não vai esconder que além de contente está aliviada, sua mãe sempre se preocupou muito com seu caráter, com sua tendência a baixar a cabeça e obedecer, que nisso você puxou à família do seu pai. São todos iguaizinhos. Em Los Altos parecem uns valentões, mas depois se vê que são uns tremelicas. E não leve a mal, filho, que sua mãe diga a verdade, não deixe que a honestidade de sua mãe lhe empane a razão. Foi você mesmo que deu motivos de sobra para sua mãe se angustiar, tomando tantas decisões erradas, como escolher uma carreira sem futuro, ir morar numa cidade subdesenvolvida, se apaixonar por pena, e sua mãe sabe que você sabe muito bem do que ela está falando. Para alguém que não o conhecesse como sua mãe o conhece, todas essas coisas poderiam parecer sinais de rebeldia, de uma pessoa de gênio forte que sabe o que quer na vida, mas na verdade eram exatamente o contrário, birras para aparentar uma confiança em si mesmo que você não tinha. Quando você era criança, o que mais mortificava sua mãe era exatamente isso, que você não tivesse confiança em si mesmo para se defender, fosse de sua irmã, que mesmo sendo mais nova vivia a humilhá-lo, fosse dos colegas da escola, que infernizavam sua vida (lembra quando eles o faziam chorar, e você não queria sair de baixo da minha saia?), ou de seus primos, que desde pequenos já eram uns selvagens.

Quem te viu, quem te vê! Agora com uma namorada europeia! E na foto se vê que ela é bem bonita! (Mas mesmo assim sua mãe pede que você lhe mande outra foto mais de perto, porque nessa que você mandou parece que a Laia tem um sorriso meio esquisito.)

Sua mãe deve confessar que até há bem pouco tempo, até quando você lhe avisou que ia estudar na Europa, a incerteza por seu futuro mal a deixava viver. A verdade é que sua mãe estava enganada. Mas como é que sua mãe podia saber que por trás de tantos erros havia um plano, um verdadeiro projeto de vida? Você há de reconhecer que sua mãe tinha motivos de sobra para viver desconsolada. Sua mãe já imaginava o filho dando aulas de espanhol num colégio público de Pachuca ou num cursinho de Guadalajara (onde seria motivo de chacota de todos os alunos), casado com essa coitada da Valentina, para quem morar num apartamento de dois quartos com água encanada e luz já seria uma ascensão social. Mas sua mãe estava enganada, e sua mãe reconhece seu engano sem nenhum problema, pois o que importa não é o orgulho de sua mãe, e sim seu futuro. Sua mãe está muito orgulhosa de que aquele moleque medroso que até os onze anos urinava na cama tenha virado esse adulto bem-sucedido que agora vive na Europa.

Se você pelo menos tivesse avisado sua mãe antes da ceia, este teria sido o Natal mais feliz de sua vida! Em vez disso, sua mãe foi obrigada a suportar sua tia Concha, que de tão egoísta não deixa ninguém falar de outra coisa que não seja o rosário de desgraças que lhes sucedeu desde o falecimento do seu primo. Como se já não tivessem passado dois meses. Eu lhe disse que já estava na hora de eles superarem. Mas não há cristo que faça sua tia escutar, a única coisa que lhe interessa é desabafar falando da bendita fundação que diz que estão criando, a fundação para a memória de seu primo, um instituto para ensinar as crianças a atravessar a rua, já lhe falei disso, não é? Passamos a noite olhando os logotipos da tal fundação, sua tia queria que votássemos no melhor, e todos eram horrorosos, desenhados por seu primo Humberto, que nem terminou a faculdade (ou será que terminou?), tudo para economizar mil pesos, ou quanto você acha que podem cobrar para desenhar um logotipo? Você já pode imaginar o que vai ser essa fundação, se eles querem fazer tudo à base de favor. E uma hora sua mãe descobriu seus primos em um canto, rindo às gargalhadas de um logotipo que não haviam mostrado a seus tios. Era a foto de um atropelado com o rosto de seu primo colado, e embaixo dizia: Fundação O Esborrachado. Seus primos são mesmo uns selvagens.

Aliás, antes que sua mãe se esqueça, deixe sua mãe lhe contar que sua tia disse que a empregada contou para ela que, antes de morrer, seu primo mandou uma carta para você em Barcelona, que pediu para a empregada levar ao correio. Isso é verdade, Juan? Sua mãe disse a sua tia que a empregada devia estar inventando, que esses pobres coitados têm fantasias e alucinações por causa da fome. Além disso, hoje ninguém manda cartas, isso é coisa do passado. E que supostamente ele também mandou uma carta para a Valentina. Sua mãe achou tudo isso muito estranho. Seu primo conhecia a Valentina? E sua tia ainda veio dizer que essas cartas provavam como você e Lorenzo eram ligados e até inventou de abraçar sua mãe e desatar a chorar no seu ombro. Você não imagina que situação, filho, sua mãe não sabia o que fazer para se safar.

Bom, filho, sua mãe só está lhe contando essas coisas para que, se for verdade, você tome muito cuidado, agora que se separou da Valentina, porque vai saber o que seu primo escreveu para ela, se é que ele escreveu mesmo, você sabe como seu primo era mentiroso, e além disso tinha muita inveja de você. Você não percebia porque sempre foi muito ingênuo e muito crédulo.

Mas sua mãe não lhe escreveu para falar do coitado do seu primo, que Deus o tenha, nem das impertinências de sua tia ou das invencionices da empregada. O que sua mãe queria era lhe dizer como ficou feliz com sua mensagem e que já está esperando ansiosamente que você mande outro retrato da Laia para conhecê-la melhor. Conte a sua mãe mais coisas sobre ela, sua família, seu caráter, a que o pai dela se dedica. Na foto se vê, mesmo de longe, que ela é de boa família, porque para isso sua mãe nem precisa olhar de perto, essas coisas a gente já vê de longe. Desculpe a pergunta, filho, mas a Laia estava mastigando alguma coisa quando tiraram a foto, ou está com alguma coisa na boca, que parece meio torta? Seria um chiclete? Mande para sua mãe um retrato de rosto, e não demore, não deixe sua mãe esperando muitos dias, que você sabe que a curiosidade lhe faz subir o açúcar no sangue.

Mudando de assunto para outros menos agradáveis, sua mãe não sabe se você e sua irmã têm se falado ou se estão se escrevendo. Sua mãe vai lhe contar isso caso você ainda não saiba. É que agora ela meteu na cabeça que não está sendo valorizada na firma e que, se não aumentarem seu salário e melhorarem os benefícios, vai pedir demissão. Escreva para sua irmã quando puder e diga para ela deixar de tolices, porque, se ela ficar sem trabalho, o que vai fazer da vida? Sua irmã tem de aceitar suas limitações, é feio sua mãe dizer isso, mas sua irmã não nasceu para grandes coisas. E sua mãe não quer ter sua irmã o dia inteiro enfiada em casa, sua mãe já tem suficientes problemas.

Ai, filho, de novo saiu uma mensagem muito longa, mas você há de entender que sua mãe está nas nuvens, não é todo dia que uma mãe fica sabendo que o filho finalmente deu um rumo certo na vida. Então sua mãe vai deixá-lo agora, filho, que você deve estar muito ocupado. Sua mãe lhe manda um abraço bem apertado e lembra que você não se esqueça de mandar o retrato da Laia.

Um retrato de rosto, por favor, para sua mãe que está com saudade.

Se você não quer me contar, não conte

Domingo, 26 de dezembro de 2004

Ontem, o dia inteiro largada na cama, dormindo. Levantei às nove da noite. Comi uma lata de sardinhas e um pacote de bolachas e voltei para a cama. Ia sair para esticar as pernas, mas, só de pensar que na volta teria que subir as escadas, desisti. Cinco andares me exigem uma energia que já não tenho.

Se eu durmo de casaco, não sinto frio.

Como era de esperar, acordei às quatro da manhã e não consegui mais dormir. Acendi a luz e, do montinho de livros que tenho sobre a mesinha (minhas circunstâncias e as dimensões do quarto me condenam aos diminutivos), escolhi o que mais mal me faria. Reli de uma sentada o "Diário de Escudillers". Restou o consolo de eu morar num bairro melhor que o do Pitol, por mais que a última frase tenha me deixado um gosto amargo na boca: "A verdade é que eu não trocaria Barcelona por nenhuma outra cidade do mundo". Eu trocaria, sim, por qualquer uma.

Lembrei do sorriso enigmático do Pitol no dia em que o abordamos para lhe contar que íamos morar em Barcelona. Foi depois de uma conferência dele, e fingiu muito bem que se lembrava de nós, de quando assistimos ao seu curso de cinema e literatura na faculdade de letras. Naquele momento, achei que era um sorriso cúmplice, meio estranho, mas cúmplice. E na sua atitude reservada também detectei certo receio de que lhe pedíssemos alguma coisa (uma carta de recomendação, o contato de algum dos seus amigos catalães). E agora, nesta madrugada, depois de reler seu diário, aquele sorriso se transformou em sarcasmo. Como se o Pitol estivesse nos avisando que Barcelona não era uma boa ideia. Ele calibrou nossa ingenuidade. Sabia o que nos esperava.

Onze horas da manhã. Tive necessidade de ir para a rua e sentir o frio no rosto, para comprar uma baguete que fosse. Na praça do Sol havia menos *okupas* que o normal. Será que foram passar as festas com a família? Fiquei observando um deles, que estava tocando flauta sentado no chão, com um copo de café para pedir dinheiro, sem cachorros. Olhei para os outros *okupas* e notei que era o único que não estava rodeado de cachorros. Fiquei observando o sujeito por um bom tempo, sem disfarçar, entendendo pela primeira vez como é possível chegar a esse ponto. Eu poderia chegar a esse ponto. Estou no rumo certo.

— Que casaco bonito, hein, garota? — disse o *okupa*, interrompendo sua música e meu pensamento. — De onde você é? — me perguntou.

Como demorei para responder, acrescentou:

— Eu sou da Itália, de Milano.

— E está fazendo o que em Barcelona? — perguntei, quase sem querer, com autêntica curiosidade antropológica.

— Na Itália temos Berlusconi — disse —, um fascista de merda. Você está na rua sem fazer nada, e ele manda a polícia te bater.

— E aqui não? — perguntei.

— Em Barcelona as pessoas são boas — disse —, bem bobas.

— Inclusive os policiais? — perguntei.

— Não — respondeu —, os policiais são sempre uns filhos da puta, e aqui são muitos: Mossos d'Esquadra, Guardia Urbana, Guardia Civil, Policía Secreta. Todos filhos da puta — disse. — Mas as pessoas dão dinheiro, em Gràcia se vive muito bem, não há tantos problemas com os vizinhos. Você mora aqui perto? — perguntou.

Respondo que sim, na rua de La Virtud, estendendo o braço para os lados da rua.

— Que nome para uma rua, hein? — devolveu. — Mas você não vai me dizer de onde é? — voltou a me perguntar.

— Do México — respondi.

— Ah, eu amo o Messico — disse. — Chiapas, o Subcomandante Marcos. Quer um gole de birra? — me ofereceu, apontando para uma garrafa comprida com etiqueta vermelha, menos grossa que uma *caguama*. — Mas por que não se senta? É mais fácil se aquecer ficando quieto onde bate o sol. Olhe os cachorros, os cachorros sabem disso. Os cachorros são muito sábios, precisa sempre observar os cachorros.

— Você não tem cachorros? — perguntei.

Pegou uma caixinha de vinho tinto e entornou um longo gole.

— Prefiro não falar disso — disse.

— Como você se chama? — perguntei.

— Jimmy — respondeu. — E você?

— Não parece um nome muito italiano — devolvi.

— Na verdade me chamo Giuseppe.

Quinta-feira, 30

Três dias sem escrever o diário. Não faço um diário para me ridicularizar, para me compadecer de mim mesma, e não me faria nada bem escrever sobre os últimos dias. Não quero me ler daqui a algum tempo e sentir vergonha de mim mesma. Então melhor não escrever. A única coisa que tenho escrito são e-mails para o Juan Pablo. Um por dia. Juan Pablo é um escroto. Juan Pablo é um filho da puta. Juan Pablo é um sacana. Teclo e teclo até que se acabam os quinze minutos. Na terça-feira, inclusive, paguei meia hora.

Ao atravessar a praça do Sol, encontrei o Jimmy no lugar de sempre. Foi logo me oferecendo um copo de vinho tinto, que não tive coragem de recusar. Um vinho de caixinha que desceu pela goela como giletes me esfolando o esôfago.

— Cadê teus colegas? — perguntei, porque a praça estava meio deserta.

— Em suas casas — disse —, visitando as famílias.

— Na Itália? — perguntei.

— Ou na França, na Alemanha. Aqui tem gente de toda a Europa.

— E como eles fazem para ir? — perguntei.

— Como todo mundo, de avião, de trem, de ônibus, depende. O que você esperava? Que fossem a pé, de carona? Somos pessoas normais, ocupar é uma escolha, um modo de vida. E você, o que faz para viver? — me perguntou.

— Nada — respondi. — No momento, nada.

— Mas alguma coisa deve fazer — disse —, se não, de onde tiraria esse casaco tão chique? Esse casaco é caro, hein?

— Prefiro não falar disso — respondi.

— Você não trabalha? — insistiu. — Barcelona é cara, o dinheiro acaba logo.

— Não tenho visto de trabalho — expliquei.

— Não precisa — devolveu —, pode ter certeza que você arranja um emprego fácil, fácil, num restaurante, por exemplo. Aqui mesmo, no bairro, há muitos restaurantes mexicanos.

— Pode ser — respondi.

— Mas o que você fazia em Barcelona? Por que veio? — me perguntou.

— Prefiro não falar disso — tornei a dizer.

— Ah — disse —, o amore, né?

Não respondi nada.

— Eu tenho observado você — continuou —, todo dia perambulando pela praça, arrastando esse casaco feito alma penada. Me dá tristeza, mas, se você não quer falar, não fale. Tudo bem.

— Okey — eu disse.

— Como você arranjou o casaco? Roubou? — perguntou, imagino que ao notar que as mangas estavam arregaçadas.

— Não! — respondi. — Foi presente de um amigo.

— Sei, amigo — disse. — O que eu mais gosto do seu casaco é que é cheio de bolsos, tem bolsos por todo lado. Você revistou todos eles?

— Para quê? — perguntei.

— Uma vez encontrei um casaco em Milano e, quando revistei os bolsos, achei um dinheiro — disse —, vinte euros, o dono tinha jogado fora sem perceber. Seu amigo também pode ter esquecido alguma coisa. Olhe, não custa nada.

— Já revistei — respondi.

— Todos eles? — perguntou. — Tem certeza? São muitos bolsos, hein?

Fiz de conta que os revistava e de repente, com o coração na boca, descobri um bolso interno que ainda não tinha visto. Abri o botãozinho. Tirei uma nota de cinquenta euros.

— Eu sabia — ele disse. — Seu amigo é bem mais esqueci-do, hein?

— Desta vez, o vinho é por minha conta — falei. — Vou comprar uma garrafa.

— Você que sabe — respondeu.

Segui para o supermercado, mas no caminho parei num telefone público. Liguei para o celular do Juan Pablo.

— O que significam esses cinquenta euros? — perguntei assim que ele disse "diga" (não disse "alô").

— Vale? — perguntou.

Repeti a pergunta.

— Você disse que estava sem dinheiro — respondeu.

— E por acaso vai me dar dinheiro toda vez que eu preci-sar? Para ficar com a consciência tranquila?

— Não — respondeu —, mas se você quiser posso pagar a mudança de data da passagem, para você voltar para o México. Custa cem euros — disse.

— Eu sei — repliquei —, mas não vou voltar para o México.

Sexta-feira, 31

Último dia deste ano estranho. O Gabriele foi para Roma, passar o Ano-Novo com a família. O casal de brasileiros do outro quarto, que ainda não conheço, continua de férias no Marrocos e só vai voltar depois do Dia de Reis. O apartamento inteiro só para mim!

* * *

Num arroubo de otimismo, fui até a rua Torrijos, onde tinha visto dois restaurantes mexicanos. Arranjei emprego num deles, de garçonete, começo no domingo. O salário não é grande coisa, mas calculo que vai dar para sobreviver enquanto não conseguir coisa melhor. Talvez tenha que mudar de quarto, morar em Gràcia é caro, não posso me dar ao luxo de pagar duzentos euros por mês por um cubículo. Quem sabe eu encontre algo na rua Escudillers, por que não? Gosto daquele ar canalha do Raval, o que há de mais parecido com aquela Barcelona do frei Servando. Me instalei em Gràcia só para ficar perto da Julio Verne, e agora o que preciso é me afastar.

Comprei dois *shawarmas* na praça do Sol e me sentei no chão para jantar com o Jimmy. De sobremesa, ele me ofereceu chocolate. Só então fiquei sabendo que é como chamam o haxixe. Mesmo assim, fumei, para experimentar. Com a maconha nunca me dei muito bem, me deixava angustiada e paranoica. Do ecstasy não quero nem lembrar. O haxixe me soltou a língua, como se alguém tivesse aberto as comportas de uma represa que estava a ponto de estourar. Talvez não tenha sido o haxixe, e sim a própria decisão de não voltar, a perspectiva de ficar sozinha no apartamento por alguns dias, o emprego que arranjei, a promessa de não andar mais arrastando o casaco.

Contei tudo para o Jimmy (quer dizer, quase tudo), sem rancor nem melancolia, sem esperar seus conselhos nem sua solidariedade, só pelo prazer de lhe contar, porque achei que ele merecia. Falei durante horas, sem parar, e ele me interrompia só de vez em quando para me perguntar quem era Pitol, Monsiváis, Monterroso ou Ibargüengoitia. Expliquei que, no dia em que conheci o Juan Pablo, ele tinha contado uma piada sobre o Monterroso. Que o Monterroso tinha escrito um conto de uma linha chamado "O dinossauro". Um conto de oito palavras. E que na piada um leitor dizia ao Monterroso que era um grande admirador de sua obra, e o Monterroso lhe perguntava o que tinha lido. "O dinossauro", dizia o leitor. E o que achou?, dizia o Monterroso. Ainda não terminei, respondia o leitor, estou na metade. E que depois o Monterroso foi à faculdade para dar uma conferência e que contou o caso de uma leitora que o procurou para confessar que era uma grande admiradora de sua obra. E o caso era idêntico à piada do Juan Pablo.

— Isso te dá uma ideia de como é o Juan Pablo — eu disse ao Jimmy —, ou de como ele era antigamente.

— Pois eu acho que ele é um *gilipollas* — disse o Jimmy.

— Você é uma garota do caralho, e depois de sete anos juntos ele trocou você por uma catalã de dentes tortos. Você veio para acompanhá-lo, largou família e emprego. É um *gilipollas*, garota. Você é bonita. E é simpática, inteligente, *cazzo*.

Eu dei risada e perguntei se ele estava me cantando.

— Não vai se apaixonar por mim, hein, Jimmy? — falei, mijando de rir, pelo efeito do chocolate e pela euforia de uma nova vida.

— Se quiser, eu dou um susto nele — disse o Jimmy. — É só você me dizer, que eu dou um susto nele, e você vai ver como ele se caga nas calças.

— Deixa de besteira, Jimmy — respondi. — Isso já é passado. Está na hora de eu virar a página, é Ano-Novo.

Duas e meia da madrugada. Voltei ao apartamento e arrastei meu colchão até a sala. Botei a calefação no máximo. Liguei a TV e pus num canal pornô.

Sábado, 1 de janeiro de 2005

Acordei às três da tarde com um buraco na barriga. Chorei até as quatro e meia, sem forças nem para me levantar. Depois desci até a praça, tomei um café com leite e fiquei esperando o Jimmy aparecer.

— Lembra daquilo que me você me ofereceu ontem, Jimmy? — perguntei antes até de cumprimentá-lo. — Era a sério?

O Doutor não vai gostar nem um pouco disso

Ahmed me ligou e disse: a cachorra não quer comer. Era uma e meia da madrugada do primeiro de ano, e eu estava numa festa dos amigos da Laia, num apartamento perto da praça Joanic. Pedi para ele esperar, pedi licença à amiga da Laia escalada para me aporrinhar e saí, escondendo na mão o minúsculo celular, para um terraço cheio de gente fumando. Vi a Laia ao fundo, dividindo um baseado. Voltei a pedir para Ahmed esperar e atravessei a sala, depois a cozinha onde as pessoas se concentravam em volta da geladeira e cheguei à área de serviço, que dava para o vão interno do prédio. Fechei a porta.

Alô?, digo. Quê?, diz Ahmed. Que foi?, digo, com o medo espalhando seu veneno por minhas extremidades, o braço que segura o telefone de repente frouxo e sem força. Firmo a mão para o celular não cair. A cachorra não quer comer, diz Ahmed. Isso é uma senha?, digo. Quê?, Ahmed volta a dizer. Não entendo a senha, digo, acho que perdi alguma coisa. Faz quatro dias que a cachorra não come, diz Ahmed. Não entendo a senha!, digo, num sussurro gritado. Que senha?!, grita Ahmed. Que cachorra?, digo. A cachorra, cara!, diz. Começou a uivar, e não consigo fazer ela parar. Você ficou com a cachorra?!, grito, num novo sussurro. Não era para dar sumiço nela? O Chucky falou que eu podia ficar, diz. Eu moro sozinho, a cachorra me faz companhia. O sangue volta ao meu corpo, e com ele a coceira no couro cabeludo, no braço esquerdo, nas costas todas até a nunca. Ela é muito fofa, cara, insiste Ahmed, você viu. Troco o telefone de mão e começo a me coçar.

O que o China te falou?, pergunto. Que se eu quisesse ficar com ela era problema meu, diz. O Doutor não vai gostar nem um pouco disso, digo. O que vamos fazer?, diz. Espera, digo, porque ouço um barulho atrás de mim. Tiro o outro celular do bolso da calça, por via das dúvidas. A porta se abre e aponta a cabeça da Laia: Tudo bem?, diz. Um amigo do México, digo, mostrando o celular que ela conhece. Que horas são no México?, diz. Está com os olhos tristes por causa da maconha. Olho o relógio no meu pulso. Hum, digo, seis e meia da tarde. Ah, é verdade, diz. Então volto lá, para você poder falar à vontade. Espero que ela se retire, mas não arreda pé. Fica me olhando direto no rosto por dois, três segundos, quatro, sem dizer nada, e eu penso que ela está muito chapada, até que ela diz: as manchas voltaram. Faço uma careta como se pedisse desculpas por não controlar as reações de meu corpo (por mais que eu tente). Pelo menos agora não está coçando tanto, digo, reprimindo o impulso de coçar as costas furiosamente. Vou ficar lá no terraço, diz, e finalmente fecha a porta.

O China tem razão, *capullo*, digo ao Ahmed pelo telefone, problema seu. Você devia ter pensado nisso antes. Eu vi o que você fez, cara, Ahmed me interrompe. Eu vi o que você fez, agora tem que me ajudar. Do que é que você está falando?, digo, sabendo muito bem do que ele está falando. Eu vi o que você fez com o dono da cachorra, diz. Cala a boca, digo, com o couro cabeludo pegando fogo. O Doutor disse que esses telefones são seguros, diz. Mas cala essa boca, cara!, grito, cobrindo a minha com a mão. Você tem que me ajudar, insiste. Larga a porra da cadela na rua, digo, só falta agora os vizinhos chamarem a polícia. Onde você mora?, pergunto. Em Sant Antoni, diz. Então vai nas Ramblas, digo. Ou na Rambla do Raval. Com a zona que deve estar lá, ninguém vai reparar em você. Mas a cachorra não está comendo, cara, diz. Te vejo amanhã de manhã, digo. Quer dizer, daqui a pouco. Às onze, no Zurich. Avisa o China. Onde?, diz. No Zurich, pô, na praça Cataluña, você nunca sai daí?

Guardo o celular quente no bolso e colo o outro na orelha. Fecho os olhos e recito em silêncio os nomes de escritores da Revolução Mexicana. Martín Luis Guzmán. José Rubén Romero. De vez em quando digo ahãm para o celular. Respiro fundo. José Mancisidor. Mariano Azuela. Francisco L. Urquizo. Não paro de tremer. Tento me concentrar para que a coceira diminua, como se acreditasse mesmo no poder da mente sobre o corpo, como se não soubesse que esse poder de fato existe, só que ao contrário. Rafael F. Muñoz. Eu devia fazer ioga. Que será esse "F." do Rafael Muñoz? Fernando? Francisco? E o "L." do Francisco Urquizo? Luis?

Abro a porta para voltar à festa e na cozinha sou interceptado pela amiga da Laia, Núria acho que ela disse que se chamava, a mesma com quem eu estava conversando quando o telefone secreto começou a vibrar dentro do bolso da minha calça. Núria é uma amiga do colégio, uma amiga *muito* querida, disse a Laia ao nos apresentar, tão querida que desconfio que seja uma ex. Você está se escondendo?, diz. Mostro para ela o telefone que continua na minha mão direita. Um amigo do México, digo. O que eu ia dizendo, diz, começando a falar em catalão e voltando atrás para se traduzir ao castelhano (reparando nas minhas manchas e reprimindo o automatismo de perguntar que porra é essa no meu rosto), o que eu ia dizendo é que conheço muito bem a Laia. Faço que sim. Muito bem mesmo, diz, em catalão. Faço que sim e tento lembrar onde deixei minha cerveja. E tem algo muito estranho nisso tudo, diz. A Laia não é assim. Fica calada e me olha nos olhos e depois na boca, me forçando a dizer alguma coisa. Assim como?, digo, só para ela parar de me olhar no rosto. Assim, diz, em catalão. Heterossexual?, digo. Entre outras coisas, diz. As pessoas mudam, digo. Não de preferência sexual, diz. Não?, digo. Não a Laia, diz. Eu a conheço. Muitíssimo, diz, de novo em catalão, como se o superlativo fosse superior em catalão. Sabe o que é?, diz. Respeito a pausa retórica, mas ela não continua e me obriga a perguntar o quê, o que é, fingindo interesse, embora continue pensando no Ahmed e na cadela, percebendo que muito provavelmente a cadela tem um chip. É por causa do pai, diz Núria, a Laia cansou de brigar. São muitos anos lutando para afirmar sua identidade. E não estou falando só da identidade sexual, estou falando de tudo. Quando você conhecer o pai dela, se chegar a conhecer, vai entender do que estou falando. Uma porra dum chip, penso, que vai permitir que qualquer veterinário relacione a cachorra ao seu falecido dono. A Laia cansou de lutar, continua Núria, já se esquecendo de falar em espanhol. Desculpa, digo, tentando interrompê-la. É triste, diz. Muito triste. Mas vocês não vão ser felizes, cara, a Laia vai ser muito infeliz. Muito. E você também. Entende o que estou dizendo?, diz, em catalão. Entendo, digo, obrigado por me desejar tanta coisa boa. Escuta, digo, para interrompê-la. Sinto muito, cara, diz, em catalão, nós catalães somos assim, gostamos de chamar as coisas pelo nome. E isto é um drama fodido. É muito triste. Dizem que todo drama, com o tempo, vira comédia, digo. Isso pode ser no seu país, diz Núria, teimosa, que lá vocês riem de tudo, até da morte. Aqui as coisas são diferentes. Aqui todo drama, com o tempo, continua sendo drama. Ou então vira um melodrama. Quem disse isso foi o Woody Allen. Woody Allen é um merda, um filho da puta de um misógino. O celular volta a tocar, mas desta vez é o celular que continua na minha mão. Desculpa, digo à Núria, e me encaminho de volta à área de serviço.

Alô?, digo. Feliz ano novo, velho!, diz o Rolando. Como?!, grito, como?! Finjo que não escuto e corto a ligação. Desligo o celular. Pego o outro. Digito um número. Oi, *nen*, quem é?, diz o Nen. É o mexicano, digo, lembra de mim? Gostou das balinhas, hein?, diz, quer receber o ano novo em grande estilo? Eu falei que eram do caralho, *nen*, mas se você quiser mais vai ter que pagar. Você tem cachorro?, digo. Como é?, diz. Se você tem um cachorro, digo, preciso de um veterinário de confiança. A essa hora, *nen*?, diz. Não, digo, amanhã de manhã, quer dizer, daqui a pouco. Conheço um camarada, diz, mas você teria que vir aqui em Badalona, por que não procura um veterinário em Barna mesmo? Preciso de alguém de absoluta confiança, digo, você conhece bem o seu camarada? Somos vizinhos, *nen*, diz, parceiros de toda a vida, fumamos o primeiro baseado juntos, *nen*. Onde te encontro?, digo. Na frente da estação de trem, diz. Ao meio-dia?, digo. Como quiser, *nen*, diz. Mas traz bastante erva, que é feriado, e essa brincadeira vai sair cara. Desligo e volto a ligar para o Ahmed. Mudança de planos, digo quando ele atende, e enquanto lhe explico me coço com fruição masturbatória.

Entro na cozinha e antes de avançar observo o panorama. Não quero topar de novo com a Núria. Pelo jeito, ou ela desistiu, depois de duas interrupções, ou, o mais provável, considera que já transmitiu seu recado. Caminho aliviado pela ideia de ir ao terraço e procurar a Laia, mas antes de deixar a cozinha outra amiga dela me intercepta. Núria acaba de lhe passar o bastão.

Já é a quarta no revezamento; a primeira foi a outra Laia do doutorado, que estabeleceu um marco teórico para defender a hipótese de que eu era parte de uma fase repressiva na sexualidade da Laia; a segunda, uma antes da Núria, foi uma tal de Lluísa, uma amiga *muito muito* chegada do colégio, disse, que se concentrou em demonstrar através da dialética negativa que eu representava o clássico caso de pulsão de anulação da anormalidade (cacofonia inclusa). E agora uma moreninha gorducha me barra a passagem e me pega pelo braço e me chama pelo nome para deixar claro que não se enganou de pessoa. Cara, diz, você não me conhece, mas eu sou uma das melhores amigas da Laia. Sou a Mireia, somos *muito muito* amigas, entende? Digo que entendo, mexendo a cabeça para cima e para baixo. Preciso dizer uma coisa, cara, continua, é uma coisa muito forte, mas você tem que me escutar. Suspiro e lanço um olhar até onde minha vista alcança, procurando algo ou alguém que possa me salvar. Penso em derramar a cerveja, mas faz horas que perdi a minha. Quando volto a olhar para a tal Mireia, vejo que ela está observando meu rosto muito fixamente. Cara, isso é uma dermatite nervosa, diz. Agradeço o diagnóstico, mas lhe digo que está enganada, que é uma alergia. Eu sei do que estou falando, cara, isso é uma dermatite, insiste. Meu pai é dermatologista, corto. Com licença, digo, e tento tirá-la do meu caminho. Espere, diz, preciso falar com você, é *muito muito* importante. A Laia está usando você, cara, você é parte de um plano e nem desconfia. Ahãm, digo, condescendente. Era só o que me faltava: a amiga paranoide-conspiracionista. Você não sabe de nada, cara, continua, e me dá muita pena ver que você está se iludindo, tanto que até pegou uma dermatite nervosa, cara, isso é muito sério. Era só o que me faltava: uma amiga paranoide-conspiracionista com pena de mim. A Laia está usando você, insiste, apertando meu braço e gritando junto à minha orelha para ter certeza de que estou ouvindo o que ela diz, por cima da música e do barulho da festa. Você é a tese de doutorado dela, diz. Como?, digo. Que você é a tese de doutorado dela, repete. Você sabe qual o tema da tese da Laia?, diz. Hum, digo, é sobre a Mercè Rodoreda. Ela disse isso?, diz. E você acreditou? Você não sabe de nada, cara. Tem mais teses sobre a Mercè Rodoreda nas universidades catalãs do que traficantes no Raval, diz. Já nem aceitam mais nenhum projeto de pesquisa sobre a Rodoreda, tudo já foi dito. A tese da Laia é sobre heteronormatividade e multiculturalismo, diz, você não sabe de nada, cara. Você é cobaia dela, diz.

Um cigano e um mouro entram num bar, diz o Chungo na sala de espera vazia do seu consultório. Fede a cachorro molhado. A xixi de gato. E a ração de cachorro. E de gato. A uma mistura repugnante de tudo isso. Os dois se sentam na frente do balcão, diz o Chungo, e o cigano pede dois cafés para a dona do bar, uma espanhola do bairro. Olha aqui, cara, diz o mouro para o cigano e, quando a espanhola vira as costas para preparar os cafés, o mouro pega uma madalena de cima do balcão e enfia no bolso do casaco. Isso não é nada, diz o cigano, que ficou mordido, olha aqui. Ei, moça, diz o cigano à espanhola, vou fazer um truque de mágica que você vai alucinar. A espanhola olha para ele meio de saco cheio, mas não diz nada para não contrariar o cigano. O cigano pega uma madalena e enfia inteira na boca. Qual é a mágica?, pergunta a espanhola. Olha no bolso do casaco do mouro, diz o cigano.

Ninguém dá risada. Não é mouro que se diz, cara, diz o Ahmed, e sim magrebino. Pois no meu bairro continuam sendo os mouros de merda, rapaz, diz o Chungo. E se vocês não se mijaram de rir é porque são estrangeiros. Não entenderam a piada. Seu camarada também não riu, diz o Ahmed. Eu não dei risada, *nen*, diz o Nen, porque já ouvi essa piada mais de mil vezes. Não tem graça nenhuma, diz o Ahmed, além de perpetuar o estereótipo de ladrões dos magrebinos e do povo romani. Povo romani?, diz o Chungo, onde caralhos você foi arrumar esses trouxas, Nen? A piada não fala em ladrões, diz o China. Um ladrão não é a mesma coisa que um espertinho, diz. Mas continua sendo uma imagem depreciativa, diz o Ahmed. Depende, diz o China. Do quê?, diz o Ahmed. Depende do mundo em que você vive, diz o China. No meu bairro, a astúcia é uma virtude muito apreciada. No seu bairro da China, *nen*?, diz o Nen. Eu nasci no Hospitalet, cara, diz o China. E se chama Jordi, *nen*?, diz o Nen, é um desses chineses com nome catalão? Meu nome é China, diz o chinês, e tira um maço de cigarros do bolso da jaqueta. Antes que sua mão comece a procurar o isqueiro, o Chungo o segura: aqui não pode fumar, China, diz. O China se prepara para reclamar, mas em vez de discutir com o Chungo (batalha perdida) aperta o Ahmed: anda logo, que eu fico nervoso quando não posso fumar, diz. Então vai esperar lá fora, *nen*, diz o Nen, que lá dá pra você fumar a porra do maço inteiro. Não posso, diz o China, preciso pajear esses *capullos*. *Hostia*, diz o Chungo, se não querem rir de minha piada, tudo bem, mas não me venham com sermão. Era uma merda de piada que lembrei quando vi vocês entrando, diz. Porque vocês parecem o início de uma merda de piada: era uma vez um mexicano, um muçulmano e um chinês. Eu não sou muçulmano, diz o Ahmed, sou ateu. E a pior parte da piada é quando você diz que a dona do bar é espanhola, diz. É como se dissesse que os imigrantes estamos aqui para roubar os espanhóis, diz. É você que está dizendo isso, *capullo*, diz o Chungo, agora vai dizer que sou racista só porque contei uma merda de piada? Se eu achar graça numa piada de preto, não quer dizer que vou sair dando porrada na negrada, para com isso, cara. Mas é imoral, diz o Ahmed. Como assim, imoral, *nen*?, diz o Nen, você não disse que era ateu?

Hum, podemos ver o assunto do cachorro?, digo, interrompendo o debate, embora pudesse escrever um capítulo da minha tese de doutorado se os deixasse continuar. "Minha tese" quer dizer: a tese que eu queria escrever. É uma cachorra, *nen*, diz o Nen, não te ensinaram na escola a distinguir macho de fêmea? Depois não sabem por que são subdesenvolvidos, com essa educação de merda. Eu sei que é uma cachorra, digo, é um jeito de falar. Ei, mas que porra é essa no seu rosto?, diz o Chungo, que pelo jeito só agora repara na minha presença. É uma alergia, *nen*, diz o Nen, fica tranquilo que não é contagiosa. É por viver na porra do DF respirando toda aquela merda de poluição, *nen*, o coitado está envenenado por dentro. Você não disse que era uma dermatite, cara?, me pergunta o Ahmed, por acaso anda inventando mentiras pra esconder que é lepra? Todos olham para mim esperando minha resposta. Tenho as duas coisas, digo, a alergia, desde criança, e agora apareceu uma dermatite, deve ser por causa da mudança de clima, da água, da alimentação. Coitado do *nen*, *nen*, diz o Nen, olha que merda que é o Terceiro Mundo, *nen*, além das doenças que eles já têm por lá, ainda aparecem outras novas. Minha avó cura isso fácil com acupuntura, diz o China. *Hostia, nen*, diz o Nen, tem certeza que você está vivo?, que não é um chinês de papelão? Um chinês de plástico que a gente compra por um euro no chinês? O Chungo e o Nen explodem em gargalhadas.

Hum, digo, hum, podemos olhar a cachorra?, volto a perguntar, antes que a falta de nicotina e a insolência de desarraigado façam o China perder as estribeiras. Qual é o problema com a cachorra?, pergunta o Chungo, olhando para a ponta da coleira que o Ahmed segura na mão direita. A cachorra está deitada no chão, cochilando. Não quer comer, diz Ahmed. Qual o nome dela?, diz o Chungo. Todos olhamos para o Ahmed. Não sei, diz o Ahmed. Você não botou um nome nela?, digo. Ainda não, diz o Ahmed. Porra, diz o Chungo, ela já está grandinha para não ter nome. O *gilipollas* ficou com o cachorro de um camarada que não podia mais tomar conta dele, diz o China. E teu camarada não disse como ela se chama?, diz o Chungo. O camarada bateu as botas sem revelar essa informação, diz o China. E a cadela não come de tristeza, *nen*?, diz o Nen. Que bonito isso, *nen*, os cachorros são demais. Na verdade trouxemos a cachorra, digo, para ver se ela tem um chip. Um microchip, me corrige o Chungo. Quer dizer que vocês estão com medo de que alguém possa identificar o dono anterior, diz, que possam ligar a cadela ao morto? Você não disse que era uma pessoa de confiança, Nen?, digo ao Nen, com um tom pretensamente recriminatório. Claro, *nen*, diz o Nen, o *nen* aqui é um parceiro de toda a vida. Mas que ele seja uma pessoa de confiança não quer dizer que não faça perguntas, só quer dizer que não vai dedurar as respostas pra ninguém, diz. E por que vocês não despacham o bicho?, diz o Chungo. Parece ser um trabalhinho que ficou pela metade. Que é isso, *nen*?, diz o Nen, larga de ser animal. Vocês querem que eu apague a cachorra ou que tire o microchip?, diz o Chungo. Que apague, diz o China. Não, diz o Ahmed. Apagar custa duzentos euros, diz o Chungo. E cremar, mais duzentos. Mais cem para tirar o microchip, porque de todo jeito é preciso tirar o microchip, pra que não a identifiquem no crematório. Puta que o pariu, diz o China, eu por cem euros dou cabo dela com um golpe e jogo no lixão de El Garraf. Com um golpe de caratê, *nen*?, diz o Nen, rindo. Pode rir, diz o China, mas você não riria se soubesse que eu conheço noventa e três dos cento e oito toques do Dim Mak. Mas isso não funciona nos cachorros, *nen*, diz o Nen, são pontos do corpo humano. Eu já testei em gatos, diz o chinês. De que caralho vocês estão falando?, diz o Chungo. De kung fu, *nen*, diz o Nen. Segundo o kung fu, há cento e oito pontos do corpo onde podem ser aplicados golpes mortais. Wushu, diz o chinês, kung fu é para ocidentais. E

L'Hospitalet não fica no Ocidente, *nen?*, diz o Nen. Isso tudo não passa de um monte de asneira, diz o Chungo, teorias da conspiração tiradas dos filmes do Bruce Lee. Ninguém precisa acreditar em mim, diz o China, querem que eu faça uma demonstração? Queremos tirar o chip dela, diz o Ahmed. Tirar o microchip custa quinhentos euros, diz o Chungo. Mas você não acabou de dizer que custa cem euros?, diz o Ahmed. Custaria cem se fosse pra apagar e cremar a cachorra. Só tirar o microchip custa quinhentos. Em dinheiro vivo, completa. Primeiro é preciso confirmar se a cachorra tem mesmo um chip, digo. Deve ter, sim, diz o Chungo, é uma cadela de raça, diz, e é muito bem tratada, olhem as unhas dela. Todos dirigimos o olhar para o chão. Essa cachorra foi na pedicure recentemente, diz o Chungo. O Ahmed me passa a coleira e enfia a mão no bolso de trás da calça. Todos ficamos olhando para ele enquanto tira a carteira e de dentro dela uma nota roxa, uma nota que eu nunca tinha visto, de quinhentos euros. Depois entrega a nota ao Chungo, que a levanta para inspecioná-la contra a luz do teto. Você é mesmo um *gilipollas*, cara, o China diz ao Ahmed. A melhor invenção da União Europeia, *nen*, diz o Nen. Podem entrar no consultório, diz o Chungo, guardando a nota no bolso da calça. Vou fumar um cigarro, diz o China, abre a porta da rua, sai e a deixa entreaberta.

Entramos no consultório, o Chungo vai até os fundos e volta logo em seguida com um aparelho que parece um controle remoto. Branco. Com uma telinha. E uma forquilha na ponta. Na verdade, só parece um controle remoto porque tem uns botõezinhos. Põe a cadela aqui em cima, o Chungo diz ao Ahmed, apontando para uma mesa de metal. O Ahmed obedece. A cachorra não: resiste, e o Ahmed tem que segurá-la para que não se atire pelo precipício da mesa. O Chungo passa o aparelho pelas costas da cadela. Ouve-se um bipe. Aqui está, diz o Chungo.

Mostra a tela do aparelho, onde aparece uma série de números e letras. Esse é o código, diz. Espera, digo. Hum, com esse código dá pra puxar os dados do dono?, pergunto. O Chungo diz que sim. Nome, endereço, telefone. Ah, e o nome da cadela também. Quero ver, digo. E deixar rastro da busca?, diz o Ahmed. Você é burro, cara. Me dá o código. É um sistema do Conselho de Veterinária, diz o Chungo, não é qualquer um que pode entrar. Precisa de uma senha. Anota o código, diz o Ahmed.

Dali a três dias, o Ahmed me telefonou e disse: consegui os dados, desce aqui que eu te passo. Eram nove e meia da noite, e eu estava me coçando e jantando um pedaço de pizza na cama. Como é?, digo. Que é pra você descer, diz, estou na entrada do teu prédio. Como caralhos você descobriu onde eu moro?, digo. No teu cadastro na prefeitura, diz, entrei no site. Espero que você não tenha vindo com a cachorra, digo. Onde que eu ia deixar, cara?, diz. Se eu deixasse sozinha, começava a uivar. *Chingada*, digo. *Hostia puta*, digo, para que me entenda. Vai pela rua Zaragoza, digo, depois desce pela Via Augusta. Te vejo na Gala Placidia. Desligo.

O Ahmed estava sentado num dos bancos laterais da praça, em obras, conversando com uma garota de uns quinze anos que passeava com um beagle. Os dois cachorros farejavam os mútuos rabos. Tive que seguir ao largo, contornar o playground, fazer hora fingindo olhar a vitrine de uma sapataria fechada na Travessera de Gràcia. Voltei para a praça, o Ahmed e a cadela me interceptaram no meio do caminho. Oi, diz o Ahmed. Para isso que você queria a cachorra?, digo. Para te ajudar na pegação? Quem me dera, cara, diz, mas só as garotas me dão bola. Os caras não querem conversa, os cachorros podem se matar ou trepar que eles continuam mudos. Estou a ponto de perguntar se ele é gay, por puro reflexo, mas é óbvio que ele é gay: porque acaba de me dizer e porque não sei como eu não tinha percebido antes. Por isso que eu saí do Paquistão, cara, diz o Ahmed, adivinhando minhas reflexões. Lá não dá para viver se você é bicha. Peço para ele me entregar os dados antes que se empolgue. A cachorra já está comendo a nova ração, diz, o veterinário acertou, era só comprar a mais cara. Me dá esses dados logo, digo. Mas que pressa, diz. Tira um papel dobrado do bolso de trás da calça e o estende. Enfio o papel imediatamente num bolso do casaco e dou meia-volta. Escuta, diz. Que foi?, digo, virando para encará--lo. Minha mãe diz que a melhor coisa para combater a coceira é comer coisas cruas, diz, frutas, verduras, não comer mais por-carias. Faz o que estou dizendo, minha mãe é médica em Laho-re, trabalha num hospital infantil. Assinto em silêncio. Ah, diz, o nome da cachorra era Viridiana.

Eu me viro de novo e, sem me despedir, mudo o caminho de volta, faço um desvio paranoico, como se pretendesse despis-tar alguém que me seguisse, e com isso, paradoxalmente, descu-bro que estão me seguido. É impossível outra pessoa fazer o mes-mo percurso, pela simples razão de que esse trajeto, titubeante e absurdo até para um passeio, não faz o menor sentido. Chegan-do à Guillermo Tell, eu me viro e olho diretamente para o suje-ito que me persegue: é um *okupa*. Sem cachorro. Está de jaqueta militar verde-oliva. Carrega uma caixinha de vinho que ergue para cobrir o rosto quando percebe que estou olhando para ele.

Subo pela rua Vallirana, deserta. Escuto os passos do *okupa* atrás. Ei, cara!, grita. Não paro. Você mesmo, *gilipollas* mexica-no!, torna a gritar. Fico paralisado, mas sem parar de caminhar (a paralisação é do espírito, gelado de medo). Você é surdo, *capullo*?!, grita outra vez. Estou falando com você, *gilipollas*! Juan Pablo! Tem sotaque italiano. Começo a caminhar mais rá-pido, quase correndo. Eu sei o que você anda fazendo, *capullo*!, grita. Estou de olho em você! Eu sei o que anda fazendo com sua namorada catalã de dentes tortos! Você acha que ninguém está vendo, que vão ser felizes para sempre, mas eu vou te foder, eu sei o que você anda fazendo! Disparo a correr sem olhar para trás até chegar à entrada do prédio.

Entro, me certifico de trancar bem o portão e só paro de correr quando me atiro dentro do elevador. Aperto o botão do sexto andar. O celular secreto dentro do bolso da calça começa a vibrar. Olho a telinha: número desconhecido. Hesito em atender, temendo que o assédio continue pelo telefone, como nos filmes de terror ruins. Não atendo. Prefiro começar a me coçar. A vibração do celular para. Começa a se sacudir de novo.

Alô?, digo, com a voz trêmula ainda entrecortada pela falta de ar e por um exército de formigas que marcha pelas minhas costas (eu devia fazer ioga, devia fazer exercício, devia ir ao médico, devia comer frutas e verduras). O chinês esteve aqui!, grita o pai da Laia, furioso. O *gilipollas* diz que só cumpre ordens, que eu devo falar com você. Hum, sobre o quê?, digo. Sobre o que ele acaba de me entregar!, grita. Sobre que merda seria? Há algum problema?, digo. Ele me mandou cento e trinta!, grita, e o acordo era quinze! Onde caralhos eu vou meter cento e trinta?! Não é assim que se faz!, diz. Diga ao *capullo* do seu chefe que não há maneira de colocar cento e trinta sem que a Interpol caia em cima de nós. Cento e trinta o quê?, digo, quando a porta do elevador se abre no sexto andar. Milhões de euros, *gilipollas*!, diz, são vinte bilhões de pesetas!, grita, e desliga.

Atravesso o corredor, entro no apartamento, aparentemente vazio, e o percorro para confirmar que não há ninguém. Localizo o telefone que o Doutor nos deu para emergências, o celular de Barcelona, só para urgências, disse, que não deveríamos contatá-lo sob nenhuma circunstância, salvo emergências, e era bom entendermos o que era uma emergência. Pego um copo de água, respiro, sento na poltrona da sala, respiro, e por fim digito o número.

Ligou pra me contar que o veado ficou com a cadela?, diz o Doutor, assim que atende. Hum, digo, o pai da Laia acabou de me ligar muito alterado, o China lhe entregou, digo, mas o Doutor me interrompe: diz para o veado ir lá falar com ele, diz, o veado sabe o que tem que ser feito. Como?, digo. Que é pra tu mandar o Ahmed ir falar com Oriol, *chingada*, diz, por que sempre tenho que repetir tudo o que eu te digo? Por acaso sou tua mãe? Para isso que você me ligou, caralho? Não falei que só deviam me ligar em caso de emergência?, diz. Outra coisa, digo. O quê?, diz. Hum, digo, e fico pensando no modo como deveria descrever o que acabou de acontecer para que ele não pense que a culpa é minha. O quê?, *chingada*, diz. Acho que nos descobriram, digo, acreditando que o verbo hipotético e o objeto direto no plural me concedam, pelo menos, o benefício da dúvida. De que merda tu tá falando?, diz. Faço um resumo do que acaba de acontecer, da perseguição do italiano e do que o italiano gritou. Tem certeza que era italiano?, pergunta o Doutor. Não sei, digo, acho que sim. Sim ou não?, diz. Acho que sim, digo. *Chingada*, diz, malditos italianos de merda. Maldita a bosta da Itália. Hum, digo, qual o problema de ele ser italiano? Que os italianos estão querendo melar nosso projeto, babaca!, diz. A porta do apartamento se abre e aparece Facundo, com Alejandra no colo, dormindo. Faz uns gestos com o queixo para que o ajude a fechar a porta e a tirar a mochila de suas costas. Temos que identificar o italiano, diz o Doutor. Vou ligar para o Riquer. Quem?, digo. O chefe dos Mossos, babaca, diz. Fica atento ao telefone, ele vai te ligar. Ele ou um dos seus. Faz o que eles mandarem, diz, e desliga.

Guardo o telefoninho no bolso da calça sem que Facundo o veja e vou até a entrada para ajudá-lo. Embora o imperativo seja o silêncio, a verborreia de Facundo transborda em sussurros: ela vai ficar uns dias com a gente, diz. A *boluda* da mãe está indo pra Buenos Aires, viagem de emergência. Um irmão sofreu um acidente. De moto. O *boludo* derrapou e acabou embaixo de um caminhão. Certeza que o *boludo* estava entupido de comprimidos. Eu conheço o *boludo*. Alejandra abre os olhos, estica os bracinhos para se espreguiçar e diz: É tão real a paisagem que parece fingida! Olho para Facundo pedindo explicações. *Boludices* da mãe, diz. Alejandra fica olhando fixo no meu rosto. *Che, boludo*, diz, o que você tem no rosto? Ei, Ale, diz Facundo, não chama o *boludo* de *boludo*.

Riquer me ligou e disse: venha ao meu gabinete amanhã bem cedo. Ficamos de nos encontrar às oito no seu gabinete no Paseo de San Juan. Cheguei, estava sozinho: não era o comando dos Mossos d'Esquadra, era o gabinete privado onde tratava de assuntos privados, explicou. Apertei sua mão áspera e aspirei o bafo alcoólico que emanava dos poros de sua pele. De duas, uma: ou ele tinha quebrado o jejum com aguardente ou não tinha dormido e acabava de tomar o último copo do dia. Do dia anterior. Tinha pouco cabelo, pouquíssimo, cortado rente à máquina, e os dentes amarelos de nicotina. Cinquenta e tantos anos, mais perto dos sessenta que dos cinquenta. Terno azul-marinho sem gravata. A camisa não muito bem passada. Direto ao assunto, diz, temos que ser rápidos, e me pede que o siga.

O gabinete tem dois escritórios e uma recepção. Os móveis velhos e pesados, de madeira de verdade, de outra época, quando ainda havia marceneiros e árvores. Uma fina camada de pó, o calendário das Olimpíadas de 92, pilhas de documentos em diversos tons de amarelo, as cortinas desfiadas na borda inferior, todos os indícios de um uso moderado, ou clandestino.

A secretária chega às nove, diz, e indica que me sente em frente à mesa, diante da tela de um computador. A cadeira de couro, de animal de verdade, range quando me sento. É o arquivo dos antissistema, diz, colocando o primeiro retrato na tela. Como sabe que era um antissistema?, pergunto. Porque você disse, diz, não disse que era um *okupa*? Não sei, digo, é o que parecia. É o que parecia, repete, e para isso estamos aqui, para ter certeza, diz.

Clique no mouse para passar à fotografia seguinte. Obedeço. Olho a primeira. Vários segundos. Passo à segunda. Observo--a. Mais rápido, diz Riquer. São mais de oitocentas fichas, só de italianos. Se você não o encontrar aí, vamos ter que olhar o resto. Acelero o ritmo dos cliques, um a cada cinco ou no máximo dez segundos.

Riquer puxa um banco do outro lado da mesa para se sentar ao meu lado. Os italianos são de matar, diz, acham que Barcelona é um esgoto onde podem vir jogar toda a sua merda, principalmente depois que Berlusconi os pôs na linha. Olha aí, só gentalha, diz. Abre uma gaveta da mesa e tira um charuto. Escuto que o desembrulha, que o corta, que o acende e que o suga com fruição, enquanto continuo clicando no botão esquerdo do mouse.

Faz muito tempo que você trabalha para o Doutor?, pergunta. Hesito por um instante se devo responder. Cacete, diz, estamos entre amigos, faça o favor de corresponder à gentileza que estou tendo com você. Hesito por mais um instante. *Hostia puta*, diz, você acha que estaria aqui se eu não fosse da mais absoluta confiança do Doutor? Hum, digo, sem afastar os olhos da tela, na realidade eu vim a Barcelona para fazer um doutorado. Um doutorado?, diz, cacete, que ótima ideia. O Doutor é mesmo um gênio. Estudantes de doutorado. Assim vamos ter muito mais trabalho para pegar vocês!, grita, e solta uma gargalhada metálica seguida de um acesso de tosse.

E sobre o que é o doutorado?, pergunta, quando se refaz. Não digo nada. Está matriculado de verdade ou só conseguiu a carta de aceite para pedir o visto?, pergunta. Aperto o botãozinho do mouse mais rápido e continuo calado. O fedor do charuto começa a me dar tontura. Suspiro forte para regular a respiração. Riquer não espera as minhas respostas, segue o fio de suas especulações em voz alta. Só faltava a Polícia Nacional expedir cartões de residência de estudante a delinquentes, diz. Não seria de estranhar, tratando-se desses *capullos*.

Então vejo o rosto: um pouco mais gordinho, um pouco mais corado, um pouco mais saudável que o do sujeito que me ameaçou, mas sem sombra de dúvidas é o mesmo. O mesmo, envelhecido e castigado pela vida ruim. É este aqui, digo. Tem certeza?, diz Riquer, abanando a fumaça do charuto e colocando a cabeça a poucos centímetros da tela. Absoluta, digo. Então pronto, diz, e se levanta e empurra a cadeira em que estou sentado. E agora?, digo, enquanto o sigo até a saída do gabinete. Ele abre a porta e faz um gesto para eu passar. Agora vai embora, diz.

No pesadelo mais recorrente, o velho me aparece com sua capa e seu cachorro, sua cachorra, digo, e me diz, triste: alguém riu da piada? Eu digo que não e que sinto muito, que não sou assim, que eu era, até agora, uma pessoa incapaz de matar até mesmo um personagem de conto. E lhe conto que uma vez estava escrevendo um conto para um concurso da universidade e que a certa altura percebi que o protagonista, um detetive privado que se meteu onde não era chamado, devia morrer. E que não tive coragem de matá-lo porque estava apegado a ele. Que preferi parar de escrever o conto, apesar do prêmio de dois mil pesos do concurso. O velho raspa a lapela da capa tentando tirar uma mancha, e eu vejo nele o olhar mais triste do mundo: o olhar vazio dos mortos. Só que me matou, diz o velho. E não era um conto. Era a realidade. Vocês são uns cínicos, diz. Vocês todos. As pessoas de letras.

E eu acordo sempre com a sensação de ter o morto em cima, como dizia meu avô, com o peso do cadáver do velho abraçado a toda a extensão do meu corpo, e acendo a luz do abajur e começo a me coçar e pego qualquer livro da pilha que tenho na mesa, *Cartucho*, de Nellie Campobello, mas está cheio de cadáveres, a antologia de contos de Julio Torri, só que o melhor deles é uma história jocosa sobre fuzilamentos ("Até para morrer precisa madrugar", escreve Torri), e então me levanto e ligo o computador e começo a digitar sem convicção o ensaio que devo entregar em fevereiro para o seminário da doutora Ripoll, uma recontagem histórica da invenção e evolução das bonecas infláveis, que penso em relacionar com "As hortênsias", de Felisberto Hernández. Teclo só por alguns minutos, e logo entrego os pontos e abro outro documento e começo a escrever tudo o que me aconteceu nos últimos meses, como se escrevesse um romance, como se minha vida inverossímil pudesse ser o material de um romance. Escrevo sem culpa, sem vergonha, como uma libertação, com quem se coça. Não escrevo para pedir perdão, não escrevo para me justificar, para dar explicações, não é uma confissão. Escrevo porque no fundo sou um cínico que a única coisa que sempre quis foi escrever um romance. A qualquer preço. Um romance como os que eu gosto de ler. Sou um cínico e só não me entrego à polícia nem me jogo pela janela porque não estou disposto a interromper o romance. Quero chegar até o final. Custe o que custar. E, apesar de um ou outro exagero (não há comédia sem hipérbole), tudo o que eu conto no meu romance é verdade. Não há lugar para a ficção no meu romance. Posso demonstrar tudo, tenho provas. É tudo verdade. Ninguém precisa acreditar em mim.

É tudo pelo bem do meu primo

E aí, prima? Tudo bem? Como é que os catalães estão te tratando? Já foi nas liquidações? Fica esperta, que antes de dar os descontos eles aumentam o preço de tudo, e você acaba pagando mais caro.

Escuta, prima, você não vai achar ruim se eu te chamar de prima, né, prima? As namoradas dos meus primos são minhas primas, como se fossem da família, e você já deve ter notado que somos uma família muito unida. E, mesmo a gente não tendo convivido nem se visto pessoalmente, eu te conheço como se fosse da vida inteira, sei tudo de você, tudinho, porque meu primo me contou, somos muito ligados, meu primo e eu, e imagino que ele também deve ter te contado tudo de mim, porque eu sempre fui seu primo favorito.

Espero que você esteja lendo esta carta, porque aí quer dizer que ela chegou na tua mão, no consulado me falaram que eles podiam entregar pra você quando fosse fazer a inscrição consular, anota bem isso, é como chamam o trâmite que é importante você fazer para que possam te localizar em caso de pro-

140

blema, e aí você aproveita e pega esta carta aqui. Ou se a carta chegar depois, eles têm como te avisar. Então não deixa a inscrição pra mais tarde, vai logo no consulado, hoje mesmo, e fala pro meu primo se inscrever também, que ele nunca presta atenção nessas coisas práticas, você sabe que meu primo vive no mundo da lua pensando na imortalidade dos apaches.

Só não conta pro meu primo que te escrevi, prima, não fala pra ele desta carta, é importante que você e eu, prima, abramos um canal de comunicação direto, sem que ele fique sabendo, mas não vai achar que é pra aprontar alguma pelas costas dele, prima, imagina, meu primo e eu somos como irmãos, é tudo pelo bem do meu primo, prima. Você pode achar que conhece bem o meu primo, mas eu conheço melhor, e é por isso que estou te escrevendo, pra te contar algumas coisas muito importantes e pra você ajudar o meu primo na nova etapa que estão começando. Eu sei que você vai me entender, sei que é esperta e sabe como a vida é foda, desculpa eu escrever um palavrão, prima, mas você tem origem humilde e sabe que a vida não é como nesses livros que meu primo tanto gosta, onde até as baratas têm crises existenciais. Espero que você não fique na defensiva, prima, porque eu estou do teu lado, e agora você, meu primo e eu vamos ser uma equipe, temos que ficar muito unidos, já sei que você deve estar pensando que estou contra você, mas eu sou diferente dos meus tios e da minha prima, a tua cunhada, entende? Você tem que aprender a fazer essa diferença e ver que estou do teu lado, que a partir de agora somos uma equipe, e que em mim você pode confiar. Eu vou te defender da família, porque pra mim você já é da família, mais uma, como se tivesse nascido da barriga de uma das minhas tias, sério mesmo, como se fosse de Los Altos e alemãzinha que nem a gente, como se o mundo fosse como aquela sorveteria de Veracruz onde chamam todos os clientes de "alemão", não conhece? O que vai querer, alemão?, perguntam, de creme, alemã?, e os clientes são mais escuros que Moctezuma.

Por falar em Veracruz, e pra você ver que não estou falando da boca pra fora, vou te contar que duas semanas atrás viajei até Veracruz só pra ver onde você morava e conhecer a tua família. Duas semanas atrás de quando estou escrevendo esta carta, hein?, não duas semanas de agora que você está lendo, porque não sei quando você vai ler esta carta, e espero que esteja lendo mesmo. Chegou aí pra você, né? E não acha ruim o que eu fiz, que é tudo pelo bem do meu primo, e pelo bem do meu primo eu sou capaz de fazer qualquer coisa, mas também é pelo bem dos três, agora que somos uma equipe, agora que você faz parte da família, e se estou falando que você pode contar comigo é porque te conheço e sei que também posso confiar em você, e por isso precisava me garantir. Eu sou assim, você logo vai me conhecer, e aposto que meu primo já te falou como eu sou, uma pessoa que, quando resolve que vai conseguir uma coisa, consegue mesmo, mas pra isso precisa ter confiança, lealdade, e como é que eu ia saber se a gente podia mesmo contar com você?

Eu gostei muito dos teus irmãos e dos teus pais, e daquele gato gordão que me deu um bruta susto quando saiu da toca, que você sabe que ele fica o tempo todo enfiado no banheiro. Claro que pros teus pais eu não falei que eu era o primo do meu primo, imagina, eles não iam entender se aparecesse lá fazendo perguntas, iam achar que estava te espionando, ia ter um mal-entendido, porque eles não sabem que somos uma equipe e que agora você é da família, alemãzinha. Bati na porta e falei pros teus pais que estava fazendo uma pesquisa, que se eles me atendessem iam participar do sorteio de um carro, e foram supergentis, me convidaram a entrar, sentamos na sala e me ofereceram um refresco e um café. Gostei muito deles, dos teus pais, sério mesmo, sempre achei que, quanto mais simples a pessoa, mais feliz ela é, mais digna, mais decente, por mais que digam o contrário. Juro, prima, que às vezes até me dá vontade de ir morar numa ilha deserta e só comer cocos, fazer sushi com o peixe ou no máximo um tartar de atum.

O que eu quero é te falar do meu primo e de nós, agora que somos uma equipe e temos que estar unidos, vamos ser uma equipe e preciso que você faça a sua parte, dando todo o apoio ao meu primo, você sabe que o temperamento dele não ajuda, por isso você e eu vamos ter que lhe dar muito suporte, porque sozinho ele não vai conseguir, as grandes oportunidades são grandes demais pra ele, meu primo não sabe como chegar ao sucesso, você sabe que ele tem uma propensão ao fracasso e à infelicidade, porque os personagens dos livros que ele gosta são assim, todos uns porras de uns vagabundos angustiados (desculpa o palavrão).

Uma vez, nunca vou me esquecer dessa, estávamos no casamento de um primo, de outro primo, e quando meu primo já estava meio bêbado começou a me falar de cor umas frases de um dos seus escritores favoritos. Você precisava ver, prima, frases de *loser* total, que o homem era um excelente adubo para plantar mamões ou que todo mundo gosta da posteridade porque lá já vai estar morto e descansando. Eu falei pra ele: primo, se esses são os livros que você tanto gosta, você nunca vai ser nada na vida, a vida é muito foda pra ainda por cima botar coisas deprimentes por cima. E me desculpa de novo por falar palavrões, prima, mas é que eu sinto que já te conheço bem, apesar da gente nunca ter se visto, e eu gostei muito da tua família, eles são gente honesta, bem simples, teus pais, quem dera tivesse mais gente assim que nem eles neste país, é disso que a gente precisava.

Pois é, meu primo é assim mesmo, prima, não estou inventando, na verdade eu sou o único na família que o defende, até minha tia sempre o tratou supermal, criticando tudo o que ele faz, e eu até entendo minha tia, porque é foda defender um tipo assim (desculpa o palavrão), sempre tomando decisões erradas, tipo fazer uma faculdade que não serve pra nada, ou ir morar em Veracruz, sem querer ofender, mas é como se mudar pra Honduras ou pra Guatemala. Ou ficar com você, prima, que eu te defendo e a gente é uma equipe, mas ao ficar com você meu primo fez exatamente o contrário do que devia ter feito. Não me leva a mal, mas você não vai negar que o casamento também é um jeito de garantir o futuro, de acumular patrimônio, de fazer novos contatos de negócios, e eu sei que você está me entendendo, que por alguma razão escolheu o meu primo, e não foi por ser bonito ou inteligente, desculpa se eu te ofender, prima, mas acho que a gente deve falar abertamente, agora que somos uma equipe não podemos andar com hipocrisia.

A boa notícia, prima, é que teu primo aqui vê as coisas de outro jeito, teu primo vê o copo cheio quando todo mundo diz que está vazio, e tem mais, teu primo vê que está cheio de champanhe, e teu primo nunca esquece do seu primo, do meu primo, apesar dele já ter estragado alguns dos meus negócios e não ter ambição na vida. Se meu primo resolveu se contentar em ser professor de literatura, sabe o quê, prima?, teu primo não vai deixar ele na mão, teu primo é capaz de transformar um doutorado inútil numa oportunidade de negócio, teu primo tem projetos muito parrudos, e teu primo não esquece do seu primo, teu primo sempre o incluiu nos seus planos, mesmo que ele não mereça, porque somos primos, e é assim que se faz nas famílias, apoiar uns aos outros, e quando aparece uma chance tem logo que compartilhar, que é o que estou fazendo agora, aproveitando que você e meu primo vão morar no país dos *gilipollas*, teu primo vai aproveitar as cagadas do seu primo como adubo para fazer crescer negócios, porque estou convidando meu primo para entrar num negócio de alto nível, um negócio muito parrudo, um negócio que todo mundo se mataria pra entrar, um negócio que se der certo vamos ganhar uma nota, você, nós três, prima, você, meu primo e eu, e você vai até poder ajudar teus pais, mandar uns euros pra eles pela Western Union, e é por isso que estou te escrevendo, porque preciso que você apoie meu primo, que lhe dê um *backup* muito forte para decolar o projeto em que estamos trabalhando.

Não posso te contar os detalhes do negócio porque esses projetos são assim, tem que manter a confidencialidade, senão outros investidores ficam sabendo e nos roubam a ideia. Mas o que posso te contar é que os nossos sócios são gente muito da pesada, de alto nível, tanto os sócios mexicanos, que são gente da minha confiança com quem já fiz outros negócios muito parrudos, como os sócios catalães, que são os figurões com quem meu primo vai trabalhar. A única coisa que posso te dizer é que você tem que apoiar o meu primo, aconteça o que acontecer, e, se meu primo fizer coisas ESTRANHAS, tem que entender que esse não é um trabalho normal de escritório, porque quando a gente faz negócios de altíssimo nível precisa estar preparado pra tudo, ou você acha que o Slim fez fortuna enfiado num escritório das nove às duas e das quatro às sete? A gente precisa estar preparado pra tudo, prima, e você tem que confiar em mim, que eu confio em você, já fiz o investimento de ir até Veracruz pra conhecer a tua família e apurar se você podia ser uma pessoa de confiança, e quando vi que podia, sim, montei um dossiê bem positivo sobre você, prima, pra dar pros nossos sócios mexicanos, explicando que você é uma pessoa que veio de baixo mas que procura a superação, que tem ambições na vida. Como você pode ver, estou indo além das palavras, porque sou uma pessoa de ação, encara isso como uma prova de que você também pode confiar em mim, porque além do mais sou o primo favorito do meu primo. E no ponto em que você mais precisa ajudar meu primo é dando SEGURANÇA pra ele, porque meu primo é muito inseguro, e fazendo que ele seja PERSISTENTE, porque me preocupa que ele comece o projeto pra largar pela metade. Você e eu precisamos que meu primo seja forte que é pro projeto decolar, e também quero te pedir que, se você notar algo estranho, se você notar que meu primo pode estar agindo contra nossos interesses, contra os teus e os meus, prima, você me avise na hora, no fim da carta vou colocar o telefone do meu escritório. Se você notar que meu primo está saindo do plano me liga e, se eu não estiver, deixa um recado, só diz que a minha prima ligou, assim mesmo, sem dizer o nome, só que minha prima ligou, que eu vou saber que é você, e me deixa um telefone ou outro contato pra eu te localizar. Não vai pensar que estou desconfiando do meu primo, não, porque somos irmãos, mas, quando a gente faz negócios de alto nível, aparecem muitas tentações, e eu espero que meu primo seja só um pusilânime e não se revele também um TRAIDOR.

Bom, prima, não vou tomar mais do teu tempo, vai logo no consulado se inscrever e aproveita pra pegar esta carta. Não demora, que só falta algum enxerido abrir, você sabe como são os diplomatas, que não têm o que fazer o dia inteiro, esses sim é que levam um vidão, estou até pensando em cavar uma vaga de embaixador, tenho um amigo que é vizinho do cunhado de um primo do ministro das Relações Exteriores, vou ligar pra ele e ver se faz a ponte.

Te mando aqui um abração, prima, e muita sorte. Faz o que eu te falei, pelos teus pais, eles merecem uma vida melhor, e se tudo der certo você vai poder ajudar os velhos. Espero que logo a gente se conheça pessoalmente, você vai ver como vai gostar de mim.

Quatro dias de sol

Segunda-feira, 3 de janeiro de 2005

Uma da manhã. Chove. Meu minúsculo quarto recolhe todos os barulhos do bairro. Hoje à tarde, depressão muito aguda, tremores. Não vou voltar a beber. Preciso aprender a recusar o vinho de caixinha do Jimmy.

Ontem, primeiro dia de trabalho. E último: pedi demissão depois de duas horas, nem sequer completei a jornada. Eu não vim a Barcelona para servir *nachos* e *guacamole*. Não abandonei minha família para suportar que as pessoas me tratem como uma barata subdesenvolvida porque a comida está muito apimentada. Quem que eu pretendo enganar? Eu não vim porque quis. Meu projeto de doutorado era uma desculpa para ficar com o Juan Pablo.

Talvez esteja na hora de eu aceitar que já não faz mais sentido ficar aqui. Aceitar o dinheiro que o Juan Pablo me ofereceu e mudar a data da passagem. Não tenho como aguentar até o fim do mês. Nem financeira, nem animicamente. Amanhã, ou seja, hoje, mais tarde, vou telefonar para ele.

Quarta-feira, 5

Dois dias péssimos. Insônia terrível. Dois dias sem coragem de ligar para o Juan Pablo porque sou incapaz de engolir meu orgulho. Porque tenho medo de desabar quando ouvir a voz dele, na própria cabine telefônica. A grande mudança é que deixei de ser a mocinha da novela, a idiota, e agora sou uma vil despeitada de canção *ranchera*. E bêbada. A única coisa que eu faço é me sentar na praça do Sol para beber com o Jimmy. Olhar o e-mail duas vezes por dia. Comer (quando me lembro). Não leio nada. Sinto como se tivesse tirado um peso das costas.

Ontem o Gabriele voltou de Roma.

— Você devia tomar um banho, bela — disse assim que me viu.

Ou, melhor, assim que sentiu meu cheiro.

Quinta-feira, 6

Nove horas da noite, e ainda estou tomada de pavor, não consigo me acalmar. Sinto como se a caneta estivesse sem fôlego, como se minha escrita fosse asfixiar. Mas não é hora de fazer literatura. Até minhas pálpebras estão tremendo.

Deviam ser umas cinco da tarde, e eu estava na praça, sentada no chão com o Jimmy, quando numa das travessas estacionou um carro da polícia. Vi escapulirem alguns *okupas*, um negro que oferecia filmes pirata aos transeuntes, um casal de alemães que se pica com heroína e às vezes fica muito violento. Eu podia ter me levantado, podia ter caminhado tranquilamente até minha casa, e aí talvez nada tivesse acontecido. Fiquei sentada sem reagir porque cheguei a uma conclusão errada: que aquilo não tinha nada a ver comigo. Na verdade, não foi uma conclusão, porque nem sequer pensei. É o mau hábito de não estar habituada a ter problemas com a polícia. Imaginei que a blitz, se é que se pode chamar de blitz uma ação executada apenas por uma dupla de policiais, era para pegar drogas. Mas os dois policiais atravessaram a praça e foram direto para onde estava o Jimmy. Direto para onde nós estávamos, quero dizer.

Eram um homem e uma mulher. O policial chamou o Jimmy por seu nome completo, que trazia anotado num bloquinho, como nos filmes, e pediu seus documentos. O Jimmy entregou, bufando, uma carteira de cartolina que nem sequer estava plastificada. Com uma foto de um milhão de anos atrás, na qual ele aparecia de cabelo curto, com pinta de estudante de administração. Disse que era sua identidade italiana. Enquanto o policial verificava os dados no cartãozinho, a mulher reparou na minha presença. Notou que eu estava com o Jimmy.

— Documentos — ela me disse.

Tirei o passaporte de um dos bolsos internos do casaco. Normalmente não o levo comigo, por medo de perdê-lo, mas hoje de manhã estava firmemente decidida a ligar para o Juan Pablo e tinha pensado que na agência da companhia aérea iam pedi-lo para alterar a passagem. (Nem preciso dizer que não telefonei, minha resolução evaporou quando atravessei a praça.) Assim que a policial pegou o passaporte, interrompeu o outro, que tinha começado a interrogar o Jimmy sobre seu cadastro e a dizer que ele era obrigado a se cadastrar na prefeitura.

— É mexicana — ela disse ao companheiro, em catalão.

Soou a acusação. Entregou meu passaporte para o outro como se fosse a evidência de um crime. Pela sequência de ações, parecia que o homem era o chefe, se é que havia um elo de subordinação entre eles. Se não havia, agiam respeitando os papéis da supremacia machista.

— Você mora em Barcelona, Valentina? — me perguntou o policial, olhando todas as páginas do passaporte.

Estava procurando o carimbo de entrada na imigração. Respondi que por uma temporada. Só por três meses. Que tinha chegado no final de outubro. O policial finalmente localizou o carimbo e confirmou a data.

— Está cadastrada? — perguntou.

Respondi que sim, mas que não no meu endereço atual, porque morava em outro apartamento e ainda não tinha comunicado a mudança.

— Com qual endereço você se cadastrou? — perguntou a policial, com a caneta e o bloquinho prontos para tomar nota.

Respondi que Julio Verne, 2. O policial fechou o passaporte com a carteira do Jimmy dentro. Os dois policiais se entreolharam. Foi esse gesto que me alarmou.

Comecei a tremer.

— Sexto andar, quarta porta? — perguntou a policial, com sotaque catalão.

Minha bebedeira passou de repente.

— Parece que temos um motivo — disse o policial à mulher, ambos nos olhando fixamente.

— Como? — disse o Jimmy.

— Acontece que o ex-namorado mexicano da sua nova namorada mexicana registrou queixa contra você por ameaças — respondeu. — O denunciante, Juan Pablo Villalobos Alva, identificou seu agressor como Giuseppe Colombo.

Um buraco quente se abriu na minha barriga.

— Ameaça em via pública — continuou o policial. — O denunciante caminhava pela rua Vallirana na terça-feira 4, às 22h30, quando foi interceptado pelo acusado.

— Não somos namorados — disse o Jimmy.

— Por que você deixou o apartamento na rua Julio Verne? — a policial me perguntou.

O buraco começou a derramar lava pelas minhas pernas.

— Você brigou com Juan Pablo? — acrescentou.

Alguém enfiou uma pedra dentro da minha cabeça, no lugar onde deveria estar o cérebro.

— Não responda — disse o Jimmy, imediatamente. — Eu conheço a lei, garota, não diga nada. Na terça-feira, a essa hora, eu estava aqui na praça — continuou, agora falando também com os policiais —, tenho um monte de testemunhas. Podemos denunciá-los por difamação, vamos denunciá-los por causar danos à nossa imagem perante nossos colegas aqui e os moradores do bairro.

Olhei para ele atônita.

— Eu estudei direito em Bologna, garota — disse —, sou advogado.

— Você está de brincadeira? — disse o policial.

— Estou dando risada? — respondeu o Jimmy.

O policial estalou a língua com força e desviou o olhar para o outro lado da praça, onde os *okupas* que não tinham escapulido se amontoavam para comentar o que estava acontecendo.

— Cada uma que temos que aguentar — disse para a companheira. — Esses italianos são de matar.

— E vocês são uns fascistas — disse o Jimmy. — E racistas. Perturbaram a minha amiga só porque ela é latina. Roubaram todo o ouro da América e agora se queixam da imigração. Nazistas de merda.

— Ei, rapaz — disse a policial —, cale a boca se não quiser ir preso agora mesmo.

— Esses são os *mossos*, garota — me explicou o Jimmy —, a tal polícia catalã. São os piores.

— É sério, cara, cale essa boca — disse o policial.

Em seguida me perguntou se eu tinha passagem de volta para o México. Respondi que sim.

— Para que data? — me perguntou.

Respondi que para 27 de janeiro. Ela pediu para ver o bilhete, e eu disse que estava no apartamento onde morava.

— Você fez a inscrição consular? — perguntou.

Respondi que não, que nem sabia o que era isso.

— Bom — disse —, como você está com o cadastro desatualizado e não fez a inscrição consular, vamos ter que acompanhá-la até seu apartamento. Temos que comprovar seu domicílio.

Jimmy ia dizer alguma coisa, mas o policial o interrompeu:

— Isso é para você.

Estendeu-lhe uma folha de papel.

— Aí diz a data, a hora e o local em que você deve se apresentar — disse. — Se você não vier, vamos buscá-lo. Também mandamos uma circular para a polícia italiana.

— É aqui — eu disse aos policiais quando chegamos ao edifício da rua de La Virtud. — Quarto andar, primeira porta — completei.

— Temos que entrar — disse a policial —, precisamos conferir se você realmente mora aqui.

— É melhor você entrar — disse o policial à companheira —, eu espero aqui fora. Vou tomar um café.

A policial aceitou a proposta como quem acata uma ordem. Entramos as duas no prédio e começamos a subir as escadas.

— Esse é o problema de Gràcia — disse a policial quando chegamos ao segundo andar, que na verdade é o terceiro, contando o mezanino. — O bairro é supercharmoso, mas os predinhos são velhos e não têm elevador. Pelo menos você faz exercício — acrescentou.

Eu não disse nada. Não sabia se agora eles iam começar a brincar de policial do mal (que vai tomar um café) e policial do bem, ou se realmente ela estava se esforçando em ser simpática, em mostrar sua empatia, como se agora que seu companheiro não estava presente tudo fosse um assunto entre garotas. Eu estava tão assustada que decidi seguir o conselho do Jimmy e ficar calada, não tanto porque confiasse nos seus conselhos legais, mas por um instinto básico de sobrevivência que me dizia que, se eu não fizesse nada, as coisas não poderiam piorar.

Finalmente chegamos ao quarto andar, eu meio sufocada, como sempre, e a policial toda viçosa e faceira. Estava em excelente forma. Reparei pela primeira vez em sua aparência física, enquanto me recuperava e procurava a chave nos bolsos do casaco. Ruiva (tinha tirado o quepe ao entrar no prédio). Olhos cor de azeitona. Feições anódinas. As maçãs do rosto salpicadas de sardas minúsculas, quase imperceptíveis.

Girei a chave na fechadura, empurrei a porta e imediatamente escutei o vozeirão do Gabriele.

— Ah, você voltou — disse. — Olha, te apresento os brasileiros, voltaram do Marocco.

As duas mochilas ainda estavam no meio da sala, e o casal de brasileiros tomava cerveja no sofá.

— Oi — cumprimentei.

Os três viram a policial que entrou atrás de mim, e por uns segundos o efeito do seu uniforme produziu um silêncio absoluto.

— Boa tarde — disse a policial. — É um assunto de rotina — acrescentou.

Em seguida me pediu com voz de professora de pré-escola que lhe mostrasse a passagem. Entrei no meu quarto para procurá-la. Enquanto escarafunchava entre os papéis da mesa, ouvi a policial dizendo que parecia que ia chover. Os brasileiros concordaram. Gabriele disse que levava jeito, mas que em Barcelona sempre acabava não chovendo.

— Só fica essa umidade de merda — disse, e pediu desculpas por dizer "merda".

— Tranquilo — disse a policial —, reclamar do tempo ainda não é crime.

Saí do quarto com o papel dobrado em quatro. A policial começou a examiná-lo. Os brasileiros aproveitaram o silêncio para bebericar sua cerveja. A policial voltou a dobrar o papel e o estendeu de volta, e junto meu passaporte (eu nem me lembrava que ela ainda estava com ele).

— Tudo em ordem — disse.

Despediu-se de todos. Na saída, pediu para falar comigo um instante. Saí, fechei a porta atrás de mim.

— Escute, menina — começou a me dizer a policial, agora com voz de professora do ensino médio —, por enquanto não aconteceu nada, mas, se o italiano pirar ou seu ex ficar sabendo dessa história, você vai passar um mau bocado. Giuseppe foi intimado para depor em março. Até lá, você já vai estar no México. Se é que você vai mesmo usar essa passagem. Meu conselho, se me permite, é que amanhã você vá logo cedo ao consulado do seu país para fazer a inscrição consular. Assim vão poder localizar sua família se acontecer alguma coisa. E saia dessa vida, que isso não vai acabar bem. Vá por mim, eu sei do que estou falando. Tudo parece uma bobagem de ciúmes, até que um *capullo* perde a cabeça. Já cansei de ver esse filme. No dia 27, pegue esse avião. Muita gente fica ilegal durante anos e ninguém toma conhecimento. Mas isso já não é uma opção para você. Se não embarcar, no dia 27 mesmo já vão emitir uma ordem de expulsão.

Pôs a mão no meu ombro. Eu não disse nada, mas me senti desconfortável, como se ela quisesse fazer com que eu me sentisse desamparada. E não era preciso, eu já estava mais que desamparada, me doutorando em desamparo.

— Escute — disse —, você tem alguém de confiança para chamar se as coisas complicarem?

Continuei calada.

— Eu não sei como são as coisas no seu país — disse —, mas imagino que você já deve ter visto o noticiário daqui. Todo dia temos casos de violência machista. E você ficaria espantada se soubesse como essas histórias começam.

Diante de tanta insistência, acabei pensando se não caberia a possibilidade de que, num mundo paralelo, existissem policiais bons. Ou policiais boas, para ser mais exata. Essa, pelo menos, parecia genuinamente preocupada.

— Não — respondi por fim —, não conheço muita gente.

Tirou um bloquinho e anotou seu nome e dois telefones. Para completar a piada, o nome dela era Laia.

— Tome — disse, arrancando a folha e estendendo para mim. — Ligue no número de baixo em caso de emergência. O outro é meu celular, pode me ligar quando quiser, se você achar que posso te ajudar.

Entrei de volta no apartamento, atravessei a sala sem olhar para onde o Gabriele estaria esperando uma explicação e me tranquei no meu quarto.

Sexta-feira, 7

Fiquei até as nove e meia enfiada no quarto porque queria evitar topar com o Gabriele, que normalmente sai para trabalhar antes das nove. Não escutei os brasileiros saindo, mas tive que deixar o quarto porque estava urinando nas calças. Abri a porta e senti o aroma do café e da manteiga na frigideira. Os brasileiros me convidaram para tomar café da manhã com eles. Insistiram tanto que foi impossível recusar.

— Ontem não houve tempo de nos introduzir — disse o brasileiro, corrigindo seu espanhol ruim com seu bom inglês. — Ela é Andreia. Meu nome é Paulo.

Pronunciava de um jeito esquisito as palavras com "ll" e "y", como se tentasse evitar o sotaque argentino. Nos cumprimentamos com dois beijos e pedi desculpas pelo meu aspecto (pelo meu cheiro).

— Estou passando por uma fase complicada no que se refere à higiene — eu disse.

Riram com gosto, e vi que tinham uma dentadura muito bonita. Para que eu me sentisse bem, ou para que não me sentisse mal, melhor dizendo, começaram a me mostrar os braços e as pernas, cobertos de picadas (e de tatuagens). Tinham sido devorados pelas pulgas no Marrocos. Ele é moreno, ela branquíssima, com aquela pele cor de leite que chega a dar dó quando a gente vê na praia. Devem ter entre vinte e cinco e trinta anos. Enquanto encharcavam uma baguete na manteiga, me contaram que tinham vindo a Barcelona para fazer um mestrado. Chegaram no fim de setembro do ano passado.

Ele é arquiteto e, embora só tivesse visto de estudante, duas semanas depois de chegar já estava trabalhando numa construtora.

— A empresa constrói trevos onde não tem nada — disse, rindo. — Construímos um trevo numa cidadezinha perto de Alicante, mas não tem ruas para chegar ao tal trevo. O que tem é uma escultura gigante que custou um dinheirão. Tudo pago com verbas da União Europeia.

Ela é fisioterapeuta. Está fazendo um mestrado em cinesiologia. Massagens, terapias de reabilitação muscular, esse tipo de coisas. Quando nos sentamos à mesa, acendeu um incenso. Eu me ofendi um pouquinho, embora reconheça que, em vez de me ofender, o que devia ter feito era ir tomar banho. Nenhum dos dois mencionou o que tinha acontecido na noite anterior, nem insistiram para que eu lhes contasse minha vida ou as razões que me trouxeram a Barcelona. Disso eu gostei. Ambos se contentaram em me contar suas férias no Marrocos, me mostraram as fotos num laptop, e rimos dos closes que tinham tirado das pulgas no colchão da pensão em Tanger.

— Putas pulgas — eu disse, fazendo um trocadilho bobo, mas eles adoraram e começaram a repeti-lo sem parar.

Os dois riam muito, sempre mostrando seus belos dentes. Quando acabamos, eu me ofereci para tirar a mesa e lavar a louça. Aceitaram sem me fazer sentir que eu tinha que lhes devolver o favor. Gostei deles. Antes de sair para fazer suas coisas, me avisaram que não mexesse nas mochilas. Que não as tocasse. As mochilas continuavam largadas no meio da sala.

— Vamos levar toda a roupa para lavar com água quente — disse Paulo.

— E temos que jogar fora as mochilas — disse Andreia.

— As putas pulgas — disseram em coro, rindo de novo.

Eram tão felizes que comecei a sentir uma ponta de ódio.

Foi bom tomar café da manhã com os brasileiros, pôr um pouco minha cabecinha confusa à beira da normalidade, lembrar que fora desse buraco fundo onde me enfiei há um mundo onde as pessoas são felizes com suas dentaduras perfeitas. Esperei que eles desocupassem o banheiro e entrei firmemente decidida a tomar banho. Não contava com que os brasileiros tivessem acabado com a água quente do boiler. Cinco dias sem tomar banho, e, quando finalmente me decido, só sai água gelada. Lavei as axilas, as partes, o rosto. Vesti roupa limpa. Escovei os dentes com raiva. Depois dediquei um bom tempo a tirar a sujeira do casaco com uma escova que encontrei na sala. Precisava falar com o Jimmy.

Fui até a praça ao meio-dia, e ele ainda não estava lá. Aproveitei para ir ao locutório para pesquisar na internet o assunto da inscrição consular, que na verdade se chama "matrícula consular". Anotei o endereço do consulado e o horário de atendimento para ir na segunda-feira. A história de ontem me deixou mesmo muito assustada.

Quando voltei à praça, encontrei o Jimmy no lugar de sempre, como sempre, como se nada tivesse acontecido. Espalmou a mão direita no chão oferecendo para eu me sentar. Fiquei em pé na frente dele.

— Vai tomar o chá com a rainha, garota? — disse. — Aonde você vai com essa pinta?

— Você bateu nele? — perguntei, poupando prólogos e rodeios.

— Ele quem? — respondeu. — O *gilipollas* do teu ex? Não fiz nada além do que você me pediu. Só lhe dei um susto de cagar nas calças, mas o *gilipollas* não é só *gilipollas*, também é um cuzão. Você já viu alguém procurar a polícia só porque alguém lhe deu um susto, *cazzo*?

— Eu não te pedi que... — comecei a dizer.

— Que não o quê?! — gritou Jimmy antes que eu continuasse. — Que é isso? Agora vai falar que foi tudo ideia minha, é? Eu sou a única pessoa que te defende, garota, só falta agora você se virar contra mim. Não se arrependa, você está na merda, e o *gilipollas* feliz da vida, isso não está certo. Sabia que o *capullo* comprou um casaco novo? Outro casaco tão chique e caro como esse aí, onde o *gilipollas* arruma tanta grana, hein? Você tinha toda a razão de querer que eu lhe desse um susto, não se arrependa.

Seu rosto já estava da cor do vinho de caixinha e uma veia do pescoço estava a ponto de estourar.

— Também tenho razão em te pedir explicações, Jimmy — devolvi. — Agora eu tenho problemas com a polícia.

— Ah, é por isso? Os *mossos* te assustaram? Vai me mandar à merda para se livrar dos *mossos*? Você é uma puta traidora. Vai te catar, garota.

Entornou um longo gole de cerveja, evitando me olhar, passeando o olhar perdido pelo chão da praça.

— Como você o encontrou? — perguntei.

— *Cazzo*, garota, a coisa mais fácil do mundo. Você não para de falar nele o dia inteiro, disse um monte de vezes o endereço onde moravam e até me mostrou as fotos naquele dia que trouxe o note aqui, não lembra?

— Você devia ter me avisado — repliquei —, não podia fazer uma coisa dessas sem me dizer nada.

— Esqueci! — respondeu. — Você acha que minha única preocupação é fazer sua vingança sentimental? Eu tenho uma pá de coisa em que pensar. Você acha que fico o dia inteiro aqui parado sem fazer nada, mas não me conhece, não sabe quem eu sou. Além do mais, como é que eu ia saber que o *capullo* ia procurar a polícia? Não contava com essa, garota, e olha, vou te dizer, não sei como você foi capaz de namorar esse *gilipollas*. Além de ser feio de doer, está com o rosto todo cheio de manchas.

— Eu não pedi pra você ameaçar o Juan Pablo, Jimmy — falei. — Quer dizer, claro que falamos disso, mas eu estava muito puta, você devia ter visto que não falava a sério.

— Que você não falava a sério?! — respondeu. — Tudo isso é medo dos *mossos*? Vocês mexicanos são uns frouxos, garota, não merecem o Zapata. Pancho Vila invadiu os Estados Unidos, e vocês se borram com a polícia catalã. Acha que só porque se fantasiou de perua pode vir me enquadrar? Até tomou banho pra me dar uma dura, tomou banho para se sentir superior, eu sei como funciona a mentalidade fascista. Mas diz aí quem é que te aguentava quando tua boceta fedia, hein, garota? Eu! Só eu! Você é muito covarde, garota. Esquece o *gilipollas*, esquece, que é um *capullo* de marca. Ele te deixou por uma catalã de dentes tortos, vê se supera isso.

— Olha quem fala — devolvi. — Você acha que não percebi por que você está sempre sozinho na praça? Por que não tem cachorros e está todo o tempo olhando para aquele grupo? Porque aquela *garota* te abandonou e ficou com os cachorros — falei, esticando o braço com o dedo indicador em direção ao grupo de *okupas* franceses.

— Não aponta, *cazzo!* — gritou.

— É mentira? — perguntei. — E você não tem colhão pra ir lá falar com ela nem pra se mudar para outra praça. E até deve ter me usado pra fazer ciúme nela.

— Cala a boca! — gritou. — Sabe o que você devia fazer em vez de se meter onde não é chamada? Devia se perguntar como foi que o *gilipollas* fez para me identificar e como os *mossos* fizeram para descobrir meu nome e saber que venho na praça do Sol. Isso sim que é estranho. Passei a noite toda pensando nisso. De onde eles tiraram meus dados? Tem algo aí que não encaixa, garota. Mas isso não vai ficar assim. Eu vou investigar.

Isso está parecendo uma crise de pânico

A cachorra fala, cara, diz Ahmed, indicando o cabide onde está pendurada a coleira, junto à porta do seu apartamento. Como?, digo. Que a cachorra fala, cara, repete, você vai achar que estou louco, mas é verdade, cara, a cadela fala. Olho para ele com a simpatia de saber que não está louco (ou não ainda) e que talvez sua estratégia de sobrevivência (desligar-se da realidade) seja até mais saudável que a minha (sofrer um colapso nervoso). Deduzo que as conversas de Ahmed com Viridiana devem ser uma sublimação dos seus terrores, a expressão esquizofrênica das ameaças do Doutor. E o que ela diz?, digo. Não sei, cara, diz, a cachorra fala em catalão. E eu não entendo catalão, diz. Você sabe?, diz. Um pouco, digo, o suficiente para entender do que se trata. Que bom, cara, diz, assim depois você pode me dizer o que a cachorra te conta. Claro, digo. Você vai sair agora?, diz. Não, digo, mais tarde. Mas não demora, diz, porque, se você não a levar logo, ela se mija. Vai na Rambla do Raval, ela adora urinar nas patas da escultura do gato gordo. O gato do Botero?, pergunto. De quem?, diz. Deixa pra lá, digo. Não demora, repete, se ela se mijar, você que limpa, e cuidado com os tapetes. Não se preocupe, digo, ela deve me avisar quando sentir vontade. *Hostia*, diz, é mesmo, cara. Preciso estudar catalão, diz.

Abre a porta para sair. Eu torno a fechá-la antes que ele saia. Escuta, digo. O que você tem pra falar com esse fulano?, digo. Eu me refiro ao pai da Laia, que está esperando por ele num escritório na avenida Diagonal. É meu trabalho, diz Ahmed. Você é um *hacker*?, digo. Você está vendo filmes demais, cara, diz. É você que esquenta a grana?, digo. Como?, diz. Se é você quem lava o dinheiro sujo, digo. Não diz palavrões, cara, diz. Então quer dizer que é mesmo, digo. Você não sabe quem eu sou, cara, diz, estudei em Yale, cara, e antes trabalhava num banco, diz, você não sabe quem eu sou. Num banco no Paquistão?, digo. Em Londres, diz. Foi lá que você conheceu o Doutor?, digo. Quem eu conheço é o chefe do Doutor, diz, mas disso não vou falar, diz. É pra tua segurança. Olho seu bigodinho bem aparado, o suéter de lã, o cachecol, o sobretudo cinza que ainda não vestiu, dobrado no antebraço. Só agora me dou conta de como ele sempre está bem-vestido (a percepção da moda diminui em situações de emergência). Ahmed se abaixa para recolher do chão a sacola de plástico verde com as seis latas de cerveja. *Cara*, digo, você anda elegante demais para ser um ambulante. Não faz diferença, diz, as pessoas não olham a roupa, cara, as pessoas olham o rosto. Você não percebe porque é branco, de olhos azuis, e enquanto não abre a boca ninguém sabe que é mexicano. Vou indo, cara, diz, está ficando tarde. E teu trabalho demora muito?, digo. Como?, diz. Quanto tempo você vai demorar, digo, é que eu tenho umas coisas para fazer (deveria estar lendo um ensaio do Jung). Não sei, diz, não depende de mim, depende daquele cara. Sério, agora preciso ir mesmo, diz.

Assim que Ahmed sai, vou procurar a cachorra e a encontro estatelada no meio da sala, cochilando. Aproveito para dar uma olhada no local. Trata-se, evidentemente, de um daqueles apartamentos de aluguel por temporada, mobiliado, decorado com o gosto padronizado da pequena burguesia. Os quadros lembram que esta cidade continua sendo a capital do informalismo. Encontro três, quatro computadores portáteis nas gavetas (dois), armários (um) e mochilas (um). Ligo todos, mas imediatamente pedem uma senha. Volto a guardar cada um deles onde estava.

Não há nada de estranho no apartamento, parece ser exatamente o que parece: o lugar de passagem de um executivo que trabalha na cidade por alguns dias. No bolso da minha calça, o celular vibra. Faço a associação automática: bolso direito, celular social. Atendo. É a Laia. Oi, mexicano, diz, você tem planos para agora à tarde? Digo que nada em especial, mas que deveria trabalhar um pouco nas coisas do doutorado. Preciso lhe pedir um favor, diz. Pergunto o quê, com um silêncio prolongado que ela não entende. Está aí, mexicano. Estou, sim, digo, fala, fala. Tenho que ir à casa do meu tio, e não quero ir sozinha, diz. É uma situação estranha. Agora é ela quem faz silêncio. Por quê?, digo. Faz vários dias que não temos notícias dele, diz, está, diz, e faz uma pausa, meio desaparecido. Espero que ela diga mais alguma coisa, mas não diz nada, é minha vez. Vai ver que tirou umas férias, digo, para dizer alguma coisa. Não, diz, ele teria nos avisado, além disso, não trouxe os presentes. Que presentes?, digo. Feliz Dia de Reis, mexicano, diz. E ele não tem família?, pergunto. Nós somos sua família, diz. Dele, quero dizer, digo. É solteiro, diz, você vem comigo? Aonde?, digo, não entendo. Ao apartamento dele, diz, minha mãe conseguiu a chave com o síndico do prédio, mas não teve coragem de entrar. Outra pausa, agora mais longa, suficiente para que a imagem de um corpo em decomposição se instale entre nós. Por que ela ligou para mim?, penso, por que não chamou o pai ou qualquer um dos seus empregados domésticos? Em vez disso, pergunto se seu tio é muito velho. Nem tanto, diz, tem sessenta e dois anos. Vem comigo?, repete. Não há mais ninguém que possa ir?, digo. Eu faço questão de ir, diz a Laia, enfaticamente. Meu tio e eu somos muito ligados, acrescenta. Na sala, Viridiana uiva. Tapo o microfone do celular. Esquece, diz a Laia, não devia ter te pedido esse favor. A que horas?, digo. Às cinco, diz. Te vejo na esquina da Còrsega com a Enric Granados.

Vou até o cabide pegar a coleira de passeio, uma coleira com as cores e o escudo do Barça. Vamos, digo, virando para a sala já com a porta aberta. A cachorra se levanta, preguiçosa. Deixa que eu lhe coloque a coleira, submissa. Você sabe o que o Ahmed faz?, digo. Repito a pergunta em catalão, no que penso ser catalão, em catalão estropiado. Mas a cachorra não responde.

É aqui, diz a Laia parando em frente a um prédio amarelo. No último andar há um relevo de flores *art nouveau*. No mezanino, uma varanda de colunas dóricas. Eu conheço esse prédio, conheço muito bem, tão bem que sinto o coração na boca e o surgimento de cada uma das manchas que anunciam a tortura da coceira. Tem certeza?, estou a ponto de dizer, mas não digo, porque já sei com certeza o que vai acontecer, de repente entendo tudo, e que, quando eu perguntar à Laia em que apartamento seu tio mora, ela vai responder que no primeiro da cobertura.

Hum, digo, em qual apartamento teu tio mora? A Laia enfia a chave na fechadura do portão de ferro forjado e vidro, também decorado com motivos *art nouveau*. Cara, diz, seu rosto se encheu de manchas num segundo!, diz, e segura o portão entreaberto sem entrar, para poder me observar à luz pobre do entardecer de inverno. Você não está bem?, diz. É essa porra de alergia, digo, a porra da alergia de merda, especifico. Mas o que você tem agora?, diz, o que está sentindo? Meio que me sufoco, digo, quase não consigo respirar, é uma sensação que me dá muita ansiedade. Isso está parecendo uma crise de pânico, diz, será que o que você tem não é uma dermatite nervosa? É alergia, digo, colando nela para forçá-la a entrar (o mau bocado que passe depressa), meio parecida com asma, digo, o alergista me explicou, minto. Você já passou num alergista?, pergunta, empurrando o portão para finalmente entrar no prédio, e, enquanto caminhamos até o elevador, chamamos e esperamos que desça do terceiro andar, explico que passei no pronto-socorro para pedir alguma coisa para a coceira e por pura coincidência havia um alergista de plantão. Um alergista no pronto-socorro da prefeitura?!, diz a Laia, escandalizada. Hum, não, digo, hum, não, tentando corrigir a mentira, tentando respirar normal, fui a uma clínica privada, tenho o seguro da bolsa (como na literatura, uma pequena verdade em meio a um monte de mentiras cria uma ilusão de realidade). Mesmo assim é estranho, não?, diz a Laia. A Neus é alérgica, e quando minha mãe precisa marcar com o alergista só tem horário para dali a duas ou três semanas, no mínimo. Bom, não sei, digo, parece que agora é baixa temporada, digo, como se as alergias fossem hotéis ou cruzeiros. Como?, diz a Laia. Pois é, digo, o forte das alergias é nas mudanças de estação, hum, principalmente no início da primavera (isso eu li na internet). Então se cuide, mexicano, diz, passando a mão pela minha nuca, que, se você já ficou assim no inverno, imagine como será na primavera. Capaz que eu nem chegue à primavera, digo, meio brincando, mas a sério. Não seja estúpido, mexicano, diz a Laia.

Chega o elevador, entramos e a Laia, de fato, aperta o botão do apartamento da cobertura. Já nem me incomodo em voltar a perguntar a qual apartamento nos dirigimos. O elevador sobe lentamente, com um pedantismo afim à solidez burguesa do edifício. Aproveito para tentar me acalmar. Fecho os olhos e respiro com normalidade, como suponho que se respira na normalidade, se é que ainda sou capaz de lembrar como é a normalidade. Laia volta a pôr a mão na minha nuca, sem dizer nada, em vez de dizer algo, me aperta com os dedos de leve, respeitando meu silêncio.

Preciso me acalmar. O que pode acontecer agora? Nada. Nada. Respiro com normalidade, com suposta normalidade. Nada. Não vai acontecer nada agora, não há motivo para pânico. O cadáver do tio da Laia não vai estar apodrecendo na cama, nem vamos encontrá-lo dessangrado na banheira, como a Laia e sua mãe devem estar temendo, sem coragem de confessar. Disso eu tenho certeza, certeza absoluta: o cadáver do tio da Laia era aquele corpo que o Chucky levou, logo depois que eu lhe acertei três tiros. Dois no peito. Um no pescoço. Senão, como explicar que agora estejamos no mesmo endereço, Enric Granados 98, que aparecia no chip da cachorra?

Mas agora não vai acontecer nada, não, estou respirando com toda a normalidade do pânico, assim como não aconteceu nada ontem, durante o tempo em que fiquei vigiando o edifício, vendo os moradores que entravam e saíam e imaginando que aquela podia ser a mulher do detetive, aquele seu filho adolescente, aquela a empregada. E se ontem não havia um carro de polícia nem qualquer movimento estranho de alarme, também não houve nada disso agora há pouco quando entramos, nem haverá mais tarde quando sairmos, porque o que vamos encontrar é o apartamento vazio, suspenso em sua cotidianidade truncada, como a casa de quem desce para comprar cigarros e não volta (caso o tio da Laia fumasse), como fazem as pessoas dos subúrbios nos romances americanos.

O elevador chega à cobertura. Está se sentindo melhor?, diz a Laia ao suspender a massagem e afastar a mão da minha nuca. Empurra a porta do elevador e caminha titubeante para a direita, em direção à porta do apartamento 1, titubeante de nervosismo, não de indecisão. Estou sim, digo, já quase passou, digo, como se fizesse um pedido. Não está cheirando mal, não é, Juan?, diz a Laia, assustada. É a primeira vez que ela me chama de Juan, como minha mãe, é a primeira vez que a vejo se comportar como uma menina. Se eu não soubesse que ela está realmente assustada, pensaria que é uma péssima atriz. Teu tio tirou umas férias, digo, você vai ver que entramos e não encontramos nada. Ele nunca sai sem avisar minha mãe, diz. Além disso, tem uma cachorra que ele deixa conosco quando viaja. Vai ver então que arrumou uma mulher e se instalou por uns dias na casa dela, digo. Meu tio é gay, diz. Ah, digo, pois então um homem. Ela passa o chaveiro de uma mão para a outra, hesitando.

Você pode entrar primeiro?, me pergunta. Se você não encontrar nada, me avisa. Pode ser? Por favor. Digo que sim. Laia abre a porta e recua dois, três passos, como se uma verdade muito temida fosse rebentar pelo vão afora a esmagá-la. Eu empurro a porta e de repente uma suspeita me fisga a boca do estômago. Viro para a Laia. Hum, digo, espera aqui, eu te aviso, e fecho a porta.

Atravesso o corredorzinho da entrada, onde vários casacos pendem do cabide. Ao atravessar a sala, chuto uma coisa que molha o tornozelo da meia direita: uma tigela de plástico com água. Ao lado há outro recipiente com ração. Duas das paredes estão cobertas de estantes repletas de livros, o instinto (o mau hábito) me pede para ir direto fuçar nelas, mas resisto. Percorro o apartamento com frenesi, agitado, histérico, à beira do colapso respiratório e dermatológico, paranoico, mas não acho nada, por mais paranoico que eu esteja, minha paranoia não consegue produzir uma prova ou evidência que me incrimine. Percorro o apartamento mais uma vez, e mais outra, verificando se não há nada que possa me comprometer, reviro as gavetas da mesa que há no escritório, as da cômoda do quarto principal e de hóspedes, chegando até mesmo a inspecionar a despensa, as caixas com produtos de limpeza, e finalmente volto para a porta de entrada, respiro fundo e abro.

Laia está sentada no chão, chorando. Como eu disse, digo, está tudo bem. Seu estúpido, diz, soluçando, como você é estúpido. Demorou demais. Hum, sinto muito, digo, fiz questão de olhar tudo com cuidado. Da última vez que o vi, brigamos, diz. Não quero que meu tio morra, diz. É a única pessoa no mundo que sempre me apoiou, diz. Ele não vai morrer, digo. Você promete?, diz, fungando, inspira forte e exala, tentando se recompor.

O toque do seu celular me poupa da falsa promessa. Laia olha a telinha e me avisa que é sua mãe. Atende. Não se preocupe, mama, diz, em catalão. Ele não está no apartamento. Sim, diz. É o que vou fazer agora. Ligo em seguida. Estica a mão direita para que eu a ajude a se levantar, eu a puxo, e quando fica de pé me abraça. Obrigada, mexicano, sussurra ao meu ouvido. Devo reconhecer que é bom se sentir protegida, diz (será uma descoberta da sua pesquisa?, a comprovação de uma hipótese?). Afasta-se. Tira um pedaço de papel higiênico da bolsa e assoa o nariz. Tanta militância feminista para acabar como uma menina desamparada nos braços de um macho mexicano, diz, rindo triste (gostei da frase para subtítulo de sua tese). Vamos entrar, diz. Quem sabe encontramos alguma coisa que explique onde meu tio está.

Empurro a porta, deixo a Laia passar e a sigo com respeito, ou fingindo respeito, ou prudência, pelo menos: a prudência dos culpados. Teu tio trabalha com quê?, digo, ao voltar a ver as centenas de livros na sala. Com nada, diz a Laia. Vive de renda. Ah, digo. A família da minha mãe tem muito dinheiro, diz. Ou tinha, melhor dizendo. Olhe, diz, tirando um porta-retratos de cima de uma cristaleira, é ele. Pego a foto e assinto, reconhecendo o protagonista dos meus pesadelos, uns dez anos mais jovem.

E esta aqui é a cachorra dele, diz, mostrando outra foto. Como se chama?, digo, percebendo que devo lhe perguntar. Pedro, diz, eu já não tinha dito? Depois do Franco, mudou o nome para Pere, na carteira de identidade e nos outros documentos, mas todo mundo continuou a chamá-lo de Pedro. Eu me referia à cachorra, digo, o nome do seu tio eu já vi escrito na conta do gás que está em cima da mesa do escritório, digo (não digo, claro, que aí foi onde o vi pela segunda vez, nem que da primeira vez o vi escrito num documento do Conselho de Veterinária). Desculpa, digo, como se a intromissão fosse o mais grave dos meus pecados. Tudo bem, diz. Ela se chama Viridiana.

Laia passeia pela sala e se detém para olhar uma agenda de telefones. Depois entra no quarto principal, no de hóspedes, no escritório, dá uma olhada nos dois banheiros. Enquanto isso, eu finjo interesse pela biblioteca (isso eu sei fazer muito bem). Teu tio tem bom gosto, digo à Laia quando ela volta para a sala (aquilo parece o cânone ocidental, e de literatura mexicana só tem o óbvio: os dois livros do Rulfo, a poesia do Paz e alguns romances do Fuentes, os piores, curiosamente). Duvido que ele tenha lido isso tudo, diz. Puxo quatro livros ao acaso: três estão novos, um tem sinais evidentes de leitura. Não vejo nada de estranho, diz a Laia, entreabrindo uma ou outra gaveta. E você?, diz. Não sei, digo, hum, acho que não. Olhe, diz, e aponta para a pocinha de água derramada da tigela da cachorra. Fui eu, digo, tropecei ao entrar. Não, diz, a comida. Que é que tem?, digo, olhando a tigela com ração pela metade. O celular da Laia volta a tocar.

Oi, mama, ela atende. Não, nada, diz em catalão. É como se tivesse descido para levar a cachorra para passear ou comprar o jornal e não tivesse voltado, diz (ele não fumava, senão ela teria recaído naquela fórmula infalível de que tinha saído para comprar cigarros). Temos que avisar a polícia, diz a Laia. Sim, diz. Sim, diz. Avise o papa, diz.

* * *

O quarto principal tem uma varanda de quinze metros quadrados que parece flutuar sobre o Mediterrâneo. Mas só parece: na realidade, o Mediterrâneo está a apenas oitenta metros (ou pelo menos é o que prometem os cartazes publicitários na entrada do prédio). O Doutor fita a praia, de costas para o apartamento vazio. Pensei que estaríamos sozinhos, digo, quando descubro o chinês sentado num canto, fumando, e mais duas pessoas, de etnia não identificada, que circulam pelo apartamento fingindo estar mergulhadas em seus profundos pensamentos fingidos. A julgar pela roupa, são profissionais liberais. Um deles carrega uma pasta cheia de documentos e o outro tecla num telefone minúsculo. O Doutor se vira para falar com o sujeito da pasta. Anota esse também, diz. O da pasta abre a pasta e remexe entre os papéis. Cara, me diz o China, você está cada vez pior. Vou falar para minha avó reservar uma hora para você. Digo que não precisa. Como não?, responde, parece que você está com sarna. Me esperem aqui enquanto falo com esse babaquinha, diz o Doutor. Atravessa o apartamento em direção à saída, e sigo atrás dele.

Subimos em silêncio até o andar de cima pela escada de mármore do prédio, entramos em outro apartamento idêntico ao anterior, identicamente vazio. A porta está escancarada, mas, assim que a cruzamos, o Doutor a fecha.

O detetive era o tio da Laia, digo, imediatamente, seguindo o Doutor que atravessa o hall, a sala, o quarto principal e sai à varanda. Não era um detetive, quero dizer, digo, era o tio da Laia, o irmão da mãe dela. Pra isso que tu me ligou, babaca?, diz o Doutor, apoiando os cotovelos no peitoril, adotando a mesma postura contemplativa que tinha no apartamento de baixo. Era isso o tal assunto urgentíssimo que tu não podia me contar pelo telefone?, diz. Teria poupado a viagem, que neste cu de mundo não tem nada. Como é que tu veio?, diz. Hum, de trem, digo, lembrando a viagem de quarenta minutos desde a estação da praça Cataluña na linha que percorre o Maresme. Até o prédio, babaca, diz o Doutor. Não vai me dizer que pegou um táxi na estação. Não, minto, vim a pé. Tem certeza?, diz, é longe. Absoluta, digo, voltando a mentir. O mundo todo é a mesma merda, diz o Doutor, desviando a vista para a fileira de edifícios que margeiam a orla. Acho que vai começar a dizer que todo mundo mente, como uma amante despeitada, mas na verdade já mudou de assunto: Não entendo por que diabos as pessoas gostam tanto de praia, diz. É a coisa mais idiota do mundo, ficar todo cheio de areia e melado de bronzeador. As pessoas são mesmo muito babacas. Quando morei em Cancún, fiquei de saco cheio disso tudo, não tem pior raça no planeta que os turistas na praia. Pior se são estrangeiros.

Era o tio da Laia, volto a dizer, interrompendo sua digressão sociológica, voltando ao assunto que me fez suspender com urgência, mais uma vez, o plano que eu tinha para a tarde (reler *Os Valorosos*, de Albert Cohen, e sublinhar os trechos que me permitam relacioná-lo à ideia do riso como sinal de superioridade do ensaio de Baudelaire sobre o cômico). O Doutor vira a cabeça para me olhar. Era o tio dela, insisto. E tu acha que eu não sabia, babaca?, diz. Tu acha que sou babaca a ponto de mandar um babaca matar outro babaca sem saber quem é? Tu acha que eu não sabia que esse babaca era o tio veado da Laia? Você me disse que ele tinha sido contratado pela família da Laia, digo. O que eu te disse foi que ele tinha sido *mandado* pela família da Laia, diz, não contratado. Mas também não era isso. O coitado do babaca começou a te seguir por conta própria, não tem coisa pior do que essa merda de gente desocupada. Ou pelo menos foi isso que ele contou pro Chucky, merda de burgueses europeus, são uns frouxos, com dois toques nas bolas ele já desembuchou tudo. Que a Laia falou de tu pra ele, que achou tudo muito estranho. Muito suspeito que a sobrinha lésbica de repente viesse com aquela história de que estava saindo com um babaca. Com um imigrante mexicano, pra piorar. Os dois tinham muita cumplicidade, sabe como é, os esquisitinhos da família. E sabe por que ele começou a te seguir?, diz. Não digo nada. Ou melhor, digo que me conte por quê, com um movimento das sobrancelhas. Porque pensou que tu era um boa-vida que queria se aproveitar do dinheiro da família, das influências políticas do pai dela, que tu ia usar a *pubilla* para conseguir a cidadania espanhola. Tinha muitos preconceitos contra os imigrantes, o filho da puta. Vou te contar um segredo, diz, mas não vai contar pra tua namoradinha: temos as orelhas dele e os dedos das mãos, diz, o Chucky cortou antes de se livrar do cadáver. Está tudo bem guardado no freezer de um restaurante chinês. Se o pai da Laia ficar com muita história, mandamos para ele uma orelha do cunhado. Se ele se rebelar, mandamos um polegar. Se nos desobedecer, mandamos o dedo médio, pra ele enfiar no cu. O tom sereno com que ele desafia essas atrocidades me transmite uma inquietante tranquilidade, como a que imagino que um doente terminal deve sentir quando lhe dizem que está nas mãos do melhor especialista do mundo. Estivemos a ponto de lhe mandar uma orelha para que largasse de fazer escândalo por causa do capital inicial do projeto, diz o Doutor. Ainda bem que o Ahmed convenceu o babaca, porque eu não queria gastar uma orelha tão cedo. É um gênio o porra do veado, diz, tu acha que eu ia deixar ele ficar com a cadela se não fosse um gênio do caralho? E tem uma paciência de professor primário, precisou ficar explicando como a gente faz as partilhas e como calcula as porcentagens. Até convencer o babaca de que três por cento de cento e trinta é melhor que três por cento de quinze. O trouxa do Oriol se assusta porque é catalão, e os catalães são pessimistas por natureza. Estamos dando a grande chance da vida dele e, se souber aproveitar o que lhe entregamos de bandeja, pode chegar a conselheiro, a presidente da Generalitat, se quiser, ou melhor, se nós quisermos, mas, em vez de ver as coisas por esse ângulo, o babaca imagina que vai acabar na cadeia. Sabe o que os catalães pensam quando o Barça está ganhando de cinco a zero? Que o outro time está quase empatando.

E se avisarem a polícia?, digo, hum, já devem ter avisado a polícia do desaparecimento, digo, mas o Doutor me interrompe: Ainda não vão avisar a polícia, diz. Faz uma pausa retórica e sorri divertido. Tem uma dentadura perfeitamente alinhada e natural, sem os remendos evidentes dos sorrisos dos novos-ricos. O desgraçado do Chucky ficou mandando mensagens para o babaca do Oriol do celular dele, diz. Do celular do Pere, ou Pedro, ou sei lá a merda de nome que ele tinha. Só sacanagem. Ri sem muito entusiasmo, como se tivesse escutado uma piada muito boa mas arquiconhecida, um daqueles trocadilhos que o mexicano médio repete vinte mil vezes na vida. Falando que está metido num bacanal em Sitges, diz. Uma orgia com travestis brasileiros, diz. O sacana do Chucky se diverte. O pai da Laia não disse nada, digo, a Laia não sabe de nada disso. Ah, sério?, diz, por que será, hein? Estou achando que o merda do Oriol também gosta de queimar a rosca. Esses tipos do Opus no fundo são umas bichas loucas. Esquece o tio da Laia, isso está sob controle.

Apruma o corpo e estica as costas, gira a cabeça para um lado e para o outro, para cima e para baixo, passa a mão direita por cima da cabeça e a enlaça com a esquerda nas costas. Eu devia fazer ioga, diz. Mas, com esse monte de viagens, não posso, *chingada*, diz. Tira os óculos escuros e começa limpá-los com um paninho.

Falei com o Riquer, diz, encostando-se no parapeito de costas para a paisagem marinha. É a primeira vez que vejo seus olhos: são olhos cor de café comum. Com quem?, digo. Com o chefe dos Mossos, babaca, diz, preciso repetir tudo o tempo todo? Localizaram o italiano, diz. Estava com a Valentina. Como?, digo. É um advogado de Milão com um prontuário de crimes menores que mais parecem álibis para esconder algo maior, diz. Eu bem que te disse, diz, que tu não devia ter deixado a Valentina ir embora. Acaba de limpar os óculos e volta a colocá-los. Eu bem que te disse, repete.

A menção do nome da Valentina me distrai da explicação, o Doutor continua falando, mas só capto fragmentos isolados do que ele diz: *okupa*, praça do Sol, passagem de avião, outro italiano chamado Gabriele. Como assim, a Valentina estava com o italiano?, digo, quando consigo sair da perplexidade. *Chingada*, diz o Doutor, tu não entende o que estou te dizendo? Não digo nada, porque não entendo nada. Que os italianos estão tentando melar nosso projeto, porra!, diz. E não é de estranhar, diz, mas o que precisamos descobrir é como a Valentina entra nisso tudo. Que italianos?, digo. Italianos da Itália, babaca, diz, de onde mais? A Valentina é muito esperta, não é como você. Eu bem que te disse, diz, tu não devia ter deixado a Valentina ir embora. Eu bem que te disse, diz.

Fico pasmo olhando, sem ver, o Mediterrâneo, ruminando a hipótese absurda de que a Valentina tenha sido recrutada pela máfia italiana. Ou que meu primo a tenha envolvido nessa história de outra maneira. Responde, babaca!, grita o Doutor. Não sei do que ele está falando. Como?, digo. Tu não tá me escutando?, diz. Não digo nada. Perguntei o que tu soube da Valentina, ô babaca, diz, e não me faz repetir de novo. Hum, nada, digo, não voltei a saber dela depois que saiu do apartamento. Ele torce a boca contrariado, realmente contrariado. Eu não queria ter que fazer isso, diz. Gosto da Valentina, diz. Gosto das pessoas que vêm de baixo. Mas não vai ter outro remédio. Tu não devia ter deixado a Valentina ir embora, diz. Eu bem que te disse.

Não acredito que eu tô morto

Caraca, primão, não vai me dizer que esta carta aqui acabou chegando na tua mão, velho, não vai me dizer que tá lendo isto aqui, porque, se estiver, é sinal que eu rodei. Queria muito que esta carta aqui nunca chegasse aí pra você, mas, se tiver que chegar, que chegue, porque isso não vai ficar assim, porra, ou você acha que se esses caras me ferrarem eu vou ficar quieto? Não mesmo, se esses caras me ferrarem, eu vou ferrar com eles.

Acho que você nunca vai receber esta carta, tenho certeza, mas mesmo assim preciso escrever, porque, se ela chegar aí na tua mão, você vai ter que me ajudar. Mas me diz que você não recebeu a porra da carta, primão! Só de pensar que você tá lendo isso fico malzão, não fode, mas vai ver como esta carta nunca vai chegar aí, e eu tô perdendo meu tempo escrevendo isso tudo feito um babaca.

Diz que não chegou.

Diz que você não recebeu esta carta, primão.

Não chegou, tenho certeza, nem nunca vai chegar, você vai ver, faz favor de ser um pouco otimista uma puta vez na vida, não me vem agora com a tua merda de atitude negativa, vamos apostar que você nunca vai receber esta carta, porque, se você receber, é que teu primo aqui tá morto. Isso mesmo, velho, MORTO, não fode, por isso é bom mesmo que você NUNCA leia esta carta.

A gente tem que fazer um trato, primão, presta atenção. Eu me comprometo a escrever esta carta, mesmo sabendo que na real não preciso escrever, e você se compromete a me ajudar se ela chegar aí, promete, primão, eu já te fiz um caralhau de favores, e agora é tua vez de retribuir, porra.

Mas, se você nunca vai receber esta carta, pra que merda que eu tô escrevendo, velho? Não vai pensar que teu primo é um porra dum babaca, ou que não tenho mais que fazer pra me meter a escrever uma porra de carta que você nunca vai ler. Só tô fazendo isso porque teu primo aqui é muito previdente, porque no mundo dos negócios teu primo aprendeu a levar em conta todas as variáveis, a analisar todos os cenários, e até a considerar que os projetos às vezes podem não dar certo, e não é porque teu primo seja um porra dum pessimista que nem você, mas porque teu primo tem os pés no chão e sabe que a vida real é muito foda, velho, e teu primo não vai deixar barato que esses sacanas o ferrem, isso nunca, teu primo quer VINGANÇA. Tamo junto nessa, primão, já te falei na outra carta, aquela que você recebeu, porque aquela que te mandei na universidade você recebeu, né? Se você recebeu e ainda não me telefonou confirmando, me liga rapidão, agora mesmo, vai lá, caralho, que é que você tá esperando? Tamo junto pra tudo, primão, para o bem e para o mal, mas vê se agora não me dá o vacilo de se fazer de besta se receber esta carta, fazendo de conta que não é com você só porque eu tô morto e você acha que nem vou ficar sabendo que me esnobou, você me deve essa, primão, ou só vai ficar do meu lado na maré boa? Não esquece que fui eu quem te botou nesse projeto fodástico em que você nem por sonho ia entrar, porque ter acesso a projetos desse nível é pra bem poucos, primão, não esquece que fui eu quem te abriu essa porta, mesmo você não merecendo, mesmo você tendo sempre se comportado como um tremendo vacilão, boicotando meus projetos.

Por isso agora você tem que me ajudar.

Você não pode me deixar na mão.

Mas tomara que você não receba esta carta, primão, juro que só de imaginar que você tá lendo isto aqui num bar do lado da porra da Sagrada Familia já fico com os olhos cheios de lágrimas. E não vem dizer agora que é exagero meu, caralho, como é que eu não vou chorar se tô morto e você taí de boa comendo umas batatinhas-bravas e tomando uma breja enquanto lê a minha carta.

Você tá vendo esse negócio aí em cima? Essa manchinha de umidade? Sabe o que é isso?

É uma porra de lágrima, velho! Uma porra de lágrima do teu primo que tá morto, e você aí de boa em Barcelona traçando umas azeitoninhas com vermute! Por isso o mínimo que você tem que fazer agora é me ajudar. Ou vai tirar o corpo fora? Tem um pouco de respeito pelos mortos, porra, você me deve essa, não pensa que só porque eu tô morto não vou ficar sabendo do que você aprontar, porque eu te garanto que vou ficar sabendo, sim, e, mesmo que eu seja uma porra dum espírito, o mínimo que vou fazer é ir aí puxar do teu pé pra não te deixar dormir, tá ligado? Vou te dar um puta dum susto que vai te matar do coração, filho da mãe.

Você tem que me ajudar, primão, você não sabe como é estar morto, não fode, não acredito que eu tô morto, sério mesmo. E, se eu tô mesmo morto, o mínimo que posso querer agora é VINGANÇA, isso não vai ficar assim, como é que eu vou sossegar se, além de me ferrar, eles agora estiverem se aproveitando dos meus projetos, porque uma coisa é alguém te ferrar e outra muito diferente é de quebra tirarem onda em cima de você.

Eu não queria te escrever esta carta, primão, não mesmo, e se eu tô escrevendo não é por querer, não sou babaca a ponto de querer escrever uma carta que é meu atestado de óbito, se eu tô escrevendo esta carta é porque um filho da mãe quer me ferrar, e se a carta chegou aí pra você é porque o tremendo filho da puta já me ferrou, não fode, não acredito que eu tô morto, não acredito que o filho da mãe confirmou as ameaças e me ferrou. A esta altura do campeonato, se você tá lendo esta carta, já deve saber de quem que eu tô falando, isso mesmo, do filho da puta do Doutor, do filho da puta que supostamente era o nosso sócio e que agora a gente tá vendo que me ferrou. Eu tava jurado por esse merda, primão, tudo por causa de um projeto que deu errado, quer dizer, não é que deu errado, o que aconteceu foi que os sócios se desesperaram e não quiseram botar mais grana quando ainda nem tínhamos saído da fase de *startup*. Como é que a gente não ia perder grana, se os putos não quiseram esperar o projeto decolar? Os projetos têm que ser a longo prazo, primão, todo projeto passa por umas fases muito fodidas antes de dar retorno, por isso precisa estar calçado em investimentos fortes para segurar os prejuízos, ter capital suficiente para operar, contar com alternativas pra alavancar o negócio, e o mais importante é ter investidores que entendam as fases do projeto, e sei que pra você tudo isso é como se eu estivesse falando em chinês, primão, que a única coisa que te interessa é descobrir se um livro foi escrito no campo ou na cidade.

E também nem foi tanta grana assim que a gente perdeu, só alguns milhões de dólares, que é uma bosta de trocadinho nos projetos em que esses caras apostam, mas o foda é que esses caras não estão pra brincadeira, e, quando você se mete com gente desse nível, tem que arcar com as consequências, porque estão acostumados a só apostar nuns puta projetaços, e é nos grandes projetos que tem mais risco, essa é a regra do dinheiro, velho, quanto mais risco, mais lucro, por isso nos negócios maiores o jogo é de tudo ou nada, e só pra você ver como somos diferentes, olha eu aqui, mesmo morto, me preocupando em te explicar como as coisas funcionam na vida real, porque na real a vida é muito foda.

Não posso acreditar que eu tô morto, primão. Não posso acreditar, sério mesmo.

Como foi?

Eles me atropelaram? Os filhos da mãe sempre fazem parecer que atropelaram as pessoas.

Quer dizer que me atropelaram?

Não fode, não posso acreditar que eu tô morto.

Eu queria ser otimista e foi por isso que te mandei aquela carta falando dos nossos sócios e do projeto em Barcelona. E se naquela carta não te expliquei que o filho da mãe do Doutor queria me ferrar foi porque naquela hora precisávamos pensar positivo. Minha única chance de não me ferrarem era o projeto dar certo, e eu não ia te contar que tava tudo merdeado, porque, pra acabar de merdear, você tem essa tendência fodida ao fracasso, primão, você é um porra dum pessimista radical. Mas, mesmo que tenha dado tudo errado, eu não sou um ressentido e não guardo rancor de você, se bem que agora, pensando bem, capaz que tenham me ferrado por tua culpa, capaz que você tenha feito uma tremenda duma cagada e eu é que acabei pagando, puta merda. Mais um motivo pra você me ajudar, velho, isso não pode ficar assim, eu confiei em você e investi muito no projeto, entrei nessa com a coisa mais importante que eu tinha, primão, entrei com a minha vida, e agora você vai ter que me ajudar.

A primeira coisa que você tem que entender é que não deve ir na polícia nem fodendo, presta atenção, primão, que é importante, não procura os homens de jeito nenhum, que a porra da polícia tá na mão deles, ou em que porra de mundo você pensa que vive? Se você procurar os homens, quem vai acabar na cadeia é você, velho, isso se também não te ferrarem, não fode, primo, não vai me dizer que você já foi na polícia, não vai me dizer que já te ferraram também, só falta você não receber esta carta porque também rodou na mão deles.

Não fode.

Se também te ferraram, aí é que não vai fazer mesmo o menor sentido eu continuar escrevendo esta carta, primão, por isso não vai na polícia, velho, presta atenção no que eu tô te falando, se você quer continuar vivo, o único jeito de sobreviver é ficar no mesmo nível desses filhos da mãe, e é isso que eu vou te explicar agora, como você pode fazer para ferrar com eles, se é que eles ainda não te ferraram, fala pra mim que não te ferraram, primo, fala que tá lendo esta carta.

Sério que não quero que te ferrem, primo, você tem que acreditar em mim, tudo que eu fiz foi pelo teu bem, você não sabe como teus pais tavam preocupados por causa do monte de besteiras que você foi fazendo na vida, os coitados se perguntando como é que você ia progredir se dedicando a pesquisar a influência dum merda dum escritor morto nos livros de outro merda de escritor morto. Ninguém vai dar dinheiro por isso, primão, você tem que reagir, porque a vida na real é muito foda, e parece que você não quer entender que existe a realidade, e não só essa porra de simulação da literatura. Mas eu penso sempre positivo, primão, e quero acreditar que ainda não te ferraram e que você vai ler esta carta, aposto que vai ler, vai ver que sim, com certeza que sim, primão, você também tem que pensar positivo porque se trata da tua própria vida, velho, ou você não quer viver?, e você vai VINGAR o teu primo e de passagem vai recuperar o dinheiro do teu primo pra dar pros meus pais e vai dar cinco mil pesos pra empregada que me quebrou aquela de te mandar a outra carta e vinte mil pro parça que te mandou esta aqui e prometeu que ia pesquisar teu endereço se acontecesse alguma coisa comigo, e que não ia contar pra ninguém desta carta (vou pôr os dados dele no final, não vai se esquecer de pagar pra ele, que eu falei que você ia pagar vinte mil pesos por mandar a carta, e se você não pagar é capaz dele ir contar tudo pros meus pais).

Encara isso como a chance que você tem agora de me devolver tudo o que me deve, primão, que eu sempre te convidei pros meus projetos de negócio, mesmo você sendo um vacilão que queria me boicotar, mas eu não guardo rancor, o que eu quero agora é que você me devolva esses favores todos, mas tem que fazer as coisas como eu te digo, já falei que você não pode ir na polícia porque vão te ferrar, presta atenção no que eu te digo uma puta vez na vida. Além do mais, se você for na polícia, minha família vai ficar sabendo do que aconteceu e meus pais não vão entender, eles são de outra geração, eles não sabem que para entrar em projetos desse nível a gente tem que assumir riscos, que o único jeito de fazer negócios nesta merda de país é assim, não vai na polícia, prefiro que eles pensem que eu sou um babaca que não sabe atravessar a rua. Foi um ônibus? Esses filhos da mãe adoram passar com um ônibus por cima das pessoas, que é pra ninguém poder descobrir o que fizeram antes.

Agora você tem é que se colocar no mesmo nível desses caras, tá ligado? E é isso que você vai fazer, e eu vou te dizer como, presta atenção, primão, a chave de tudo é um cara que todo mundo chama de Chucky, se você tá lendo esta carta já deve saber de quem que eu tô falando. O Chucky é a chave de tudo, se você convencer o Chucky a nos ajudar, o filho da puta do Doutor vai pra puta que o pariu, e eu sei como vamos fazer isso, porque eu fiz amizade com o Chucky, que, apesar de ser um cara muito sanguinário, é muito boa gente, não pensa que só por serem assassinos esses caras não têm coração. E esse Chucky já tá pelas tampas com o Doutor, porque o Doutor é um puta dum babaca que ele não suporta mais, tanto que anda pensando em fazer carreira solo ou dar cabo do desgraçado pra pegar o lugar dele e passar a controlar ele mesmo os projetos, porque o Chucky é muito foda, muito preparado, você vê o cara armado aprontando das suas e nem imagina que ele fez um MBA nos Estados Unidos, juro, primão, ganhou menção honrosa com uma pesquisa sobre fluxos de capital internacional, bolando uma porra dum sistema pra não pagar impostos que agora todos os porras dos investidores andam usando aí pelo mundo, pra você ver, velho, vê aí como a vida é foda na real. É o porra do Chucky que devia controlar os projetos, não o Doutor, porque o Chucky é um líder de verdade, foi a vida toda escoteiro, é faixa preta em caratê Lima Lama e foi até presidente do grêmio estudantil da Ibero, quando estudava administração e finanças, enquanto o Doutor, a única coisa que ele tem é um bom contato, um contato muito foda, não vou dizer que não, só que o cara viveu sempre na aba desse contato, feito um parasita, e foi só por causa desse contato que ele subiu na vida, e tudo o que ele fez na vida é porque esse contato bancou a dele e lhe deu cobertura.

Quando eu conheci o Doutor, ele era um merda dum gerente de um hotelzinho em Cancún, supostamente um cinco--estrelas, mas na real tá assim de hotel em Cancún muito melhor que aquela bosta. E o porra do Doutor teria ficado lá, mandando lavar as toalhas e fiscalizando o consumo da maionese na cozinha do hotel, se não fosse por causa daquele contato, porque foi o tal contato que bancou seu MBA em Barcelona e na volta colocou ele no comando de alguns dos seus projetos. E eu só não te digo quem é esse contato pra tua segurança, velho, pra te proteger, pra você ver como eu penso positivo e acredito que você ainda tá vivo e lendo esta carta, porque se eu escrevesse aqui o nome do contato do Doutor, do mandachuva, pode escrever que não só você e eu íamos pro saco, mas até os porras dos carteiros, só por pegar nesta carta aqui. A única coisa que você precisa saber é que o mandachuva não é um babaca, como é que ia ser um babaca se é um mandachuva? Não fode, velho. E o mandachuva já tá percebendo que o Doutor é um babaca e que o Chucky é mais preparado para controlar os seus projetos.

Então o que você tem que fazer, quando o Doutor e o Chucky se instalarem em Barcelona pra fazer o *startup* do projeto, é colar no Chucky, ganhar sua confiança e mostrar que ele pode confiar em você pro seu projeto de mandar o Doutor pro espaço. E isso nem vai te dar muito trabalho, porque faz tempo que o cara tá com essa ideia na cabeça e sempre falamos no assunto, que ele que devia ser o braço direito do mandachuva e que o Doutor é um babaca, mas se você tá lendo esta carta é porque algo deu errado, ou o Doutor se adiantou ou aconteceu alguma outra coisa (vai ver que foi alguma cagada que você aprontou, seu babaca do caralho), mas pode ficar sossegado que eu tenho certeza que o Chucky não me traiu, o Chucky e eu ficamos muito amigos, irmãos de sangue mesmo. Por isso você tem que ajudar o Chucky e por isso você tem que me ajudar, que isso não pode ficar assim, você me deve essa, primão, me deve essa porque pra isso que somos uma família, e eu sempre te fiz um monte de favores e te defendi.

Você não pode me deixar na mão, primão.

Não pode me deixar na mão, velho.

Você tem que se comprometer comigo, mesmo que seja uma vez na vida, agora que eu tô morto.

TRÊS

Tem certeza que esse cara não era retardado?

Domingo, 9 de janeiro de 2005

Meio-dia. Saí para caminhar sem rumo nem objetivo, porque as paredes do quarto estavam me sufocando. Continua a me espantar a calma sepulcral dos domingos comparada com a hiperatividade e o barulho cotidianos. Esta cidade, ou pelo menos o bairro onde eu moro, só conhece dois estados de espírito: a histeria do parque de diversões e a desolação dos cemitérios.

Não havia praticamente ninguém nas ruas, a não ser um punhadinho de *okupas* na praça do Sol (o Jimmy ainda não tinha chegado), um ou outro velho tomando sol, alguns pais com seus filhos nos brinquedos das praças, algumas poucas pessoas fazendo compras de emergência nos mercadinhos dos paquistaneses.

O frio no rosto me fazia bem, me despertava, parecia clarear minhas ideias, os pulmões agradeciam o ar gelado depois de um dia e meio de confinamento. Enquanto caminhava, voltei a fazer contas de cabeça: eu não tinha como me manter até 27 de janeiro com os quarenta euros que me restavam. Precisava fazer alguma coisa. Ligar para o Juan Pablo para lhe pedir dinheiro. Mendigar com o Jimmy (para alguma coisa haveriam de servir as aulas de flauta que tive no primário). Ou trabalhar. Mas no quê?

Estava atravessando a praça da Revolución quando ouvi o gritinho da Alejandra:

— Olha, pai! A morena! — gritou, sentada no alto de um escorregador.

Facundo estava teclando no celular, encostado na cerca que separa a praça do playground. Parei mas não me aproximei, mantendo uma distância de segurança, a dois ou três metros do Facundo.

— E aí, *boluda?* — me cumprimentou.

— Tudo bem, Ale? — gritei para a menina, ignorando a pergunta do pai.

— Tudo mal — gritou com voz teatral de menina mimada —, muito mal.

— Como assim mal? — perguntei. — Por quê?

— Minha mãe foi pra Argentina, e o papa não está cuidando bem de mim.

— Ei, Ale, não começa — Facundo a interrompeu. — A menina tá brava porque não posso ficar com ela nem pegar na escola — me explicou. — Que é que eu posso fazer? Às cinco ainda tô no trampo.

— Eu quero que a morena cuide de mim, papa, que a morena cuide de mim! — gritou Alejandra.

— Para com isso, Ale, você já tem uma babá, esqueceu? Que é que a gente vai falar pra coitada da Pilar?

— Eu não gosto da Pilar! — gritou Alejandra. — A Pilar é boba! Quero que a morena cuide de mim!

Facundo se aproximou de mim, e ao mesmo tempo se afastou da Alejandra, para me contar que a mãe dela tinha precisado viajar com urgência para Buenos Aires, porque um irmão tinha morrido num acidente, e que a Alejandra estava insuportável.

— E, pra falar a verdade, a babá também não suporta a baixinha — disse —, as duas se dão supermal. Você não pode cuidar dela? Eu te pago, claro, sete euros a hora.

Na mesma hora percebi que não podia recusar a oferta, porque com sete euros eu vivo um dia, mas mesmo assim relutei. Respondi que, sinceramente, precisava do trabalho, mas que seria muito estranho voltar ao apartamento, que não queria encontrar o Juan Pablo.

— Larga mão de ser *boluda*, *boluda* — ele me disse. — Olha só, você passa pra pegar a Ale na escola às cinco e leva pra brincar um pouco na praça. Depois vai no apartamento, eu te deixo uma chave na mochila. Você dá um banho nela e fica mais um pouco desenhando ou fazendo as *boludices* que ela quiser. Eu chego no máximo às oito. O *boludo* do Juan Pablo nunca aparece nesse horário. Que tal vinte euros por dia? Fechamos em vinte euros? Mas com um pouco de flexibilidade caso eu me atrase, e, se chegar antes, você recebe vinte euros do mesmo jeito, compensamos uns dias pelos outros. E aí?

Hesitei de novo, em silêncio.

— Escuta, *boluda* — insistiu o Facundo. — Se você está precisando do trabalho, que se foda o *boludo* do Juan Pablo. Quem sou eu pra te dar conselhos, mas você tem que pensar em você. Esta cidade é muito bonita, mas é como uma puta muito cara. Sem dinheiro, pode ser a pior cidade do mundo. Faz o que tô te dizendo, *boluda*, aceita o trabalho.

Voltei a duvidar. Não disse nada.

— Que foi, *boluda*, tá esperando que eu peça desculpas? Tudo bem, você é mesmo uma *boluda*. Eu caguei, concordo, fui um *boludo*, desculpa. Mas você também podia ver aquilo como um elogio, que eu quisesse…

— Melhor você não tentar arrumar — interrompi. — Para ser bem sincera, estou mesmo precisando de dinheiro. Aceito.

Segunda-feira, 10

O dia em que nada tem lógica. Ou o dia em que finalmente tudo começou a ter uma lógica. Mesmo eu não entendendo nada. Ou ainda não. Mas pelo menos sei que há uma lógica que explica tudo o que aconteceu até agora.

Fui até o consulado para fazer a tal da inscrição consular, e quando dei meu nome na recepção disseram que havia uma carta para mim. Que estava lá fazia meses, desde o início de novembro. Achei que devia haver alguma confusão, mas o único jeito de saber era abrindo o envelope, que não tinha remetente, mas tinha o carimbo do correio de Guadalajara. Era uma carta de Lorenzo, o primo do Juan Pablo! Enfiei de volta no envelope com o coração disparado de susto, como se tivesse recebido a carta de um morto, que era justamente o que acabava de acontecer. A recepcionista me perguntou se eu estava me sentindo mal, deve ter percebido como estava alterada. Dei meia-volta e saí do consulado sem completar o trâmite. Caminhei correndo em qualquer direção, entrei no primeiro café que encontrei e li a carta.

A única coisa que ficou clara é que o Juan Pablo anda envolvido em algo muito estranho, num suposto projeto de negócios em que seu primo o meteu, melhor dizendo. Não sei por que desde o início me deu a sensação de que se tratava de uma extorsão ou uma chantagem. Algo ilegal, até criminoso. Talvez tenha sido por causa do tom em que a carta está escrita, como o delírio de um idiota com ares de grandeza (de grandeza empresarial, para piorar), como um desvario. Não conheci o Lorenzo e, do pouco que o Juan Pablo me contou, não me lembro de quase nada. Que era o primo que morava no Caribe, e pouco mais.

Demorei para sair do estado de pasmo e reparar em que, na carta, Lorenzo dizia que tinha ido conhecer meus pais. De repente me deu pânico, há quanto tempo não falava com eles? Desde o Réveillon. Paguei o café que tinha pedido (dois euros!) e só então percebi que tinha entrado no mesmo café onde o Juan Pablo se encontrou com a Laia antes do Natal.

Corri de volta para Gràcia, no embalo da descida, fazendo um caminho intuitivo, e entrei no primeiro locutório que encontrei. Telefonei para casa. Minha mãe atendeu, assustada, perguntando o que tinha acontecido. Eu disse que nada, que só estava ligando para dar um alô.

— Filha — ela disse —, são cinco horas da manhã.

Pedi desculpas, expliquei que tinha me esquecido da diferença de horário (era verdade) e lhe perguntei se estava tudo bem.

— Que foi, filha? — me perguntou.

Tenho certeza de que ela me viu tremer do outro lado da linha, do outro lado do Atlântico.

— Tem alguma coisa que você está querendo me contar? — insistiu.

Estive a ponto de aproveitar para lhe contar que o Juan Pablo e eu tínhamos terminado, mas de repente me dei conta de que a carta de Lorenzo mudava tudo. Havia ali um mistério que explicava o que tinha acontecido com o Juan Pablo, o que tinha acontecido conosco, e eu precisava desvendá-lo. Talvez eu tivesse lido muitos romances, ou essa conclusão fosse uma estratégia da minha autoestima para se revalorizar, ou talvez acreditar na existência de uma explicação estapafúrdia fosse apenas um novo jeito de me enganar.

Disse à minha mãe que estava com muita saudade de todos, só isso, e me despedi tentando aparentar uma melancólica normalidade, mas desliguei com a certeza de que ela não acreditou em mim, a coitada deve ter ficado acordada com a angústia de imaginar que algo de ruim estava acontecendo comigo.

Corri até a praça do Sol e fui direto falar com o Jimmy.

— A princesa finalmente se dignou a me dirigir a palavra? — disse como cumprimento.

Comecei a lhe contar atropeladamente o que tinha acontecido, sentei ao lado dele e li a carta em voz alta, quase num só fôlego, e, nas poucas pausas que fiz para respirar, o Jimmy aproveitou para me dizer sempre o mesmo:

— Tem certeza que esse cara não era retardado?

Acabei de ler a carta e me levantei como se tivesse uma mola no traseiro.

— Aonde você vai, garota? — Jimmy me deteve.

Respondi que precisava falar com o Juan Pablo para lhe dizer que sabia de tudo, mesmo sem saber de nada, ou mesmo não entendendo nada, mas que ele teria que me explicar.

— Não fala disso com ninguém, garota — ele devolveu —, você não imagina que mundo é esse. Sabe o que um camarada me disse? Sabe o que eu consegui descobrir?

Tomou um longo gole de cerveja, do gargalo, antes de continuar.

— Que o *gilipollas* do teu ex me identificou consultando os registros dos Mossos d'Esquadra.

— Como é que você sabe? Quem te contou isso? — perguntei.

— O *capullo* foi recebido pelo chefe dos *mossos* no seu gabinete privado. Agora me diz por que é que o chefão o recebeu assim, por causa de uma merda de denúncia de ameaças? O *gilipollas* está de rabo preso. Tem algum negócio muito fodido por trás disso.

— E quando você ia me contar?

— Só ontem que eu fiquei sabendo. E você nem estava falando comigo, garota, é uma puta interesseira, fugiu de mim se cagando de medo. Mas eu vou te perdoar porque você não tem culpa de nada, a culpa é do *gilipollas* do teu ex.

Eu lhe disse que precisava saber como ele tinha descoberto aquilo, que era muito importante, que precisava ter algumas certezas para decidir o que fazer. Olhou com ar paranoico para os lados, para a frente e para trás. Baixou a voz, obrigando a me aproximar, e o fedor quase me fez desistir.

— Perguntei para um camarada, um cara que eu conheço.

— Para um *mosso*? — perguntei.

Fez que sim com a cabeça. Hesitou entre a garrafa de cerveja e a caixinha de vinho tinto. Escolheu a segunda: virou um gole, mas estava vazia. Atirou a embalagem no meio da praça.

— Você não pode comentar isso com ninguém, garota — respondeu —, vou te avisando. É difícil de entender. Às vezes eu falo com ele para ajudar, e às vezes é ele que me ajuda. Está rolando uma guerra muito fodida contra os antissistema.

— Você é informante dele?

— Cala essa boca, *cazzo*! Ficou louca?

Depois se levantou e caminhou até a rua mais próxima. Segui atrás dele. No meio da quadra, parou, se encostou na parede, abriu a braguilha e começou a urinar.

— Não fala com ele — me disse, como se estivesse falando sozinho ou retomando um papo com o próprio pau. — Não agora — disse. — Antes é preciso descobrir no que ele anda metido.

Quatro e meia da tarde. Só por curiosidade, fui até o locutório e liguei para um telefone que o primo do Juan Pablo pôs na carta, caso eu precisasse entrar em contato com ele.

— Frango Bate-Coxa — atenderam.

Perguntei de onde falavam, fingindo que era engano. Disseram que era dos escritórios corporativos de Frango Bate-Coxa, a franquia de frango assado a domicílio líder no México e em toda a América Central.

* * *

Primeira tarde cuidando da Alejandra. Não havia ninguém no apartamento e não conseguia aguentar a tentação de espiar o quarto do Juan Pablo. E se eu achasse uma pista para entender o que está acontecendo? Depois de dar banho na Alejandra, tentei escapulir do banheiro enquanto a menina se enxugava, mas ela não deixou: a moleca gruda em mim feito carrapato. Aí começamos a desenhar, e, embaixo de um rabisco bem abstrato (que teoricamente era uma árvore), a Alejandra escreveu: "A verdade tem estrutura de ficção". Desta vez não me assustei, quase nem me surpreendi, ou só com a beleza da frase, perfeita em sua luminosidade.

Facundo chegou às oito e meia. Alejandra já estava morta de fome, e a única coisa que eu tinha encontrado na despensa era um pacote de bolachas de chocolate. Meia hora de atraso no primeiro dia... Mostrei o desenho para ele.

— Também é da Pizarnik? — perguntei.

— Isso é do Lacan, *boluda* — respondeu.

— Outra tatuagem?

— É um letreiro que a *boluda* da minha ex tem pendurado na sala do apartamento.

— Tua ex é psicanalista?

— Não — respondeu —, é só *boluda* mesmo.

Terça-feira, 11

Onze e vinte da manhã. Juan Pablo saiu da Julio Verne. Estava pronta para segui-lo pela rua Zaragoza, mas ele caminhou na direção oposta, para a Ronda, e virou à direita, rumo à praça Lesseps. Eu estava totalmente à vista, a amplidão da Ronda não me oferecia nenhum refúgio, se o Juan Pablo olhasse para trás, facilmente me veria. Mesmo assim, resolvi arriscar. Poderia fingir que era uma coincidência. Ou enfrentá-lo de uma vez.

Chegamos à praça Lesseps, em obras, o Juan Pablo parou junto ao cruzamento, esperando o sinal abrir, e eu me postei dez metros atrás, meio escondida atrás de uma pequena escavadora. O sinal abriu, mas ele não saiu do lugar. Eu também não. De longe, tive a impressão de que sua dermatite, a suposta alergia, piorou muitíssimo. Passaram-se cinco minutos: um Mercedes-Benz preto, sem placa e com os vidros escuros, parou no cruzamento, junto à Ronda. A porta se abriu. Juan Pablo se aproximou, pôs a cabeça para dentro do carro, como que dizendo algo para a pessoa que estava dentro. Em seguida, um homem saiu do carro, e o Juan Pablo entrou. O carro arrancou, saí do meu esconderijo como se fosse pegar um táxi para iniciar uma perseguição, foi um impulso idiota, porque eu não ia fazer isso, mas não pude evitar. Além do mais, mesmo que quisesse, não conseguiria: o homem que tinha descido do carro me interceptou, me deu dois beijos, fingindo me conhecer, e me segurou pelo antebraço.

— Vamos tomar um café, Valentina — disse.

Fez o movimento para me obrigar a acompanhá-lo, para me forçar, para me empurrar, e, quando eu ia gritar, o grito se materializou fora de mim:

— Ei, garota, faz meia hora que estou te esperando! Onde diabos você estava?

Era o Jimmy, do outro lado de uma das ruas laterais, Príncipe de Asturias acho que se chama. Começou a atravessar ziguezagueando entre os carros, enquanto a pressão no meu antebraço oscilava. O sujeito estava hesitando entre me soltar ou não. Olhou em volta, como que calculando suas chances. Então o olhei na cara, ou nos poucos pedaços à mostra, a maior parte coberta por uns óculos escuros enormes, pela gola do casaco levantada, por um cachecol com um nó entre o pescoço e o queixo que lhe cobria a parte inferior da boca. Moreno. Nariz achatado. O lábio superior fino, com uma ferida de herpes. Finalmente resolveu me soltar e me disse antes que o Jimmy nos alcançasse:

— Tu não sabe onde tá se metendo.

Deu meia-volta e se afastou, apressado.

— Vai embora sem cumprimentar, *capullo*?! — o Jimmy gritou para ele.

Pedi que se calasse. Dei um abraço nele, aspirando com força o cheiro de esgoto que exala da sua jaqueta militar, do seu cabelo empastado, dos poros da sua pele, do seu bafo. Agradeci. Vimos o sujeito se perder na distância. Sugeri ao Jimmy que procurássemos um lugar tranquilo para conversar, mas ele disse que era melhor irmos à praça do Sol, que precisávamos manter a rotina, que não podíamos fazer coisas estranhas porque com isso iríamos nos expor.

— Na praça estamos seguros, garota — disse. — Viu o que acabou de acontecer por não me contar o que ia fazer? Que ideia foi essa de bancar a detetive? Que ideia foi essa de seguir o *gilipollas* do teu ex? Eu disse que era perigoso. Eu te disse.

— E você também tá me seguindo, Jimmy? — perguntei.

— Eu moro ali — respondeu, erguendo o braço.

Apontou para o outro lado da praça, onde uma bandeira anarquista pendia de um sobrado abandonado, ou melhor, *okupado*.

— Quer dizer, então, que foi uma coincidência — eu disse.

— Claro que foi uma coincidência! — exclamou. — Mas o que importa não é isso, o que importa é o que eu te disse ontem, que o *capullo* do teu ex anda metido num negócio dos grandes. Eu te disse. Você viu o carro que o apanhou?

— Era um carro de luxo — respondi.

— Um carro diplomático! — ele disse. — O mínimo que você tem que fazer se quiser bancar a detetive é ficar atenta. O carro tinha placas diplomáticas.

Eu lhe disse que o carro não tinha placas. Que eu tinha absoluta certeza disso.

— Claro que tinha — teimou —, pretas, da mesma cor do carro, por isso você não viu, porque teu olhar procurava as placas brancas e aí não reconheceu as pretas. O olhar é muito foda, sabe?, muito preguiçoso, logo se acostuma a tudo e dali a pouco já não enxerga mais nada.

Continuamos discutindo mais um pouco se o carro tinha ou não tinha placas. Ele cada vez mais certo, autoritário até. Eu cada vez mais hesitante. Depois a discussão passou para a frase que o sujeito que desceu do carro tinha dito para mim.

— Eu te falei — me disse o Jimmy —, falei que você não sabia onde estava se metendo. Você não imagina o que essa gente é capaz de fazer, garota, e eu te digo isso porque sou italiano. Foi por isso que parei de trabalhar como advogado em Milano, o escritório onde eu trabalhava só defendia figurão, desses empresários respeitadíssimos que aparecem no jornal e tomam café com o papa. Todos se dedicavam a lavar grana, garota, dinheiro de drogas, de armas, de tráfico de mulheres, de petróleo dos ditadores africanos.

— Você vai pensar que estou louca, Jimmy — respondi —, mas para falar a verdade em nenhum momento me senti ameaçada. Senti como se aquele sujeito quisesse me ajudar, como se fosse alguém em quem eu podia confiar.

E era verdade: embora racionalmente percebesse que a situação era perigosa e meu cérebro tivesse me dado a ordem de gritar, pedir ajuda, eu quase não tinha me assustado, talvez porque nem tenha tido tempo.

— *Cazzo* — disse o Jimmy —, isso porque o filho da puta

estava bem-vestido, e você achou que ele não era perigoso só porque estava com roupa de grife, sapatos italianos de mil euros, óculos de design. Mas esses são os piores, garota, você tem o preconceito de que os criminosos são pobres, árabes, ciganos. No fundo você é como as pessoas daqui, garota.

— Calma, Jimmy — repliquei —, eu nem reparei na roupa dele, só estou te dizendo que o jeito como ele falou comigo, até o jeito como ia me forçando a acompanhá-lo, não era violento.

— Não me vai me dizer que você acha que o *gilipollas* do teu ex mandou esse filho da puta te ajudar. Você não viu o que o *capullo* fez? Não viu que foi ele que avisou o filho da puta que você estava na sua cola?

Respondi que eu não tinha tanta certeza, que tudo tinha sido muito rápido, mas era verdade que depois que o Juan Pablo disse algo com a porta do carro aberta o sujeito desceu e partiu para cima de mim.

— O *gilipollas* do teu ex mandou esse filho da puta te ameaçar — disse o Jimmy.

— Só tem um jeito de descobrir — devolvi.

— Não fala com ele, garota — replicou. — Você não sabe onde está se metendo, já viu que é perigoso.

— Não vou falar com ele, Jimmy.

— Então?

— Hoje à tarde vou precisar da tua ajuda. Às cinco. Vou precisar que você dê um pulo no chaveiro enquanto eu a Alejandra estamos na praça.

Comecei este diário hesitante, como uma senhorita oitocentista, cheia de pudores de contar o que realmente estava acontecendo comigo. Quem me visse agora: estas páginas começam a parecer um romance. Há mistérios, intriga, personagens do bem e personagens do mal, ou pelo menos potencialmente do bem e do mal.

Se alguém lesse estas páginas não acreditaria em mim, diria o contrário da frase de Lacan, que a ficção usa a estrutura da verdade (especialmente na literatura íntima). Mas, como ninguém vai ler nada disso, pouco me importa se duvidarem que isto seja um diário: ninguém precisa acreditar em mim.

Daqui a bem pouco vou ser descartável

Ahmed me ligou e disse: Cara, você tem que me acompanhar ao veterinário, a cachorra está doente. Eu estava no trem, sentado, a duas estações da universidade, e pensava em passar o dia na biblioteca. Olhei pela janela o bosque deslizando (ou melhor, era o trem que deslizava pelos trilhos que cortavam o bosque) e me permiti a fantasia de imaginar que me embrenhava entre as árvores à procura de galhos para me coçar e me perdia e nunca mais voltava. O que ela tem?, digo. Está sangrando, cara, diz o Ahmed, é urgente. Pela vulva?, digo, cobrindo a boca e o celular com a mão direita, para que as estudantes que abraçam suas pastas como se fossem bebês de papelão não escutassem. Por onde?, diz o Ahmed. Você não sabe o que é a vulva, *cara*?, digo, baixando a voz ao pronunciar a palavra vulva. Pela vagina, digo. A garota que está sentada na minha frente levanta os olhos das cópias que está lendo e finge (muito mal) que não me olha. Depois olha em volta, para verificar se mais alguém escutou o pervertido. Ah, cara, diz o Ahmed, eu gosto de homem, nunca fiquei com uma mulher. E também nunca foi à escola?, digo.

Fui no Paquistão, cara!, diz. Você imagina como é a educação sexual nas escolas do Paquistão? Não deve ser muito diferente da educação sexual das escolas de Los Altos de Jalisco, penso, nem das de Guadalajara. De fato, pensando bem, eu aprendi o que é vulva e o que é clitóris no pornô do final dos anos oitenta, e aprendi mal, ou pela metade, por culpa da abundância de pelos pubianos e da baixa qualidade das fotografias e vídeos da época.

Afasto a mão do celular e digo: a cadela está no cio, não tem problema nenhum. A garota em frente finge que volta às suas cópias. Ela está doente, cara, diz o Ahmed, quer urinar o tempo todo e não come nada. E eu passo o dia inteiro na rua, diz. E os cachorros devem tentar montar nela, e ela não deixa, digo. Como é que você sabe?, diz. Porque a cadela está no cio!, digo, e fica de olho, porque daqui a alguns dias, se você não tomar cuidado, até as pombas vão montar nela, digo. A garota em frente ri, olhando fixamente os grifos nos seus textos. A outra ao lado se levanta para pegar suas coisas. E que é que eu faço, cara?, diz o Ahmed, a cachorra não pode ficar prenhe, depois o que eu faço com os filhotes? Os estudantes começam a se erguer, a vestir casacos e cachecóis, a recolher mochilas, livros e pastas nos compartimentos superiores. Falta uma estação para chegar à universidade. O Ahmed não para de falar: pede para eu ligar para o Chungo, diz que eu tenho que ajudá-lo. Escuta, digo, agora não posso falar, tô chegando na universidade. Hoje à tarde passo no teu apartamento, lá pelas seis.

Toma, digo ao Ahmed quando ele abre a porta do seu apartamento, entregando-lhe uma sacola. Que é que é isso?, diz. Calcinhas higiênicas, digo, para a cachorra. Você está brincando, diz. Olha dentro, digo. Posso entrar?, digo. O Ahmed se afasta da porta e eu cruzo a soleira e tiro o casaco e o cachecol e os penduro no cabide.

Cacete, cara, diz, olhando o pacote, são boas. Muito obrigado, cara, diz. Você acha em qualquer pet shop, digo. São descartáveis, precisa trocar. As próximas, você que compra. Atravesso até a sala e me sento no sofá, enquanto o Ahmed persegue a cachorra para lhe colocar a calcinha. Ou a calçola, para ser mais exato. Há dois notebooks ligados sobre a mesa de jantar. Um copo de água, um pacote de bolachas aberto. As migalhas na mesa e a posição de uma cadeira revelam o que o Ahmed estava fazendo antes de eu chegar.

Escuta, digo, precisamos conversar. O Ahmed ergue a vista do chão, onde está agachado pelejando com a cachorra (ela acha que a peça é um brinquedo ou comida). Foi uma cagada, digo. Você ficar com a cachorra, digo. E não falo por causa de todos esses inconvenientes. O Doutor diz que não dá para confiar em você, digo. Vou fazendo pequenas pausas retóricas para que o Ahmed possa processar a informação. Que você pôs o projeto em risco, digo. Que, se relacionarem a cachorra com o dono, o projeto vai por água abaixo. Você sabia que o dono da cachorra era o cunhado do Carbonell?, digo, ainda pronunciando *Carbonel*. A cachorra escapa dele porque o que eu disse já surtiu efeito. Ahmed se levanta. Caminha na minha direção. Esquece a cachorra, que leva a calcinha na boca e se enfia no quarto principal, embaixo da cama.

Vão matar a Viridiana?, pergunta. Assinto sem abrir a boca, para que o efeito seja mais melodramático. Como é que você sabe?, diz o Ahmed, e se senta na poltroninha ao lado. Porque o Doutor me disse, digo, de que outro jeito poderia saber? Ahmed fica calado: se não fosse tão moreno, poderia dizer que está pálido, com a palidez de quem acaba de ouvir sua sentença de morte, ou de um russo atormentado num romance de Dostoiévski ou no mínimo de Turguêniev. Por um instante me arrependo de estar mentindo para ele, por um instante toda a maldade da minha estratégia de sobrevivência me intimida e estou a um triz de recuar. Eu sabia que não podia confiar nesse *capullo*, diz o Ahmed, bem na hora de me salvar. *Hostia puta*. O *capullo* é um capanga, não tô acostumado a trabalhar assim, cara, não tenho nenhuma necessidade de aguentar esse tipo. Eu fujo com a cachorra, cara, diz. E vai para onde?, digo. Sei lá, diz, para onde for. Você não tem como fugir, digo, hum, se sumir, vão pensar que você os traiu e vão te procurar, hum, não vai poder viver tranquilo. Faz muito tempo que eu não vivo tranquilo, cara, diz. Por que você não dá a cachorra?, pergunto, arriscando alto, para ganhar credibilidade. Por que não a deixa num albergue? A cachorra é minha, cara, diz. A cachorra já perdeu o dono uma vez. Ela não suportaria mais uma perda, diz. Do quarto se escutam ruídos da cachorra, que parece estar pelejando com a calcinha, talvez a tenha enfiado pela cabeça. Por que você está me contando isso, cara?, diz o Ahmed. Você não percebe?, digo. Deixo que a pergunta surta o efeito esperado, que o Ahmed intua que minha preocupação com a cachorra é egoísta, que não sou um bom samaritano nem nenhum Santo Antão do Deserto mexicano, que as chances de salvação da cachorra são também as minhas. Chego até a refletir sobre a triste ironia que eu sozinho, com minhas mentiras, postulei: que a minha vida vale exatamente o mesmo que a da cadela.

Estou na mesma que a cadela, digo, de fato. Daqui a bem pouco vou ser descartável. Daqui a bem pouco vou ser uma pedra no sapato. Um babaca que sabe demais, digo. O "capullo" que está sobrando nesta história. É provável que já seja, digo. Só me usaram para ter acesso ao Carbonell. Levanto e vou até a mesa de jantar, mas quando a contorno, antes que possa ver as telas dos computadores, o Ahmed reage: quase corre para fechá-los, com dois tapas (um para cada um). Eu sei como podemos salvar a cachorra, Ahmed, digo. Sei como você pode ficar com ela. O Ahmed leva um susto, acho que eu nunca tinha pronunciado seu nome em voz alta. Apoia as mãos no encosto de uma cadeira e olha para a janela, para as cortinas que impedem de olhar para fora (e que, mais do que isso, impedem de ver de fora o que se passa dentro). Ouvem-se ruídos estranhos vindos do quarto, sons guturais, a cadela deve estar engasgando. O Ahmed não diz nada. Que é isso?, digo. É a cachorra, diz, desde que está menstruada não para de falar. Ela não está menstruada, digo, está no cio, na primeira fase do cio, digo, que se chama proestro. Você tinha cachorro no México?, pergunta. Digo que não. Então como sabe tanto de cachorros?, diz. Pesquisei faz um tempo, para um romance que eu queria escrever, digo. (Um romance abandonado, claro, como todos os romances que tentei escrever até agora. Até agora: porque desta vez vou até o fim e, se eu quiser terminar o romance, preciso me salvar, ninguém voltou da morte para escrever o final de um romance.) Um romance de cachorros?, diz o Ahmed. Tinha um cachorro no romance, digo, uma cachorra, para ser mais exato. Você é escritor?, pergunta. Digo que não, que ainda não, que estudei letras e que, na realidade, mais do que escritor, sou um leitor profissional. E como acabou metido nisso?, diz, eu achava que as pessoas que leem muito fossem boas, que não se metessem em rolos. Fico calado. Pensando nessa ideia, bastante difundida, segundo a qual as pessoas cultas, especialmente os literatos, têm uma superioridade moral, quando na verdade nós, leitores, não procuramos na literatura nenhuma pauta para nosso comportamento na realidade. Os escritores também não. A única coisa que nós leitores e escritores queremos é perpetuar um sistema hedonista, baseado na autocomplacência e no narcisismo. O verdadeiro leitor só quer saber de ler mais. E o escritor, de escrever mais. E os acadêmicos são os piores: somos os carniceiros que querem extrair um pouco de sentido existencial de toda essa merda. Ei, diz o Ahmed, para cortar minha repentina abstração e digressão. Preciso que você me conte tudo para que eu possa acreditar, diz. Como é que eu vou confiar em você se não me conta nada? Você também não me contou nada, digo. Quem é o chefe do Doutor e como você o conheceu e qual é o teu trabalho, digo, por exemplo.

Ahmed me olha nos olhos e depois percorre meu rosto com o olhar, como se estivesse contando as manchas (eram sete nessa manhã).

Qual a tua proposta?, diz finalmente.

Olho para a porta, como se o Doutor ou um dos seus capangas fosse derrubá-la a qualquer momento. Mas a porta resiste. É sólida, e o Ahmed e eu estamos dentro.

Temos que falar com o Chucky, digo. Mas antes você tem que me explicar como o negócio funciona.

O italiano estava sentado aos pés de uma pequena escultura numa das laterais da praça do Sol. Estava tocando flauta e levantava um copo de papelão para mendigar toda vez que alguém passava perto dele. Embora fossem mais de oito da noite, a praça estava muito tranquila. Pouca gente nos bares. Um pouco mais de gente na *shawarmeria*. Era segunda-feira. Os únicos que não ficavam em casa nas noites de segunda eram os *okupas*.

Ao contrário do resto de *okupas* da praça, o italiano estava sozinho e não tinha cachorros. Alternava goles de uma garrafa de cerveja e de uma caixinha de vinho ou suco. Sentei de costas para a praça (ou melhor, de lado: meio de costas para a praça), nos degraus, na frente de um restaurante libanês. Tirei do bolso do casaco o livrinho que eu tinha trazido da biblioteca da Autónoma, uma novela de Jardiel Poncela recomendada por um colega do doutorado. Abri ao acaso: as luminárias da praça ofereciam luz suficiente para eu fingir que estava lendo.

De vez em quando levantava a vista do livro (também de vez em quando virava uma página), e deslizava um olhar de reconhecimento, como se estivesse esperando alguém, para vigiar o italiano, que permanecia sentado, a uns vinte metros, na diagonal. Passaram-se quinze minutos.

O italiano então recolheu suas coisas, colocou tudo dentro de uma mochila e começou a atravessar a praça. Esperei sem me mexer mas sem perdê-lo de vista. Só me levantei quando o italiano entrou na rua Planeta e fui seguindo atrás dele pelas vielas de Gràcia, num percurso errático, até que encontrou com outra pessoa numa esquina desolada. Vi os dois de longe, enquanto caminhava pela rua Asturias. Eu os vi a uma quadra de distância, sem parar, de relance, um olhar de um segundo. Mas tenho certeza. O italiano estava falando com o chinês.

Peguei o caminho de volta para casa, pensando na Valentina, que o Doutor provavelmente já estava executando o plano de se livrar dela. Que o italiano não era o que ela pensava (fosse o que fosse o que ela pensasse que o italiano era, fosse o italiano o que quer que fosse). Que eu devia me apressar.

Ao abrir a porta de casa, como se tivesse convocado a Valentina com o pensamento, a Alejandra gritou: *Boludo*, tua namorada acabou de sair! Olho para o Facundo pedindo explicações. Está na frente do fogão, controlando a fervura da água do macarrão. Não fala *boludo*, Ale, diz. E a morena e o Juan Pablo não são mais namorados, diz. A Vale esteve aqui?, digo. Ela tá me ajudando a tomar conta da Alejandra, *boludo*, diz o Facundo. O que você quer que eu faça? A menina gosta da morena.

Alguém viu tu subir com ele?, Chucky pergunta para o sujeito que foi me buscar na praça Lesseps, onde eu tinha ficado de me encontrar com o Chucky às onze e meia, e o que encontrei foi um carro mafioso, ou melhor, um carro de mafioso, um carro muito caro, sem placas e com os vidros escuros, e que abriu a porta de trás para me convidar a entrar. Cadê o Chucky?, eu disse, quando olhei dentro do carro e vi que ele não estava, que só tinha vindo o motorista (na frente, claro) e outro sujeito muito bem-vestido (atrás) que, depois de me mandar entrar logo, de repente resolveu descer e, ao sair do carro, me mandou entrar de uma puta vez, e mandou o motorista dar uma volta e descer pelo outro lado da praça dali a cinco minutos. Demos uma volta de cinco minutos, talvez seis, eu em silêncio, olhando para fora com a impunidade de não ser visto, com a sensação melodramática de estar vendo as coisas pela última vez. Ou penúltima, com sorte. Os carros. Os prédios *art nouveau*, ou só *nouveaux*, sem *art*. As porras das pombas. Os periquitos que eu achava tão engraçadinhos antes de saber que são uma praga urbana fora de controle. As ruas assépticas, sem lixo, sem crianças mendigando, sem vendedores nos cruzamentos, sem ônibus que te atropelam. Se bem que, do jeito que vai, é bem capaz que hoje eu acabe como meu primo, com a cabeça esmagada.

Negativo, chefe, diz ao Chucky aquele que foi me buscar na praça Lesseps, que passados os cinco ou seis minutos voltou a entrar no carro e me disse, como se me conhecesse da vida toda, como se não fosse a primeira vez que nos víamos e ele soubesse tudo de mim: Como a tua namorada é tonta, disse. Tua ex-namorada, quero dizer. Como?, eu disse. Tu não viu?, disse, não viu a Valentina? Tava te seguindo. De novo. Já tá viciando nisso, disse. O uso do presente contínuo me aliviou temporalmente, era um sinal de que o sujeito não tinha feito nada à Valentina, de que a Valentina continuava viva, do contrário ele teria usado o passado contínuo e dito que ela já *estava* viciando.

No caminho até Pedralbes, um bairro onde eu nunca tinha estado mas que sabia que existia, o bairro mais fresco de Barcelona, pelo que me diziam, resolvi ficar de boca fechada e me concentrar na conversa que teria com o Chucky logo mais, nos argumentos que usaria para convencê-lo, não podia me distrair com nada nesse momento, nem mesmo com a Valentina, porque dessa conversa dependiam a minha vida e também a dela.

Finalmente chegamos ao nosso destino, um pequeno edifício de estilo californiano (ou é o que me parece, embora meu sentido de identificação de estilos arquitetônicos se atrofie quando estou estressado), uma fortaleza chique, toda vigiada por seguranças, atravessamos o portão automático e estacionamos no subsolo, descemos do carro e entramos num elevador que faz jus a seu nome subindo para cima, como gostam de dizer os luminares deste país redundante.

O elevador se abre, e não há corredor nem porta de entrada, as portas do elevador se recolhem e ao dar um passo à frente já piso no assoalho de uma sala desmesurada, quarenta ou cinquenta metros quadrados só de sala. Senta, diz o Chucky apontando com o queixo para a poltrona ao lado de onde ele está sentado, uma poltrona que parece um trono, vejo que numa das paredes há um quadro do Tàpies com textura de areia e um pedaço de conduíte de plástico colado, na do fundo, uma gravura que poderia ser do Miró ou de algum dos seus imitadores.

Diga lá, diz, quando me sento, mas em vez de me deixar falar acrescenta: Será que o Doutor te subestimou?, diz, com forte sotaque do norte, de Monterrey ou de Saltillo, deduzo. Está de camisa branca perfeitamente passada, com as iniciais bordadas na altura do peito esquerdo: Ch. Um relógio que deve ser caríssimo, mas não é espalhafatoso. Meias cinza-escuras, exatamente da mesma cor da calça de lã. Ele me olha de cima a baixo quando me levanto para tirar o casaco e o cachecol (o apartamento está aquecido), olho em volta e coloco as peças em cima de uma banqueta.

Tu devia ir no dermatologista, compadre, diz, acariciando o queixo, como se tivesse barba. E em seguida, de novo sem me deixar falar: Nem preciso dizer que essa situação é totalmente irregular, diz. O Doutor não vai gostar nem um pouco disso. É bom que seja algo importante. Ou é bom que me interesse. Se não, já sabe como isso vai acabar, diz. Mal, diz. Tu já deve ter notado que não gosto de brincadeira. E muito menos de piada ruim, diz, e finalmente faz silêncio.

Engulo saliva com sabor de gastrite e entre todas as frases que vim ensaiando digo: Hum, digo, hum, o que eu ia dizer. Deixa eu ver se adivinho, o Chucky torna a me interromper. É que tu já percebeu que, agora que o projeto está em andamento, tu vai ser descartável, diz, com um tom de voz que revela como era fácil chegar a essa conclusão, o óbvio do silogismo. Que tu vai ser uma pedra no sapato, diz. Faço que sim. Tu tem razão, compadre, diz, mas deixa eu te dizer uma coisa: tu já era descartável desde o início, desde o minuto zero, desde a primeira página do livro, se tu preferir, já que gosta tanto de ler, diz. Tu chegou até aqui por pura sorte, compadre, mas já deve estar lá pela página duzentos, e o livro tem no máximo duzentas e cinquenta. Nestes *business* as histórias muito compridas não funcionam, diz. Tenho uma proposta, digo, atabalhoadamente, antes que ele volte a falar. Um projeto de longo prazo, digo. Ah, *chingada*, diz, tu já tá falando como o babaca do teu primo, e tu sabe como ele acabou. Mal, diz. Muito projeto, muito projeto, e no fim se ferrou. Tu sabe por que me chamam de Chucky?, pergunta. Todo mundo acha que é por causa do filme, do boneco diabólico. Mas é por causa do verbo em inglês. *To chuck*, diz. Quem me botou esse apelido foram meus colegas de um MBA que eu fiz nos Estados Unidos. Eles me chamavam de Chucky por causa do meu jeito de resolver os *cases*. Tu tem cinco minutos para me explicar essa porra de projeto, diz, dando de barato que eu sei o significado da palavra em inglês (que não sei).

Hum, e se quem é dispensável for o Doutor?, digo, para começar, começando pelo fim, pulando os prolegômenos e os prólogos e todo o discurso que eu tinha preparado e que não consigo lembrar. E se for o Doutor a pedra no sapato?, insisto. Chucky sorri como se eu tivesse lhe contado uma piada que ele já ouviu um milhão de vezes. Ele se levanta e caminha até uma mesinha lateral, pega uma jarra de cristal e se serve um copo de água. Meio copo. Me traz o Omeprazol, ordena àquele que foi me pegar na praça Lesseps, que está postado na entrada do apartamento, como se fosse o leão de chácara de uma discoteca. Deve estar no escritório, diz o Chucky. Ou no banheiro. O sujeito atravessa a sala e some pelo corredor que conduz ao interior do apartamento. Chucky se levanta, com o copo na mão direita, olhando para mim. Não vai me dizer que tu quer que eu passe a perna no Doutor para te salvar a pele, diz. Hum, digo. Tu tem colhão, compadre, diz. E se eu ligar agora pro Doutor e contar isso para ele? Hum, digo, meu primo me disse que, começo a dizer, mas o Chucky me interrompe: Teu primo era um porra dum babaca, diz. Sabe por que ferraram com ele? Não digo nada, que é o mesmo que dizer que não. Por ser babaca, diz, ou por bancar o esperto, que é mais ou menos a mesma coisa. Dizia que estava fazendo um negócio da China, e quando foram ver tinha perdido catorze milhões de dólares. Tu sabe quanto dinheiro é isso, compadre? Fico calado, respeitando a pausa da pergunta retórica que pretende, e consegue, com grande êxito, ampliar a monumental estupidez do meu primo. Aquele que foi buscar o Omeprazol reaparece e entrega o comprimido ao Chucky, que imediatamente o introduz na boca. Bebe a água do copo. Coloca-o de volta na mesinha, ao lado da jarra. Foram os italianos que te mandaram?, diz, virando a cabeça para a entrada, onde já está postado de novo aquele que lhe trouxe o comprimido, guardando a guarida. O sujeito assente, como se lhe ordenassem estar pronto (para me liquidar ou, por milagre, apenas para me acompanhar até a porta da rua). Chucky se senta em sua poltrona. Não sei nada dos italianos, digo, hum, eu nem entendo o que é que os italianos têm a ver com tudo isso, e retomo, antes que o Chucky volte a me interromper: Falei com o Ahmed, digo, temos um projeto muito melhor que o do Doutor. Isso é fácil, compadre, diz o Chucky, o babaca do Doutor estava tão desesperado de medo que melassem seu projeto que assumiu níveis de risco inaceitáveis, diz. A única coisa que eu preciso fazer é esperar sentado até o projeto afundar. É questão de semanas, diz, no máximo dois, três meses. Eu não tenho dois meses, digo. Que pena, diz. Mas pode ser que o projeto dê certo, digo, hum, e no fim o Doutor saia por cima. Mas como é que tu acha que essa merda pode dar certo, compadre?, diz. Esse projeto foi todo feito nas coxas! A Catalunha tem sete milhões de habitantes, se botarmos todo esse capital para circular, sabe o que vai acontecer? Tu sabe qual é o PIB da Catalunha? O grande erro do projeto é ignorar que Madri existe. A Polícia Nacional vai adorar fazer uma busca na sede do partido por lavagem de dinheiro, diz. Imagina só a cena, compadre: um herói da catalanidade algemado feito um bandido, entrando numa viatura. Isso vai muito bem nos noticiários da TV, diz. Pra alimentar o ódio aos catalães. O Doutor vai cair sozinho, diz, eu não preciso mexer um puto dum dedo. Em seguida, diz àquele que foi me buscar na praça Lesseps, que continua imóvel na entrada: vai ver se eu tô na esquina. O sujeito dá meia-volta, aperta o botão para chamar o elevador e espera. Vem comigo, diz o Chucky. Ele se levanta, atravessa a sala, avança por um corredor com três, quatro quartos nas laterais e desemboca na cozinha, onde uma mulher cochila sentada num banquinho ao lado do fogão, a cabeça encostada na parede.

Bom dia, dona Mariana, diz o Chucky. A mulher acorda sobressaltada. Desculpe, senhor, ainda não me acostumei com a mudança de horário, diz, esfregando os olhos com os nós dos dedos, pondo-se em pé, alisando o avental. Sem problema, diz o Chucky, prepare aí pra gente uns ovos com carne-seca. A carne-seca acabou, diz a mulher. Os rapazes comeram tudo. Ah, *chingada*, putos mortos de fome, diz o Chucky. Os rapazes que desçam para tomar o café da manhã no bar, dona Mariana, que para isso eu lhes pago o reembolso. Os rapazes não estão autorizados a comer as minhas coisas. O senhor não aceita umas *quesadillas de huitlacoche?*, diz a mulher para contornar a situação. Pode ser, diz Chucky. Prepare também para o rapaz aqui, que é para curar essas manchas, porque eu desconfio que o que ele tem é saudade da terrinha, o que a senhora acha, dona Mariana? A mulher coloca o *comal* sobre o fogão e começa a se movimentar entre a chapa, a geladeira e a despensa, ignorando a pergunta do patrão, ciente de que é uma pergunta retórica, bem treinada para entender que nada do que se passa ao seu redor é da sua conta.

Senta aí, me diz o Chucky apontando com o queixo para as quatro cadeiras junto à mesa da cozinha. Ele se acomoda e arregaça as mangas, uma, duas voltas. Tem certeza de que o veado está contigo?, diz, no momento em que dona Mariana põe duas xícaras de café americano sobre a mesa. Cuidado, diz o Chucky, que o veado é o único que tem linha direta com o mandachuva. Com o chefe do Doutor?, pergunto. Com o chefe de todos, compadre, diz, mas tu não respondeu à minha pergunta. Tomo um gole de gastrite antes de responder. Hum, sim, tenho certeza, digo. Ele fica me olhando nos olhos, como se a confiança fosse algo que se encontra no olhar, como se ele realmente acreditasse naquele bolero que diz que os olhos são o espelho da alma. Certeza absoluta, insisto, exagerando, porque na verdade só tenho uma vaga certeza. Como é que tu sabe?, pergunta. Porque eu falei pra ele que o Doutor vai mandar matar a cachorra, digo. Eu sabia!, grita o Chucky, dando um tapa exultante na mesa. Eu sabia, repete. Em vez de lhe perguntar o que é que ele sabia, fico calado esperando que ele mesmo me explique por conta própria, está tão contente que não vai se conter. E de fato não se contém: Sabe quem é que devia se livrar da cachorra?, pergunta. Eu sabia, torna a dizer. Pela primeira vez penso que posso convencê-lo, porque agora joga ao meu favor a hipótese de que a aliança com o Ahmed foi possível graças a uma genialidade dele. Me explica o projeto, compadre, diz, voltando da alegria à realidade, realmente interessado, receptivo, e toma um gole de café.

No dia seguinte, o chinês me telefonou e disse: Minha avó pode te atender hoje. Às onze. Como?, eu disse. Eram oito horas da manhã, e eu ainda estava na cama, lendo, sem prestar atenção, ou só prestando de vez em quando, um livrinho com as *greguerías* de Gómez de la Serna que tinha comprado na antevéspera, no mercado de Sant Antoni, a caminho do apartamento do Ahmed. Falei com a minha avó, e ela disse que o que você tem é uma crise de ansiedade, disse o China. Te vejo às dez pras onze. Na frente do metrô Florida. Linha vermelha.

Liguei para o Chucky para avisar, para lhe dizer que o China estava me oferecendo uma sessão de acupuntura e que eu achava que era uma armadilha, uma emboscada, ou qualquer outro tipo de ação funesta com final infeliz. Precisamos saber de que lado o China joga, respondeu. O China é o ponto cego desta história. Precisamos saber se ele é o liquidador (sic). Ou se o Doutor é tão babaca que não percebeu que o China está com os italianos. Eu disse que achava muito arriscado, hum, ir direto à toca do lobo para tentar descobrir, que o Doutor já devia ter mandado o China me liquidar com um dos seus golpes de kung fu e que eu não pensava em sair do meu quarto. Houve um silêncio de alguns segundos do outro lado da linha. Alô?, eu disse. Estou pensando, disse o Chucky. E depois: Eu te mando o Herpes para te dar cobertura. Quem?, eu disse. Aquele que foi te buscar ontem, compadre!, disse. Tu não viu a boca dele?

Ligue para sua mãe agora mesmo

Juan, meu filho, por que você não atende o celular? Sua mãe passou o dia inteiro tentando falar com você, e parece que seu celular está desligado, faça o favor a sua mãe de ligar o telefone ou de telefonar assim que ler esta mensagem. Não importa a que horas, se for de madrugada, sua mãe mesmo assim estará acordada de preocupação.

Acaba de estar aqui um sujeito muito do insolente que veio reclamar que você lhe deve vinte mil pesos. Disse que seu primo Lorenzo prometeu que você lhe pagaria por um "trabalho" que ele fez para vocês. Sua mãe escreveu a palavra trabalho entre aspas porque sua mãe não gostou nem um pouco do tom que o descarado usou para dizê-la. Como se fosse uma coisa ilegal. Sua mãe achou que conhecia o fulano, e, quando sua mãe lhe perguntou se já se haviam visto antes, o indivíduo disse que havia estado no velório de seu primo, que era amigo de seu primo.

Sua mãe lhe perguntou qual serviço ele havia feito para vocês e se tinha uma nota fiscal ou um recibo, ou um contrato, e o descarado riu na cara da sua mãe. É melhor a senhora não saber, dona, o insolente disse para sua mãe.

Claro que sua mãe se negou a pagar e exigiu uma explicação, ameaçando chamar a polícia. O fulano disse a sua mãe que vinha em missão de paz, que dava um dia para sua mãe falar com você e que voltaria amanhã para pegar o dinheiro. Mas que era a última chance, porque você não respondia e ele já havia perdido muito tempo com seu pai.

Assim que ele saiu, telefonei para seu pai no consultório, e então fiquei sabendo que o fulano está há meses tentando extorqui-lo. Já no dia do velório o procurou para lhe pedir seu endereço em Barcelona, supostamente para mandar umas coisas de seu primo que seu primo queria que você guardasse. Seu pai achou aquilo muito estranho e respondeu que ele podia mandar as coisas aqui para Guadalajara, que além do mais você ainda não estava em Barcelona, mas em Xalapa, acabando de ajeitar suas coisas. Mas o fulano insistiu e começou a aparecer de vez em quando no consultório de seu pai, primeiro para tornar a pedir seu endereço em Barcelona, que seu pai diz que nunca lhe deu, depois para avisar que já o conseguira, depois para perguntar se não havia nenhum recado seu para ele, depois para saber se você não havia mandado seu pai lhe pagar e, por fim, para exigir os vinte mil pesos que você supostamente lhe devia.

E seu pai passou todo esse tempo sem dizer nada a sua mãe! E sua mãe hoje levou esse tremendo susto por estar desprevenida. Sua mãe já não sabe mais o que fazer com seu pai.

Como se não bastasse, seu pai ainda disse para sua mãe não comentar nada disso com você. Que se tratava de uma extorsão e que ele não havia procurado a polícia para poupar seus tios de um desgosto. Claro, seu pai sempre pensa primeiro em seus tios que em sua mãe ou seu filho! Segundo ele, seus tios já têm o suficiente tentando superar a morte de Lorenzo, para agora saberem que ele andava em más companhias. Seu pai diz que eles não vão suportar esse golpe, e ele tem razão, porque desde que seu primo morreu eles só fazem idealizar o filho e repetir que era um santo e um gênio dos negócios, tudo por causa das necessidades da fundação. Pois quem se interessaria em doar dinheiro à fundação se ficasse sabendo como seu primo era, na realidade, um mentiroso sem ofício nem benefício? Mas sua tia não tem escrúpulos, tanto que até já acertou um concerto beneficente do Maná! Sua tia telefonou para sua mãe toda comovida para lhe contar que compuseram uma música dedicada especialmente a seu primo, a tal música se chama "Cruza la calle de la esperanza", porque segundo ela a rua separa a vida da morte, e é preciso atravessar com consciência para chegar à esperança. Sabe como é sua tia!

Mas sua mãe não lhe escreveu para falar dos delírios melosos de sua tia, sua mãe escreveu para avisá-lo do que está acontecendo e para que você ligue imediatamente para casa. Se seu pai atender, não vá dizer que sua mãe lhe contou essas coisas, peça para passar o telefone para sua mãe.

Filho, sua mãe não quer ficar nesta situação, seu pai lhe prometeu que amanhã não vai ao consultório e que vai estar em casa quando o fulano vier, para pôr um paradeiro nas suas investidas. E o ingênuo de seu pai pensa que vai adiantar! Eu não estranharia que seu pai até já houvesse feito amizade com esse descarado, sabe como é seu pai, que quer dialogar até com as formigas para pedir que se retirem do jardim em vez de lhes jogar veneno.

Para ser honesta, Juan, sua mãe começa a ficar angustiada pensando que os problemas de seu primo podem prejudicar sua vida, justo agora que você finalmente deu um rumo nela. Sua mãe considera que seu primo é bem capaz de estragar sua vida lá do túmulo, as pessoas ficam cheias de dedos para falar mal dos mortos, mas é que há certos mortos que não param de encher a paciência nem depois de cremados.

Filho, não conte essas coisas para a Laia, por nada deste mundo, nem pense em contar para ela. Só de imaginar que a Laia ficou sabendo que seu primo o envolveu em não sei que negócios ilegais com gente repugnante, já sobe o açúcar no sangue de sua mãe. O que a Laia vai pensar de você e de sua família, se ainda por cima vivem passando na televisão essas notícias em que os mexicanos parecem bárbaros?

Ligue para sua mãe agora, Juan, e prepare-se para contar a ela o que está acontecendo, o que significam essas supostas cartas que seu primo mandou para você e para Valentina e quem é esse descarado que veio rir da cara de sua mãe. Sua mãe precisa de uma boa explicação, e é bom que você tenha uma, mesmo, porque já são muitos anos desolada, vendo você e sua irmã estragarem a vida, para agora ter mais decepções de novo. Neste momento de sua vida, o que você tem que fazer é se concentrar em sua relação com a Laia, e não se distrair consertando as confusões que o irresponsável do seu primo deixou.

Ligue para sua mãe agora mesmo, e não pense que sua mãe se esqueceu de que você não lhe mandou o retrato da Laia que ela pediu.

Mande o retrato para sua mãe e ligue para ela agora mesmo.

Sem notícias do Juan Pablo

Quarta-feira, 12 de janeiro de 2005

Dez da manhã. Uma hora esperando na frente da Julio Verne. Cheguei às nove, horário de escritório, justo a tempo de ver o Facundo sair apressado, puxando a Alejandra pela mão e ralhando com ela. Os dois estavam atrasados, ele a caminho do trabalho, ela, da escola. Depois saiu o Cristian, de moletom e mochila esportiva, como sempre que vai jogar bola com os amigos argentinos, todos do Boca, todos garçons ou cozinheiros ou barmen. Às dez, o Juan Pablo. Parou por alguns momentos na calçada para conferir o conteúdo dos bolsos da calça e do casaco. Tirou as chaves. O celular. Um livro. Outro celular (outro!). Desceu pela rua Zaragoza, mas agora, em vez de segui-lo, observei sua partida, me certifiquei de que ele ia mesmo embora, vigiando-o até que se transformou num bonequinho duas quadras abaixo. Então me precipitei até o prédio, até o elevador, até o apartamento, até o quarto do Juan Pablo.

A cama arrumada, a janela aberta para o pátio interno para

ventilar o cômodo, livros sobre o criado-mudo, livros sobre a escrivaninha, em volta do computador, o pijama dobrado sobre a cama, a roupa no armário, a roupa suja dentro de um saco de lixo, camisinhas embaixo de uma pilha de cuecas, escondidas, como se a mãe dele fosse entrar para revistar o quarto, como se temesse que eu descobrisse que se deita com outra, porque comigo não precisava disso, porque eu tomo pílula. Ou tomava. Embaixo da cama, um par de pantufas de mulher. Da Laia.

Liguei o computador, Juan Pablo não tinha mudado a senha. Fui abrindo os arquivos. Anotações para um ensaio sobre Albert Cohen e o humor no Holocausto. Transcrições de citações de Jung. Quinze páginas sobre a história das bonecas infláveis e Felisberto Hernández. Um projeto de tese sobre humor misógino e machista na literatura latino-americana do século XX (?!). Na verdade, não era um projeto, apenas o título e dois parágrafos de introdução. Continuei olhando em todas as pastas, os contos que eu conhecia de cor, os fragmentos dos romances abandonados, o ensaio sobre Gabriel Orozco que não ganhou o concurso da universidade, a tese sobre Ibargüengoitia, artigos sobre Ibargüengoitia, transcrições de contos e romances de Ibargüengoitia, de suas crônicas e entrevistas. Não sei o que esperava encontrar, talvez quisesse descartar a hipótese absurda de que também o Juan Pablo estivesse escrevendo um diário. Nesse caso, tenho certeza de que o escreveria no computador, nunca o vi escrever à mão.

Claro que o Juan Pablo não estava escrevendo um diário, esse gênero menor da literatura que ele tanto despreza, embora nunca tenha dito isso diretamente, para não me ofender e para não interferir nos meus interesses acadêmicos. Mas estava escrevendo outra coisa. Um romance. Um romance autobiográfico. Tinha terminado seis capítulos, quase cem páginas, muito mais do que o que havia conseguido escrever em todas as tentativas anteriores. O título do romance era *Ninguém precisa acreditar em mim*. É o título. Ninguém precisa acreditar em mim. Enviei o documento para meu e-mail, desliguei o computador, abandonei o quarto, o apartamento, o prédio, sem que ninguém me visse. Saí correndo em qualquer direção, rua Pàdua abaixo. Na Balmes encontrei um locutório e imprimi o manuscrito.

Liguei para o Juan Pablo, ainda tremendo, por causa do medo e da adrenalina que meu organismo, tão acostumado a que nunca aconteça nada, não sabe processar. Deu caixa postal. Continuei ligando, com o mesmo resultado.

De tarde fui pegar a Alejandra na escola e a levei direto para a Julio Verne. Inventei que ia chover (não havia uma única nuvem no céu, mas a menina nem sequer olhou para cima). Contentou-se com a promessa de que eu ia lhe fazer um penteado engraçado.

No apartamento só estava o Cristian, preparando-se para ir trabalhar. Aleguei que precisava falar urgentemente com o Juan Pablo porque não estava achando um documento e precisava saber se tinha ficado entre as coisas dele. Cristian disse que ainda não o tinha visto, que quando chegou, por volta da uma, ele já não estava e que depois não apareceu. Comecei a fazer trancinhas na Alejandra. Deram oito horas, oito e quinze, o Facundo chegou, e nada do Juan Pablo. Como se não bastasse, ainda levei uma dura do Facundo.

— Que é que você está fazendo, *boluda*? — disse, quando viu o penteado da Alejandra. — Se a mãe dela vê isso, me mata. A *boluda* acha que maquiagem e cabeleireiro são imposições do patriarcado. Já tenho bastante problema com a *boluda* me culpando de que a Ale goste de desenhar princesas.

No caminho de volta para casa, parei num locutório e depois num telefone público para ligar para o Juan Pablo. Seu celular continuava fora do ar.

Chegando ao apartamento, topei com a última coisa de que eu precisava: uma festa. Uma festa brasileira, para piorar. Eram seis ou sete brasileiros, além da Andreia e do Paulo, mais o Gabriele, camuflado. A Andreia me catou na entrada, colocou um copo de cerveja na minha mão, me apresentou a seus amigos e tentou me ensinar uns passinhos de samba. Tudo enfeitado com aquele seu sorriso cheio de dentes. Eu me senti tão desajeitada, tão constrangida, tão deslocada, que deixei cair o copo. Pedi desculpas e corri para o meu quarto. Dali a pouco o Gabriele bateu na minha porta: Você podia pelo menos ter limpado, hein, princesa?

Quinta-feira, 13 de janeiro

Passei a manhã inteira indo ao locutório para telefonar para o Juan Pablo. O celular, desligado. Ao meio-dia, liguei para o fixo do apartamento, e o Cristian atendeu. Disse que o Juan Pablo não estava e que não tinha dormido lá. Passei a vergonha de lhe perguntar se ele achava que o Juan Pablo podia estar com a Laia. Ele disse que não sabia, mas que em geral era a Laia que ia dormir no apartamento, e isso só de vez em quando, muito de vez em quando, acrescentou, como se eles realmente não fossem muito para a cama ou estivesse com pena de mim. Voltei ao apartamento para procurar o telefone da Laia. Da Laia policial, claro, não da Laia namorada do Juan Pablo. Quer dizer, namorada ou lá o que fosse.

Às cinco peguei a Alejandra na escola e a levei não ao parque aonde está tacitamente determinado que devo levá-la, mas a outro que a Laia me indicou quando lhe telefonei pedindo ajuda. O parque ficava bem ao lado da Ronda, pegado a umas obras no esgoto, esta cidade adora viver destripada. Alejandra não parou de reclamar, mas não do barulho, e sim porque não tínhamos ido à praça de sempre, a de todos os dias, ela disse, aonde vão suas amigas da escola. Felizmente havia um tanque de areia, e a Alejandra se pôs a cavar e a transportar areia até o escorregador com um menino mais novo, que ela usava como peãozinho.

Laia chegou na hora combinada, cinco e quinze, sem uniforme. Tinha dito ao telefone que nesse dia folgava, que não ia trabalhar, mas que, se era mesmo algo urgente e confidencial, como eu dizia (era isso que eu tinha dito), podíamos nos ver sem problemas. Antes assim: vista de fora, a cena pareceria um encontro normal e corriqueiro entre duas amigas. Claro que a presença da Laia, tão chamativa, com sua cabeleira ruiva solta, e o cabelo dela é mesmo lindo, não passaria despercebida a qualquer pessoa que a conhecesse.

Quando a cumprimentei, ela me deu dois beijos e me apertou os antebraços, num cumprimento de amigas, de fato. Eu disse que estava muito bonita, e ela respondeu que logo depois iria ao cinema com sua namorada. Deu uma risada alegre, como se ser lésbica fosse engraçado, ou como se contá-lo a divertisse.

Sentamos num banco ao lado do tanque de areia, de onde eu podia vigiar os movimentos da Alejandra, e fui lendo para a Laia alguns trechos do romance do Juan Pablo que eu tinha sublinhado, nos quais havia informações que me preocuparam e me levaram a pensar que algo de ruim tinha acontecido com ele. (Tirei algumas páginas em que o Juan Pablo, de forma indireta, confessava um assassinato, e as deixei escondidas no meu quarto. Talvez eu nem devesse escrever aqui sobre isso.) O barulho da avenida nos dava bastante liberdade para falar sem o risco de que alguém nos ouvisse.

A Laia me escutou com atenção e me interrompeu algumas vezes, pedindo que eu lhe passasse as folhas para reler algum fragmento ou ler além dos trechos grifados. Ela quis saber como eu tinha conseguido o manuscrito, e eu me enrolei numa explicação sem sentido para não dizer a verdade, como se estivesse preocupada em proteger minhas fontes, quando na verdade me dava vergonha confessar o que tinha feito.

— Escute, menina — disse, depois de pensar por alguns momentos —, não me leve a mal, mas acho que você está alucinando, isso parece um romance.

Eu lhe disse que era mesmo um romance, um romance autobiográfico, um texto que, embora usasse os mecanismos da ficção, narrava fatos verdadeiros, tudo ali tinha acontecido de verdade.

— Como é que você sabe? — disse. — Você não estava lá quando supostamente mataram o primo do seu namorado, desculpe, do seu ex-namorado, e ele não lhe contou nada disso, ou contou?

— Não, mas daí em diante o Juan Pablo começou a se comportar de um jeito muito esquisito — eu lhe disse —, disso eu não tenho dúvidas, e tentou impedir que eu viesse a Barcelona, como aparece no romance, rompeu comigo, e em seguida se arrependeu, se bem que agora eu sei que não se arrependeu, mas que lhe mandaram voltar atrás.

— Menina — ela disse —, cá entre nós, a hipótese de que uma organização criminosa tenha mandado ele reatar com você é bem ridícula.

— Porque fazia parte de um plano — eu disse. — Todas as coisas que ele conta sobre mim são verdade. E tem outras que eu presenciei. Eu vi o Juan Pablo entrar num Mercedes-Benz preto, sem placas, na praça Lesseps. E o vi sair, ontem, supostamente para uma sessão de acupuntura, e aí já não voltou.

224

— Você estava seguindo seu ex? — perguntou.

— Foi uma coincidência — respondi.

— Na verdade, duas coincidências, não? — ela me disse, e ia dizer mais alguma coisa, mas se conteve.

Eu me levantei para mandar a Alejandra parar de enfiar areia dentro da calça do menino, que era o que ela estava fazendo enquanto a mãe do incauto se descuidava. Voltei para o banco, onde a Laia continuava folheando o manuscrito.

— Você não acredita em mim, né? — perguntei. — Não te culpo, você não precisa acreditar em mim, o que eu preciso e te peço é que você me ajude a investigar.

— Não sei, menina — devolveu —, é tudo muito arrevesado, muito inverossímil. Além disso, aqui não há nada que possa nos ajudar. Quem vamos investigar? O "Doutor"? O "Chucky"? O "China"? — disse, procurando entre as páginas os círculos de tinta azul com que eu tinha destacado os personagens. — Aquele "que foi me buscar na praça Lesseps"? O "mandachuva"? O Ahmed? Todos os paquistaneses se chamam Ahmed, é como um catalão se chamar Jordi. Aqui não há pessoas, menina, aqui só há personagens.

— Eu também apareço — afirmei —, e eu existo. Se bem que, na verdade, o Juan Pablo não fala muito de mim, porque sou como um personagem secundário do romance. Aparece a Laia, e eu a conheço, a conheci, já estive com ela, até mais do que gostaria. Aparece o pai dela, Oriol Carbonell, você conhece?

— Como não vou conhecer? Todo mundo conhece, é um figurão, um personagem público — disse, num tom de voz que frisava a palavra "público".

— E aparece o caso do Jimmy — continuei —, do italiano, Giuseppe, você também o conheceu. Na verdade, resolvi te ligar quando percebi que não sei se dá para confiar nele.

— E por que você confia em mim, se está tão paranoica?

— Porque você foi boa comigo — respondi —, se preocupou com a minha situação. Me transmitiu confiança. Me transmite confiança.

— Não sei, menina — ela disse —, para ser bem honesta, acho que aqui há uma mescla de verdades e mentiras. Eu não entendo muito de literatura, nem de teoria da literatura, mas tenho a impressão de que é assim que se fazem os romances, não? Os autores não aproveitam a própria vida e suas experiências e as transformam em ficção? Até onde sei, os romances são isso, ficção. Não vai me dizer que eu preciso acreditar no Juan Pablo só porque ele garante que é tudo verdade. Você não acha que, se ele quisesse deixar um testemunho, escreveria um diário? Ou cartas a um amigo? Além do mais, para mim, a chave está no modo como essas páginas foram escritas. Eu não acredito que, se Juan Pablo estivesse tão angustiado, se ele temesse mesmo por sua vida, seria capaz de escrever assim, com esse estilo, entende? Às vezes ele até tenta fazer graça. E tem toda essa coisa sobre o humor e o riso.

— Você não conhece as pessoas que eu conheço — repliquei —, doentes de literatura. Entendo o que você quer dizer quando fala no estilo, mas acontece que esse estilo é o único que ele tem, é o jeito como o Juan Pablo sempre escreveu, sai assim naturalmente, é o mesmo estilo que ele usou em vários contos, em vários romances que deixou inacabados. Está tão introjetado que ele nem percebe. Às vezes ele vinha me dizer que tinha escrito uma coisa diferente, e quando eu lia era igualzinho a tudo o que ele tinha escrito antes. Sempre escreveu com o mesmo narrador, o mesmo tom, os mesmos truques. Você notou que seu personagem repete "hum" o tempo todo? É um vício da fala comum entre nós, mexicanos, que, quando não sabemos o que dizer ou queremos ganhar tempo para ver o que inventamos, ficamos repetindo "hum, hum" feito idiotas. Juan Pablo achava engraçado colocar isso nos diálogos, e já usou num romance que andou escrevendo no ano passado.

— Também era um romance autobiográfico?

— Era, sim. Mas ele não conseguiu seguir adiante porque não acontecia nada, sua vida não dava um romance, levávamos uma vida bem chata no México, bem feliz, bem besta. Líamos, estudávamos, tentávamos escrever, mantínhamos uma oficina literária, um clube de leitura, traduzíamos por prazer.

A mãe do escravinho da Alejandra finalmente percebeu o que a moleca estava fazendo com seu filho. Tive que me levantar para lhe pedir desculpas, dar uma bronca na Alejandra, ameaçá-la com castigos, ajudar a mãe a tirar a areia de dentro da cuequinha do menino. Voltei para o banco, onde a Laia me esperava com cara de pena, mas era uma pena equivocada: não sentia pena de mim por achar que o Juan Pablo estava desaparecido ou correndo perigo, sentia pena pelo que tínhamos perdido ao nos mudarmos para Barcelona, aquela vida sem graça que levávamos em Xalapa.

— Você tem que me ajudar — pedi, tentando me aproveitar da sua condescendência. — Por favor, tenho o pressentimento de que aconteceu algo muito ruim com o Juan Pablo.

Ela sacudiu o maço de papéis e os alinhou, antes de devolvê-los. Olhou nos meus olhos para calcular quão assustada eu estava.

— Menina — disse —, para ser bem honesta — disse, repetindo a fórmula de cortesia —, para ser bem honesta, acho que o Juan Pablo está com a namorada e que, quando ele aparecer, você vai se sentir péssima. Quem sou eu para lhe dar conselhos, mas acho que você ainda precisa superar a separação. Aproveite o tempinho que ainda lhe resta em Barcelona e depois volte a seu país para começar uma vida nova.

— E se a gente ligar para a Laia? — propus. — Você pode conseguir o telefone dela, não?

Hesitou por um momento.

— Isso só vai fazer mal a você — respondeu.

— Preciso saber se o Juan Pablo está bem — eu disse.

Hesitou mais uma vez.

— Espere — disse, e se afastou para fazer uma ligação.

Voltou depois de dois ou três minutos.

— Tive que dar mais explicações do que eu gostaria — disse.

Digitou o número no seu celular.

— Tome — disse, estendendo-me o aparelhinho. — Fale você.

Esperei a Laia atender.

— Alô — disse a Laia.

Fiquei muda, por um segundo.

— Alô? — repetiu. — Quem é? — perguntou, em catalão.

Eu disse quem era e, sem lhe dar tempo para reagir, expliquei que a mãe do Juan Pablo tinha me telefonado para dizer que desde ontem não conseguiam localizá-lo. Que estavam ligando direto para ele, e só dava caixa postal. Que a mãe também tinha ligado para o telefone fixo do apartamento, e que um dos argentinos disse que o Juan Pablo não tinha voltado para dormir. Que estavam muito preocupados.

— *Hosti* — disse a Laia, sem o "a", não disse *hostia*, só disse *hosti*.

— Ele está com você? — perguntei.

— Tínhamos ficado de nos ver ontem à noite — explicou —, eu lhe mandei uma mensagem para confirmar, mas ele não respondeu. E, quando eu ligo, também só cai na caixa postal.

— Quando foi a última vez que você o viu? — perguntei, como se fosse o diálogo de um filme, o interrogatório de um romance policial.

— Nos vimos bem rapidinho na segunda de manhã, na universidade — disse —, e tomamos um café. Na terça não o vi, mas ainda falei com ele e trocamos umas mensagens.

Agradeci e já ia desligando. Ela me interrompeu.

— Escute — disse, em catalão. — Você pode me avisar se o encontrar? — me perguntou, voltando ao castelhano. — Eu também vou procurar por ele. Esse é seu celular?

Estive a ponto de dizer que não, que eu não tinha celular, que não podia me dar ao luxo de pagar um, mas percebi a tempo que, se eu dissesse que não tinha, não poderia explicar como a mãe do Juan Pablo tinha, supostamente, me localizado.

— É, sim — respondi —, qualquer coisa, me liga neste número.

Ia desligando de novo, e de novo ela me interrompeu.

— Escute — disse, em catalão. — Como você conseguiu meu número?

Hesitei por um milésimo de segundo.

— Você que me deu — respondi. — Não lembra?

Desliguei. Entreguei o celular para a Laia, a outra Laia, junto com as explicações.

— Não sei, menina, não sei — repetiu. — Você deve saber que só depois de quarenta e oito horas uma pessoa pode ser dada como desaparecida.

Tirei uma página que eu levava dobrada à parte, num dos bolsos do casaco, desdobrei o papel e entreguei para ela.

— Olha isso — eu lhe disse.

O trecho sublinhado começava: "Riquer me ligou e disse: venha ao meu gabinete amanhã bem cedo. Ficamos de nos encontrar às oito no seu gabinete no Paseo de San Juan. Cheguei, estava sozinho: não era o comando dos Mossos d'Esquadra, era o gabinete privado onde tratava de assuntos privados, explicou".

— *Hostia puta* — disse a Laia, pálida.

— Teu colega é confiável? — perguntei. — Aquele policial que estava com você quando foram buscar o Jimmy?

— É meu chefe — disse. — Caralho. Caralho.

— Ainda tem mais — eu lhe disse.

De outro bolso do casaco, tirei a carta do Lorenzo.

— É do primo do Juan Pablo. Foi aí que tudo começou. Depois que a recebi é que surgiram as minhas suspeitas, e aí comecei a investigar. E acabo de perceber que, na verdade, a culpa é sua, porque foi você que falou para eu ir ao consulado, e foi lá que me entregaram a carta.

Desdobrou as folhas e começou a ler.

— Não tem muitos detalhes — acrescentei. — Na verdade, quase nada. Mas eu nem o conhecia. O mais estranho foi ele me mandar a carta. Você sabe o que se sente ao receber a carta de um morto?

Laia continuava concentrada na leitura. Interrompeu-a depois de duas páginas.

— Esse cara era meio retardado, não? — disse.

— Por isso não te mostrei a carta logo de cara, porque você ia pensar que eu tô lesada.

— Que você está o quê?

— Lesada, maluca.

— Ah, pirada.

Ficou algum tempo fitando o infinito, que ficava exatamente na fila interminável de carros que congestionavam a Ronda, eram quase seis horas da tarde, horário de saída das escolas, fim da jornada de trabalho. Rompeu sua imobilidade tirando o celular da bolsa.

— Cari — disse ao telefone, depois de digitar e esperar que atendessem. — Surgiu um imprevisto, sinto muitíssimo. Deixamos para outro dia? Sim, eu sei. Vou compensar, está bem? Prometo.

Guardou o celular na bolsa e me encarou com uma expressão muito séria.

— Menina — disse —, se metade do que estou imaginando

for verdade, isto é uma bomba. Do que estamos falando? De uma conspiração do narcotráfico mexicano com a máfia italiana para lavar dinheiro na Catalunha? Através de Oriol Carbonell? Através do partido? E com o respaldo do chefe dos Mossos d'Esquadra! Caralho, menina, isso é demais.

— Você acha que são narcotraficantes? — perguntei.

— Não sei, quem mais poderia ser? Estou pensando alto.

— Então você acredita que é verdade — falei.

— Há uma cachorra que fala...

— Certo — respondi. — Isso aí é ficção, com certeza.

— Ou então o paquistanês está mais pirado que o Bin Laden — disse. — Até que horas você cuida da Alejandra?

— Oito. Oito e meia.

— Me dê o endereço da menina, que eu passo para pegar você às oito e meia. Enquanto isso, vou fazer uns telefonemas. E levo os papéis, quero ler com calma.

— Adivinha — eu lhe disse. — Julio Verne, 2. Não te lembra nada?

— Não brinque. Foi assim que você conseguiu isto?

Levantou-se para ir embora. Perguntei se ela achava que o Juan Pablo estava em perigo.

— Prefiro não averiguar — respondeu. — Ou sim, é isso que eu quero averiguar. Prefiro não me arriscar, quis dizer, que confusão.

— Você também pode dizer que não acredita em mim — eu lhe disse —, que estou paranoica, pode ir ao cinema com sua namorada e se esquecer de mim. Tem certeza de que quer entrar nessa?

Pôs uma mão no meu ombro, como da outra vez, só que agora não me pareceu um gesto ofensivo de condescendência.

— Alguém tem que ser o mocinho deste romance — ela disse. — Não acha?

— A mocinha — corrigi.

— A mocinha — repetiu. — Mas a mocinha não é boba. De noite você me dá as páginas que faltam, não pense que não percebi.

Caminhou até o tanque de areia e se despediu da Alejandra:

— Adeus, Ale — disse, em catalão. — Comporte-se, hein? Não apronte.

— Você tem os cabelos geados de fogo! — gritou a Alejandra.

Vi a cara de espanto da Laia.

— São coisas da mãe — respondi, para tranquilizá-la.

Saí da Julio Verne às oito e quarenta e cinco, quinze minutos atrasada, mas a Laia continuava me esperando, na esquina, encostada na parede da papelaria. Perguntou se eu tinha notícias do Juan Pablo, e eu lhe disse que não e que, de fato, Facundo e Cristian já estavam muito preocupados, que disseram que o Juan Pablo nunca tinha se ausentado durante tanto tempo.

— Estive na praça do Sol — ela me disse. — Procurando o italiano. Se o que o Juan Pablo escreveu no romance for verdade, o italiano pode nos levar até o chinês, e o chinês até o Juan Pablo. Mas o italiano não estava, segundo o que me disseram, não apareceu na praça o dia inteiro. Também não estava em sua casa, pelo menos no endereço que ele deu quando o fichamos.

— A casa *okupada* da praça Lesseps?

— Exato. Falei com alguns sujeitos que garantiram que ele não mora lá. Mas estavam tão drogados que nem sei se entenderam de quem eu estava falando. Pedi para um colega me ajudar a localizá-lo. Não podemos ficar sentadas esperando que ele apareça.

— Temos que falar com o pai da Laia — eu lhe disse.

— Está louca, menina? — disse imediatamente, sem me dar tempo de desenvolver o raciocínio. — Se o que o romance do Juan Pablo diz for verdade — voltou a dizer —, se metade do que aparece no manuscrito for real, o pai da Laia está até o pescoço nisso. A única coisa que conseguiríamos seria colocá-lo de sobreaviso e ficar sob a mira dele. Já suspeitam de você, menina, precisamos tomar muito cuidado. Você não sabe em que país se meteu, essa gente é intocável, só por bater na porta da casa dele sem um mandado judicial eu já iria direto para o olho da rua.

— E então? — perguntei.

— Há outro jeito de começarmos a puxar o fio da meada — respondeu.

Eu sabia o que ela ia dizer, mas não a interrompi, não queria interferir em sua análise, talvez ela tivesse detectado algum detalhe que tinha me escapado.

— A Laia — disse, como eu esperava. — Ela poderia identificar a cachorra, seu tio a deixava com ela quando viajava. — Seu nome é Pere Lleonart, aliás, do tio da Laia.

Fez uma pausa para ver se eu dizia alguma coisa. Notei a delicadeza de não ter dito "seu nome era", e percebi que por isso eu confiava nela, por sua cortesia exata, nem hipócrita nem exagerada, perfeita.

— Já sei o que dizem as páginas que você guardou — acrescentou. — Não era tão difícil de deduzir.

Eu não disse nada.

— Obrigaram o Juan Pablo a fazer isso? — perguntou, sem especificar o sujeito.

Desabei. Rompi a chorar. Laia esperou que eu me acalmasse. Não pôs a mão no meu ombro, nem sequer tocou em mim, estava evidentemente confusa sobre a maneira como devia se comportar e, obrigada a decidir, optou por ficar quieta.

— Vamos, precisamos agir rápido — ela me disse, quando parei de chorar, enquanto assoava o nariz.

— Aonde? — perguntei.

— Procurar a Viridiana. É uma boa hora para levar a cachorra para fazer xixi antes de dormir. É um fiozinho muito tênue, mas por algum lado temos que começar.

— Você vai interrogar a cachorra, se a encontrarmos? — perguntei, enxugando os olhos.

Ela riu para me acalmar.

— E se ela se negar a cooperar, podemos interrogar quem segura a coleira — disse.

Acabei de me recompor, sacudi a cabeça para sair do torpor em que o drama me mergulhara.

— Vamos — disse a Laia —, que eu combinei com a Laia.

Estávamos havia quase meia hora subindo e descendo a Rambla do Raval quando vi a Laia postada ao lado da escultura de um gato obeso, o gato do Botero. Apesar do frio, era quinta-feira e a Rambla estava cheia de estudantes a caminho das festas, de paquistaneses vendendo cerveja, de grupos bebendo na rua e de moradores do bairro dando a última volta com seus cachorros.

— É ela — eu disse à outra Laia.

Estava de casaco comprido, verde-garrafa, abotoado até o pescoço, calça jeans e botas, a cara lavada, sem um pingo de maquiagem. E impaciente, de uma impaciência prévia, familiar, ou genética, como se ser impaciente fosse um traço de personalidade e não um defeito de conduta. Interrompeu a outra Laia antes que acabasse de se apresentar e pudesse explicar que ela era a policial dos Mossos que tinha lhe telefonado para marcar com ela.

— Por que você não está de uniforme? — perguntou a Laia.

A outra Laia explicou que estava de folga e para quebrar sua desconfiança lhe mostrou a credencial que a identificava como guarda dos Mossos d'Esquadra.

— E você trabalha nas suas folgas? — perguntou a Laia.

A outra Laia apontou para mim com o olhar e respondeu que estava me ajudando a procurar o Juan Pablo porque somos amigas.

— Falei com meu pai — disse a Laia, sem olhar para mim. — Meu tio não está desaparecido, meu pai sabe onde ele está, não queria me dizer, mas eu o pressionei, e acabou me contando.

Fez uma pausa, passou a língua pelos dentes tortos. Não me lembrava do seu cabelo assim, meio avermelhado e bem curto, talvez tivesse ido ao salão de beleza antes das festas de fim de ano.

— E então, onde ele está? — perguntou a outra Laia.

— Em Sitges — disse a Laia. — Meu pai continua achando que eu tenho cinco anos e que não pode me contar que meu tio é gay e está fechado numa orgia.

— É mentira — interrompi, sem me segurar, mas a outra Laia apertou meu antebraço, para que eu me calasse antes de dizer o que pensava: que era por culpa dela, ou do seu pai, ou dos dois juntos, que o Juan Pablo não aparecia, e eu tinha que engolir aquela merda toda.

Obedeci, e ela hesitou por alguns instantes, calculando até onde podia chegar, o que convinha ou não convinha revelar.

— Seu pai disse isso porque ele também está metido nesse rolo — lhe disse.

— E que caralho meu pai e meu tio têm a ver com o Juan Pablo? — disse, em catalão.

— Em castelhano, por favor — disse a outra Laia, em catalão.

A Laia virou a cabeça para me encarar pela primeira vez. Reprimiu-se para que seu olhar não tivesse segundas intenções, ou segundos sentimentos.

— Você me entende, não? — me perguntou, em catalão.

Eu tinha entendido, sim, mas só de birra respondi que não.

Repetiu o que acabava de dizer, em espanhol. Nós duas olhamos para a outra Laia, que estava concentrada em escolher milimetricamente as palavras que iria utilizar.

— O elo é o padrinho do Juan Pablo — disse, por fim.

Fez uma pausa, retórica, como diria o Juan Pablo, para que a Laia pudesse se lembrar dele.

— Aparentemente — continuou —, supostamente — corrigiu-se —, supostamente — repetiu —, o padrinho do Juan Pablo, que na verdade não é padrinho dele, propôs um negócio ao seu pai, e seu tio interferiu.

— Um negócio? — disse a Laia. — Que negócio?

— Lavagem de dinheiro — disse a outra Laia. — Ele queria usar as conexões políticas do seu pai.

— Lavagem de dinheiro?! — disse a Laia. — Vocês estão piradas! Era um cara superencantador, educado, culto. Ficamos conversando sobre Rosa Luxemburgo, sobre Berlim, que ele conhecia melhor que eu, que morei lá seis meses. Falava catalão, tinha feito um MBA em Barcelona e inclusive tinha sido aluno do meu pai!

— Coincidência demais, não acha? — disse a outra Laia.

— Vocês estão loucas — disse de novo a Laia, em catalão, mas no meio da frase seu gesto se congelou. — Caralho — disse —, caralho.

— Não gri — foi só o que a outra Laia conseguiu dizer antes que a Laia gritasse:

— Petanca!

A cadela veio correndo até os pés da Laia, arrastando uma coleira azul e vermelha, ou melhor, azul e grená. O sujeito que a levava disparou na direção oposta, Rambla acima, e a outra Laia saiu correndo atrás dele. No meio da Rambla, uma sacola de plástico verde ficou abandonada. Eu me aproximei apenas para comprovar seu conteúdo: seis latas vermelhas de cerveja, sem gelo. Peguei a sacola e voltei à escultura do Botero, aos pés do gato onde a cadela se pôs a urinar.

— Caralho — disse a Laia, chorando. — *Cagundeu*, vocês têm que me contar o que está acontecendo.

Agachou-se para afagar a cachorra, afagou-lhe a cabeça, o lombo, o pescoço, enquanto sussurrava, em catalão:

— Cadê o tio Pere, menina? Cadê o *tiet*?

A outra Laia não voltava. Passeamos com a cachorra pela Rambla, para cima e para baixo, sem nos afastarmos muito do gato do Botero.

Todos os cachorros se aproximavam da Petanca e tentavam montar nela, mas a cadela e nós não deixávamos.

— Como vocês sabiam que a cachorra estaria aqui? — a Laia me perguntou fazendo um esforço enorme, com o pudor de quem pede um favor ou reconhece o próprio erro.

Expliquei que estávamos seguindo uma pista para localizar o Juan Pablo, que era difícil explicar tudo, que era melhor a Laia lhe contar. Não insistiu, se conformou, imagino que concluiu, assim como eu, que a mediação da outra Laia era imprescindível para preservar uma mínima serenidade.

Entramos num mercadinho para comprar ração. Continuamos passeando a cadela, em silêncio. Aí aconteceu uma coisa realmente insólita: comecei a sentir tesão. Talvez fosse uma reação estranha ao estresse, combinada com a triste estatística de que eu não transava desde o Natal e não me masturbava desde o Réveillon. Também devia ter algo a ver com a presença da Laia, não vou negar. Eu tinha o firme propósito de não pensar no que havia acontecido, esquecer o episódio, deixar que se perdesse no bosque escuro da memória, o que não era muito difícil, porque, graças ao efeito do comprimido, eu mal me lembrava daquela noite. Fazendo um grande esforço, recuperava algumas imagens, algumas sensações, a impressão geral de um prazer mais característico de um sonho erótico que de uma relação sexual real. Como diria o Juan Pablo no seu romance: algo que sem dúvida poderia ser explicado com o Bataille. Finalmente, a outra Laia reapareceu.

— Eu o perdi — disse, quando chegou ao nosso lado, ainda resfolegando por causa da corrida.

— Parecia um paquistanês — disse a Laia.

— Você reparou que ele não tinha bigode? — me disse a outra Laia.

— A cachorra não se chama Viridiana — sussurrei de volta, sem que a Laia percebesse.

— Vocês conhecem o paquistanês? — a Laia nos perguntou.

A outra Laia ignorou a pergunta e se agachou para acariciar a Petanca.

— Que fofa — disse.

— Está menstruada — disse a Laia.

— As cachorras não menstruam — dissemos as duas ao mesmo tempo.

Entramos no primeiro lugar onde aceitaram a Petanca, uma *shawarmeria* na rua Joaquín Costa. A TV estava ligada num canal de vídeos de música indiana e paquistanesa, com o volume muito alto. Como se não bastasse, por sobre a música ecoava o barulho típico de todos os restaurantes e bares da cidade, aquele rumor surdo insuportável salpicado de gargalhadas e gritos. Era o ambiente ideal para que passássemos despercebidas. O garçom veio anotar nosso pedido e nos deu uma cantada que, curiosamente, eu tinha ouvido muitas vezes no México.

— Essa trinca vale mais que uma quadra de ases — disse.

— Somos quatro — disse a Laia dos Mossos d'Esquadra, apontando para a cachorra.

— No Paquistão ainda não explicaram o que é assédio? — disse a outra Laia.

— Calma, moça — disse o garçom. — Eu sou de Bangladesh, e em Bangladesh gostamos das mulheres bonitas como vocês. No Paquistão são todos bichas.

Fiz meu pedido antes que a Laia começasse a falar de Judith Butler com o pobre do garçom. Eu estava morrendo de fome, sem perceber que depois do café da manhã eu só tinha comido metade do lanche da Alejandra. A cachorra se estatelou embaixo da mesa, e vi que já deixava o piso branco manchado de sangue.

A impaciência natural da Laia fazia uma péssima combinação com o medo e com a sensação de urgência. Ela se comportava de forma insolente, atropelada, histérica, exigindo explicações como se fosse a vítima de tudo, a única vítima.

— Escute, princesa — cortou a outra Laia —, você tem que se acalmar. E você também — disse para mim, injustificadamente.

Nesse momento, o que me descontrolava era me sentir sem forças, eu tinha esgotado minha energia em reprimir o surto de tesão involuntário e sentia que a adrenalina ia baixando e estava a ponto de desmaiar.

— Se ficarmos histéricas, não vamos chegar a lugar nenhum — acrescentou, em tom de ameaça.

Em seguida se pôs a contar para a Laia uma versão possível do que sabíamos até então. Falou de forma pausada, reflexiva, como se, em vez de estar narrando, ela também estivesse escutando a história pela primeira vez, como se estivesse organizando a trama à medida que falava, repetindo os nomes para evitar confusões, evitando as elipses, escolhendo as mesmas palavras que o Juan Pablo usava em seu romance e substituindo o assassinato do seu tio por uma suspeita, não confirmada, de sequestro.

— Mas o que você está dizendo, cara? — disse a Laia quando a outra Laia terminou sua sinopse do romance, remexendo-se na cadeira como se estivesse com coceira no cu. — Tem noção do que está dizendo? Escutou o que acaba de dizer? Percebe o que essa história parece? Você está louca varrida.

— E como você explica o encontro com a cachorra? — perguntou a outra Laia. — Sabíamos que o sujeito que ficou com a cadela, Ahmed, costumava passear com ela pela Rambla do Raval.

— Pode ser um amigo para quem meu tio pediu que cuidasse da Petanca — disse a Laia. — Nem demos tempo para ele se explicar, você já partiu para cima.

— E ele ia sair correndo assim, à toa? — disse a outra Laia.

— Vai ver que é porque está clandestino — disse a Laia —, ou por força do hábito. Você não viu como ele corria? O sujeito é gay, deve estar acostumado a sair correndo para evitar surras, vocês não sabem como essa pobre gente é discriminada no seu país.

— Também sabemos — eu disse, para evitar que a Laia continuasse construindo um discurso coerente que lhe abrisse uma brecha por onde escapar (não há pior inimigo da verdade que a lógica narrativa) —, também sabemos — repeti — que você andou enganando o Juan Pablo, que a tua suposta conversão à heterossexualidade faz parte de uma performance para a tua tese de doutorado.

Devo ter passado a impressão de agir movida pelo ciúme, mas o fato é que eu tinha pensado que devíamos apresentar informações que a Laia pudesse corroborar. Ela fez o movimento inicial de se levantar, jogou o corpo para trás e puxou a cachorra pela coleira, mas um prato de bolinhos de grão-de-bico e o braço do garçom de Bangladesh que o colocou na mesa, na frente dela, impediram que o completasse.

— Uma performance? — disse. — De que caralho você está falando?

— Foi o que uma das tuas amigas falou para o Juan Pablo — expliquei —, uma que é *muito muito muito* tua amiga. A Mireia — soltei, e dei uma mordida no kebab que tinha acabado de chegar.

— Como é que você sabe?

Olhei para outra Laia pedindo socorro, eu tinha pedido que não mencionasse o manuscrito, mas ela achava que não podíamos omiti-lo.

— Foi ele que me contou — menti, antes que a Laia se adiantasse.

— Maldita puta Mireia — disse a Laia. — Malditas todas as minhas putas amigas. A Mireia está com ciúme, cara, a Mireia não consegue aceitar que eu tenha largado dela. Igualzinho a você, são capazes de inventar a asneira mais absurda só para não encarar a realidade.

— Você conheceu o primo do Juan Pablo que foi assassinado — disse a outra Laia, que eu tinha entendido o objetivo da minha estratégia. — Vocês se conheceram no Caribe, e foi aí que tudo começou.

Enfiou o garfo cheio de salada na boca, aproveitando o efeito da frase, ou para que a frase surtisse efeito. Fiquei com o kebab suspenso diante na boca, os lábios lambuzados de molho de iogurte, porque eu não tinha reparado nesse detalhe. A Laia fez cara de que, agora sim, não estava entendendo nada. Cravava seus olhos de azeitona na outra Laia, para que ela continuasse.

— Em Cancún. Um cara que indicou uns lugares para você e sua namorada visitarem. Você lhe deu seu telefone e e-mail, para o caso de algum dia ele vir a Barcelona.

A Laia abriu a boca para dizer alguma coisa, mas se arrependeu, o lábio superior arreganhado expunha sua dentuça. Finalmente começava a aceitar que o que estávamos dizendo era verdade, ou que pelo menos havia um pouco de verdade em tudo isso, e isso, a verdade, tinha o efeito de tirar sua máscara de arrogância e deixá-la totalmente vulnerável. Então me lembrei de um detalhe: eu tinha lambido seus dentes. A sensação de repente me voltou inteira no meio das pernas, o percurso da minha língua pelos quatro incisivos superiores, ligeiramente afundados em relação ao arco dos molares e caninos.

— Ligue para o apartamento do Juan Pablo — a outra Laia me disse, arrancando-me da estupefação e estendendo seu celular. — Diga que estaremos lá daqui a meia hora. Temos que revistar o quarto dele.

Respondi que eu já tinha feito isso e que não tinha encontrado *nada*.

— É preciso vasculhar bem de novo — devolveu. — Não me leve a mal, mas talvez você não tenha procurado direito. E tratem de comer — acrescentou, como se desse uma ordem para as duas. — Com tantas emoções, vão se descompensar.

— Escuta, *boluda* — disse a voz do Facundo no interfone —, que novidade é essa da Alejandra brincar com areia, se na praça da Revolución não tem tanque de areia?

— Podemos subir? — perguntei.

— Quem mais está com você? — disse.

— A Laia — respondi — e outra amiga.

— A Laia? — disse. — Vão fazer outro trio?

— Não vai abrir? — insisti, tocando no bolso do casaco a chave com que poderia abrir o portão.

Ouviu-se o zumbido elétrico que destrancava o trinco, empurrei o portão, e atravessamos o saguão rumo ao elevador. Laia disse que subiria pela escada, porque a Petanca tinha horror de elevador. Nós três olhamos para a cachorra, que realmente empacara a dois metros do elevador e começava a recuar. A outra Laia disse que iria com ela, que subir pela escada lhe faria bem, que subindo as escadas se exercita a lógica, que é um movimento que ajuda a pensar. Acho que temia que a Laia tivesse se arrependido no caminho e resolvesse voltar para casa. Entrei no ele-

242

vador e esperei por elas no corredor do sexto andar, não me sentia com energia para suportar sozinha a verborreia cocainômana do Facundo.

As três chegaram com a respiração compassada, sem sinais de esforço, e invejei a capacidade pulmonar que demonstravam, mesmo nessas circunstâncias. Uma vez, pouco depois de ir morar naquele prédio, o elevador ficou em manutenção durante um dia inteiro e fui obrigada a subir pela escada, mas no quarto andar tive que me sentar para me recompor e conseguir subir até o sexto.

Facundo abriu a porta e retomou a ladainha do interfone.

— A que parque você levou a Ale, *boluda*?

Respondi que tínhamos ido àquele que fica atrás do prédio, pegado à Ronda. As duas Laias tentaram dizer alguma coisa, imagino que "boa noite", "olá", mas o Facundo não parava.

— Na Ronda? Ficou louca, *boluda*? Lá venta pra cacete. E ainda deixou ela brincar na areia?

Fiquei calada.

— Que merda, Vale — continuou —, você não sabe que a areia está gelada? Tua cabecinha não dá pra tanto? A baixinha está com febre, *boluda*, e eu amanhã tenho que visitar um cliente em Manresa. Se a Ale não puder ir na escola, você que vai cuidar dela. E não pensa que vou te pagar por isso, é tua responsabilidade por ter sido *boluda, boluda*.

— Cara — interveio a Laia —, por que você deixa ele falar assim com você?

E em seguida disse ao Facundo:

— Deixe de ser cretino, *"boludo"*.

— Estou de saco cheio das mulheres — disse o Facundo —, queriam a porra da libertação feminina pra bancar as irresponsáveis. A *boluda* da mãe da Alejandra dá no pé e me larga com a menina. Eu não dou conta de tudo, *boludas*.

— Ela tá dormindo? — perguntei, antes que as duas Laias unissem forças para assassiná-lo.

— Acabei de lhe dar o Paracetamol, faz uns dez minutos — disse —, parece que já melhorou um pouco.

— Vou lá — disse.

— Isso, vai — disse —, e fica de olho pra ver se ela acorda. Vou aproveitar pra tomar um banho.

— Eu vou olhar no quarto do Juan Pablo, tudo bem? — disse a Laia dos Mossos d'Esquadra.

As duas Laias se dirigiram ao dormitório do Juan Pablo, e eu entrei no do Facundo, onde a Alejandra dormia inquieta na sua caminha. Contornei a cama do Facundo e me aproximei dela para apalpar sua testa: ainda estava ardendo de febre. Em sonhos, em meio a um pesadelo, a menina delirava.

Fui dar uma espiada no quarto do Juan Pablo: as duas Laias tinham levantado o colchão e estavam escarafunchando até dentro das meias. Vi que a Laia tinha colocado suas pantufas sobre a mesa, em cima de uma pilha de livros. Eu ajudei as duas a continuar procurando. Não encontramos nada. Caminhamos até a sala, uma das Laias carregando suas pantufas, a outra o laptop do Juan Pablo, dizendo que o levaria para revistá-lo.

— É melhor eu ir — disse a Laia do computador, olhando seu relógio, era meia-noite e meia. — Amanhã me toca madrugar — acrescentou.

— E agora? — perguntei.

— Uma de vocês deveria ficar aqui — respondeu, dirigindo-se às duas.

E depois a mim:

— Se eu conseguir localizar o italiano, aviso. Compre um celular amanhã logo cedo e me ligue para eu pegar o número.

Concordei sem lhe dizer que eu não tinha dinheiro, mas alguma coisa na minha atitude me delatou.

— Tome — disse, me estendendo uma nota de cinquenta euros. — Um celular pré-pago.

Despediu-se das duas com dois beijos.

— Força — disse, já na porta. — Amanhã vou falar com alguns colegas, e vocês vão ver que logo o encontramos.

Agachou-se para se despedir também da cadela, que tinha ido até a porta, achando que a outra Laia também ia sair, e ela junto, mas a outra Laia fechou a porta, por dentro, e me disse:

— Acho que precisamos conversar.

Voltei para a sala, e a Laia e a cachorra vieram atrás de mim. Facundo apareceu com uma toalha amarrada na cintura, o tronco nu, o cabelo escorrendo água pelo pescoço.

— A ruiva já foi? — perguntou. — Que espetáculo de ruiva, meu Deus, que mulherão. Mas ainda temos material suficiente. Armamos um trio?

— Mas como você é idiota, cara, sério — a Laia lhe disse.

— Era uma brincadeira, Laíta — respondeu o Facundo —, mas que falta de senso de humor, vocês catalães são muito sérios. Não se preocupem, meninas, vão ver como o *boludo* do Juan Pablo logo aparece. Será que ele não foi pra Tarragona? Ele não tinha um amigo de Tarragona? Acho que o nome dele é Iván, esteve um dia aqui no apartamento.

— Não está com ele — disse a Laia —, já liguei para todos os colegas do doutorado.

Eu disse ao Facundo que queria dormir lá, que ia ficar, que alguém tinha que estar no apartamento caso o Juan Pablo voltasse.

— Além disso — acrescentei —, a Alejandra continua com febre, amanhã não vai poder ir na escola, eu fico com ela.

— Do caralho, *boluda* — respondeu —, fica quanto quiser. Mas o pagamento é vinte euros, o combinado era vinte por dia.

Despediu-se e tomou o rumo do seu quarto, mas voltou logo em seguida.

— Vale, o que são essas manchas no corredor, *boluda*?
Fui com ele olhar.

— Foi a cadela — eu disse, quando confirmei o que já imaginava.

— A cadela está menstruada? — perguntou.

— As cadelas não menstruam — respondi —, o nome disso é proestro, a cadela vai entrar no cio.

— Tanto faz — devolveu —, você é que limpa. E fiquem de olho pra ela não deitar no tapete.

Voltei para a sala e vi a Petanca estirada no tapete embaixo da mesa de centro. A Laia tinha se sentado no sofá. Me espalhei ao lado dela.

— Você acha mesmo que estou enganando o Juan Pablo? — me perguntou.

Respondi que não sabia, que na verdade já não sabia mais nada, e fechei os olhos para desfrutar do primeiro instante de calma no dia todo. Se a Laia não continuasse a tagarelar, teria pegado no sono. Estava se justificando com o argumento de que tinha deixado as coisas acontecerem por curiosidade, dizendo que o Juan Pablo foi muito insistente, e, agora que pensava melhor, tanta insistência podia ser mesmo muito suspeita, mas que naquele momento era impossível suspeitar, que a hipótese de que alguém quisesse transar com ela coagido por uma organização criminosa era francamente ridícula. Então me distraí pensando na precisão do verbo coagir, que eu nunca tinha utilizado numa conversa nem tinha ouvido ninguém usar, e concluí que o modo como os espanhóis usam o castelhano, esse modo que muitas vezes me ofendia e que eu sentia carregado de agressões, se baseava numa ideia de precisão com que nós, mexicanos, e provavelmente os latino-americanos em geral, tão dados aos circunlóquios, não sabemos lidar. Quando saí do meu devaneio metalinguístico e voltei para o papo da Laia, ela estava acusando as amigas de terem parte da culpa, por julgá-la de forma tão injusta, concluindo que seu comportamento era uma reação às pressões de sua família, especialmente do pai. Disse que posavam de sofisticadas, mas que no fundo eram umas behavioristas de merda, e ouviu tanto sermão que ela acabou dando uma chance ao Juan Pablo.

— Eu não tenho direito à curiosidade? — perguntou, embora fosse uma pergunta retórica, como diria o Juan Pablo. — Você não sabe como é punk, cara — continuou —, a amizade acaba virando uma militância repressiva, sabe? As pessoas não querem que você mude, simplesmente não podem aceitar que você se torne alguém diferente de quem elas imaginam ser, até meu tio, o único que sempre me defendeu, ficou contra mim, vestiu o papel de comissário do stalinismo homoerótico.

Guardou silêncio por um momento.

— Você sabe o que aconteceu com meu tio? — me perguntou.

Balancei a cabeça de um lado para o outro, sem abrir os olhos, fazendo que não. A Laia voltou a falar em como era duro não ser aceita como ela era, como era difícil resistir quando todo mundo quer que você corresponda às suas expectativas, como era cansativo ver que todas as suas relações, familiares, amorosas, de amizade, profissionais, funcionavam sob a dialética do conflito, e de repente, sem que viesse ao caso, ou sem que eu entendesse por que vinha ao caso, começou a falar dos seus dentes. Abri os olhos espantada.

— É, cara, não precisa disfarçar — disse ao notar minha surpresa —, todo mundo diz que eu devia arrumar os dentes, ninguém entende por que não arrumei na época certa, na adolescência, mas eu não quis usar aparelho porque me incomodava, não era só a dor ou o desconforto, mas a simples ideia de ter tudo aquilo enfiado na boca, os ferrinhos e os elásticos, apodrecendo o hálito, fui uma menina bem malcriada, e meus pais tentaram me obrigar, e tanto insistiram que acabei assumindo isso como o fetiche da minha rebeldia, construí toda a minha identidade nessa rebeldia. Você entende, não?

— Acho que sim — respondi, olhando seus dentes, já que ela me dava o pretexto perfeito para olhá-los de forma descarada.

Tornei a fechar os olhos para me reprimir. Ficamos por algum tempo caladas, quase podia sentir o calor do corpo da Laia no sofá, abri o olho esquerdo e vi que estava olhando seu celular. Do tapete chegaram os sons guturais que a Petanca fazia entre sonhos, uma espécie de ronco, só faltava a cadela ter apneia do sono. A Laia deu risada.

— Que foi? — perguntei, achando que tinha lido alguma mensagem no celular.

— A cachorra — ela disse —, meu tio diz que ela fala.

Abri os olhos, me espreguicei e me inclinei para escutar a cadela de perto.

— E parece mesmo — comentei. — Que será que ela diz?

— Nomopucreura — disse a Laia.

— Como? — perguntei.

— É isso que meu tio diz que a cachorra repete, escuta: nomupucreura, no-m'ho-puc-creure. A Petanca fala em catalão. Entende?

Olhei para ela como se olha para as pessoas loucas.

— É uma brincadeira, cara — ela disse. — Essa é a frase que meu tio sempre nos dizia, a mim e às minhas irmãs, quando éramos pequenas e lhe contávamos alguma das nossas travessuras. *No m'ho puc creure*, não posso acreditar nisso. Dizia essa frase para fingir surpresa, para aumentar nossas façanhas. Meu tio sempre foi muito carinhoso conosco.

— Quantas irmãs você tem?

— Quatro.

— Quatro? Pensei que fossem mais.

— Mais? Quantas?

— Sei lá, umas onze. Teus pais não são do Opus?

— São, sim, mas minha mãe tem ovários policísticos. Felizmente.

Fiquei pensando nas incongruências do romance do Juan Pablo que eu tinha descoberto até esse momento, a troca de nome da cadela, a aparência do paquistanês, o número de irmãs da Laia, eram três detalhes que provavam que nessas páginas havia uma intenção romanesca, que o Juan Pablo agia consciente dos mecanismos da autoficção. O fato de a Laia ter onze irmãs no romance, por exemplo, parecia um elemento cômico a explorar, bem ao estilo das comédias de erros de que o Juan Pablo tanto gostava, algo que ele ainda não tinha tido tempo de desenvolver. Identificar o lado ficcional do manuscrito teve sobre mim um efeito tranquilizador, como se, por estar inacabado, pela metade, fosse uma garantia de que o autor do romance iria voltar para terminá-lo. A cachorra acordou assustada com seus próprios roncos.

— É melhor eu ir — disse a Laia.

— O que você vai dizer aos seus pais? — perguntei. — Sobre a cachorra, digo, como vai explicar que a encontrou?

— Eles é que vão ter que me dar explicações — respondeu.

Nós duas nos levantamos, e parecia que íamos nos dar um abraço, mas permanecemos afastadas.

— Tenta descansar — ela me disse. — Ligue para mim amanhã, para eu pegar seu telefone e ficarmos em contato. Aí eu conto para você o que meu pai disser.

— Espera — pedi, ao me lembrar de que seu número estava no celular da outra Laia.

Fui até o cabide onde tinha pendurado minha bolsa e tirei meu caderno.

— Anota aqui teu telefone — eu lhe disse.

Abri o caderno e procurei uma página em branco, sob o atento olhar da Laia.

— É um diário? — perguntou.

— Supostamente — respondi —, mas com todo esse enredo já está parecendo um romance.

Ela se apoiou na mesa de jantar para anotar seu número.

— Esperemos que tenha um final feliz — ela disse.

— Você vai ver que sim.

EPÍLOGO

Sua mãe sabe que as histórias não terminam se não chegam ao final

Querido filho, você deve desculpar sua mãe por não lhe escrever há tanto tempo, sua mãe não se esquece de que prometeu escrever todos os dias, ou pelo menos uma vez por semana, mas sua mãe não tem ânimo para manter sua promessa. Você sabe o que costumam dizer, Juan, que a vida continua, e sua mãe teve de ser forte e dar a volta por cima, fazer como se a vida continuasse, pois sua mãe já tem problemas suficientes com seu pai desde que ele decidiu se aposentar e a única coisa que faz é passar o dia inteiro olhando pela janela, como se com isso pudesse fazer o filho voltar.

Apesar de sua mãe ter deixado de lhe escrever, filho, você precisa saber que sua mãe não perde a esperança de que um dia você leia suas mensagens, ou de que já as tenha lido, mas que, por alguma razão que sua mãe não entende, não possa ou não queira respondê-las. Mas sua mãe não lhe escreve para dar nem pedir explicações, você sabe muito bem que sua mãe não é desse tipo de mãe, sua mãe lhe escreve para contar que está em Barcelona, que sua mãe veio a Barcelona a convite de uma fundação para participar de um congresso sobre pessoas desaparecidas.

Se sua mãe for bem honesta com você, Juan, sua mãe deve confessar que aceitar o convite não foi uma boa ideia, sua mãe veio enganada. O pessoal da fundação nunca informou a sua mãe que também viria a família de Valentina, e sua mãe passou o desgosto de encontrá-los de surpresa no hotel. Vieram todos, o pai, a mãe, os dois irmãos, aproveitando-se da fundação para conhecer a Europa, pois você bem sabe que de outro modo essa gente nunca poderia viajar para fora do México. Estavam comovidos, contentes até, dizendo para os jornalistas que o importante era que ninguém se esquecesse da Valentina, que era preciso manter sua memória viva, enquanto para sua mãe, que dizia a verdade, que a única coisa que importa é que você e Valentina apareçam, ninguém ligava a menor importância. Esse é o tipo de coisas que sua mãe tem de suportar, filho, a tolice das pessoas que acreditam que uma lembrança bonita é a mesma coisa que recuperar o filho. Sua irmã avisou sua mãe, quando decidiu recusar o convite, que sua mãe não devia vir a Barcelona se não estava pronta para lidar com essas coisas, seu pai queria vir, mas o cardiologista o proibiu, disse que a saúde de seu pai não está para emoções fortes. Sua mãe considerou que devia vir porque pensou que, se viesse, de algum modo contribuiria para que você aparecesse, mas agora sua mãe sabe que não vai servir de nada. Quando sua mãe percebeu, estava metida em uma conferência sobre valas comuns na Andaluzia, escutando umas pessoas que pediam para identificar seus familiares falecidos na Guerra Civil Espanhola, e agora diga à sua mãe o que isso tem que ver com você e com sua mãe. Nada, filho, nada. E sua mãe também ficou muitíssimo incomodada com a maneira como queriam apresentar seu caso, para começar, junto com o de Valentina e o de uma garotinha argentina que havia desaparecido junto com Valentina, queriam apresentá-los como vítimas de redes criminosas transnacionais que operam com o respaldo dos governos, filho, sua mãe pode não entender muito de política, e muito menos de criminalidade, mas o que sua mãe sabe é que não se pode dizer que alguém está morto enquanto não encontrarem seu corpo sem vida. Claro que sua mãe se negou a participar daquilo e escapou do congresso, sua mãe não podia participar de semelhante espetáculo, sua mãe preferiu dedicar seu tempo a percorrer a cidade, as ruas pelas quais você caminhou, o Paseo de Gracia, tão chique, as Ramblas, tão lindas, tão pitorescas, onde sua mãe tomou uma sangria à sua saúde, a Sagrada Familia, as casas do Gaudí, todas essas ruazinhas enroscadas do Bairro Gótico, onde sua mãe entrou e depois não encontrava a saída. Sua mãe também fez questão de visitar seu apartamento na rua Julio Verne, onde agora mora um casal de alemães muito desconfiados que disseram para sua mãe que não o conheceram e não quiseram abrir a porta.

Pelo menos sua mãe pôde conhecer a Laia, sua mãe e a Laia tomaram um café em uma confeitaria muito elegante que ela escolheu, um local pequeno e bem charmoso, discreto, com porcelana e toalhas de mesa compridas, logo se vê que a Laia sabe mesmo como tratar sua mãe. Lindíssima a Laia, filho, simpatiquíssima, sua mãe entende perfeitamente por que você se apaixonou por ela, se bem que ela não faria mal se fosse ao dentista para que lhe pusessem um aparelho. Como a Laia tem classe, filho, como é educada, a primeira coisa que ela fez foi pedir desculpas a sua mãe por seus pais não estarem presentes, a mãe estava em Nova York fazendo uma bateria de exames e o pai não tem tempo para nada desde que é conselheiro do governo, a Laia explicou para sua mãe que isso é como ser ministro. Mas a Laia não veio sozinha, filho, veio acompanhada de um dos advogados do pai, um senhor muito distinto que se sentou à mesa ao lado para tomar um chá e não se intrometeu em nada, e também levou uma cachorrinha muito fofa, supereducada, que se enfiou embaixo da mesa e logo pegou no sono e não encheu a paciência nem um pouco. A Laia também pediu desculpas pela presença do advogado, e que elegância para pedir desculpas, filho, sem baixar a cabeça, como uma amostra de finesse, e sua mãe claro que lhe disse que não se preocupasse, que sua mãe entendia perfeitamente que as pessoas de sua classe precisam se cuidar porque há muita gente aproveitadora. Uma garçonete de uniforme, como saída do século XIX, veio anotar o pedido, e sua mãe pediu um café com leite e uma tortinha de frutas tão linda que dava até pena comer. Laia pediu só um copo d'água. Um copo d'água! Havia tantas coisas deliciosas na confeitaria, e a única coisa que ela queria era um copo d'água. Ai, filho, sua mãe ainda tem tanto que aprender da etiqueta europeia, sua mãe acabou passando a vergonha de que lhe trouxessem o café e o doce como se fosse uma morta de fome que acabava de descer da serra de Chiapas, por isso sua mãe achou melhor nem tocá-los e os deixou intactos na mesa, para que a Laia visse que sua mãe não é desse tipo de gente.

Ai, filho, sua mãe sabe que você vai aparecer, você tem que aparecer, Juan, tem que aparecer para se casar com a Laia e dar à sua mãe uns netos europeus. Foi isso que sua mãe disse à Laia, sua mãe se comportou com ela de forma digna, otimista, positiva, sua mãe sabe muito bem que as pessoas como a Laia não devem ser incomodadas com coisas sórdidas, você ficaria orgulhoso de sua mãe. Juan Pablo vai aparecer, filha, sua mãe disse à Laia, você verá como ele vai aparecer e vocês se casarão e serão felizes. A pobrezinha desatou a chorar desconsolada, vê-se quanta saudade ela sente de você, não se preocupe que ela vai esperar até que você apareça.

Um verdadeiro sol a Laia, filho, fez valer a pena todas as grosserias que sua mãe teve de suportar, porque depois o pessoal da fundação armou um escândalo com sua mãe porque ela não participava das conferências, como se estivessem cobrando a passagem de avião, e porque sua mãe se negou a assinar uma carta exigindo ao governo da Catalunha e da Espanha que assumissem a responsabilidade por seu desaparecimento e o de Valentina. Muito insolentes essas pessoas, para sua mãe foi uma surpresa muito desagradável descobrir que até na Europa há gente sem classe, gente ordinária, vulgar, sem cultura. Ficaram do lado da família da Valentina e insistiram muitíssimo para que sua mãe assinasse a carta, ameaçaram sua mãe de não pagar a conta do hotel, mas sua mãe não arredou pé. Como é que sua mãe podia assinar uma carta contra o governo da Catalunha agora que seu sogro é conselheiro? Iriam achar que sua mãe não tem princípios, que prefere se aliar com a ralé.

Mas o maior desgosto que sua mãe teve foi hoje cedo no hotel, quando estava tomando o café da manhã e apareceu uma senhora que pediu licença à sua mãe para se sentar à mesa. Sua mãe nem teve tempo de dizer não, porque a fulana se sentou sem esperar sua mãe responder e se apresentou dizendo que era a pessoa que havia tentado várias vezes falar com sua mãe por telefone, mas que sua mãe se negara, que havia falado com seu pai quando ele veio a Barcelona para procurar por você, e que seu pai com certeza falara com sua mãe sobre ela, que se chamava Laia, que antes era policial e conhecera Valentina e a ajudara a procurar por você logo depois que desapareceu. Claro que sua mãe sabia quem ela era, aquela fulana que encheu a cabeça de seu pai de tolices, que veio com a história de que seu desaparecimento estava ligado à morte de seu primo Lorenzo, que supostamente seu primo o comprometera com uns criminosos que lavavam dinheiro do narcotráfico, por mais absurdo que pareça. Foi isso que acabou de amargurar seu pai, filho, você não sabe como ele voltou de Barcelona, como um louco, brigou com seus tios, caiu na conversa daquele insolente que dizia que você lhe devia vinte mil pesos, e a única coisa que conseguiu com isso foi que o sujeito lhe arrancasse mais de cem mil, e até chegou a ir à prisão visitar o chofer que atropelou seu primo. Sua mãe não quer que você se preocupe com isso, nem o está culpando de nada, filho, mas seu pai já não é o mesmo, seu pai sempre foi uma pessoa difícil, mas agora ficou impossível, fechado em seu delírio persecutório e nas teorias da conspiração que essa fulana lhe enfiou na cabeça. Sua mãe solicitou a ela que por favor se retirasse, que não estava disposta a suportar as fantasias que ela andava contando a todo mundo, essa história que tem Valentina como a heroína que desapareceu por tentar salvá-lo. Sua mãe lhe pediu que fosse embora com educação, mas essa gente não tem educação, a mulher ignorou sua mãe e começou a lhe passar sermão, dizendo que ela não julgava sua mãe por não querer encarar a verdade do que havia acontecido, que ela sabia que sua mãe no fundo era uma boa pessoa que negava a realidade porque não podia suportar a dor de perder o filho, que sua mãe tinha direito a defender sua memória e a honra de sua família, mas que sua mãe não podia ser egoísta, que sua mãe não podia pensar somente em você e em sua família, que sua mãe também deveria pensar em Valentina e na garotinha argentina, que, se sua mãe continuasse a se negar a cooperar, os culpados ficariam impunes, que isso ia além de você e de seu primo Lorenzo, que ao fim e ao cabo também haviam sido vítimas. E que o mais triste de tudo era a garotinha argentina, a fulana ousou dizer para sua mãe, como se a vida de uma menina, por ser pequena, valesse mais que a sua, que o único pecado da menina, dizia, que sua única culpa havia sido ser cuidada por Valentina, que Valentina fosse sua babá. Mas quem essa fulana pensava que era para falar assim com sua mãe?! E ela dizia tudo isso com uma veemência muito violenta, Juan, sua mãe teve de fazer um esforço sobre-humano para não lhe atirar na cabeça o iogurte que estava tomando, sua mãe realmente não entende como seu pai pôde dar o mais mínimo crédito a essa mulher, que está louca, e a seu pai não bastou saber que ela foi até desligada da polícia, que na polícia a submeteram a um exame psiquiátrico e deu que a fulana tinha surtos de psicose, de paranoia, de megalomania e não sei mais o quê, e que as supostas provas que ela alegava, um romance que segundo ela você estava escrevendo e em que contava tudo o que havia acontecido, nunca as mostrou, dizendo que as roubaram. Quem explicou tudo isso para sua mãe foi o chefe da polícia catalã, porque seu pai esperneou tanto, incomodou tanto a embaixada e o consulado, que o chefe da polícia em pessoa telefonou para sua mãe para lhe dizer que essa mulher estava desequilibrada, que ele entendia e respeitava nosso desespero, mas que a pior coisa que podíamos fazer era depositar nossa confiança em uma pessoa que só queria se aproveitar de nossa dor. E ele então explicou para sua mãe que com as acusações dessa fulana não era possível sequer abrir uma investigação, que a fulana dizia que era preciso localizar um chinês, e nem sabia o nome desse chinês, imagine você, um chinês, quando no mundo há bilhões e bilhões de chineses, todos iguaizinhos, e a mesma coisa com tudo, que ela não apresentava detalhes de nada, que eram só acusações vagas, e que a única pessoa que puderam identificar era um vagabundo italiano que havia morrido de overdose de heroína antes que você e Valentina desaparecessem. O diretor da polícia disse que, de qualquer modo, há uma investigação aberta por seu desaparecimento, que a polícia catalã fará todo o possível para encontrá-lo, embora haja muitas pessoas que nunca aparecem, e isso também não quer dizer que estejam mortas, as pessoas são estranhas, o chefe da polícia disse a sua mãe, nunca chegamos a entender por que há pessoas que dizem que vão comprar cigarro, ou levar o cachorro para passear, e nunca voltam. Sua mãe achou que era uma pessoa muito sensata, e seu pai não se cansa de insultá-lo, de acusá-lo de estar acobertando não sei que fantasias, incluindo o pai da Laia!, ainda bem que o pai da Laia é uma pessoa muito compreensiva, do contrário já teria denunciado seu pai por difamação e por todas as injúrias que diz a qualquer jornalista que lhe apareça pela frente.

Sua mãe pediu à fulana que parasse, esclareceu que sua mãe estava a par de seus desvarios, que o chefe da polícia tivera a gentileza de pô-la de sobreaviso. A fulana pegou nas mãos de sua mãe, filho, totalmente descontrolada, e lhe pediu que por favor acreditasse nela, confessou que se sentia culpada por não haver dado ouvidos a Valentina, por não ter-se dado conta a tempo de que ela realmente corria perigo. Sua mãe considerou que já era suficiente, que a fulana estava indo longe demais, e se levantou e se retirou para seu quarto sem fazer escândalo, sua mãe não queria lhe dar o gosto de ver sua mãe perder a compostura.

Perdoe, filho, que sua mãe lhe conte todas essas coisas horríveis, sua mãe não queria lhe escrever para isso, sua mãe queria escrever para contar que, apesar de tudo, foi muito bonito vir a Barcelona, para dizer que sua mãe sabe que você vai aparecer, que sua mãe nunca perde as esperanças, sua mãe sabe que as histórias não terminam se não chegam ao final, que você ainda tem muito o que viver, não pode deixar sua história pela metade, filho, as histórias precisam de um final, um final feliz, ou infeliz, mas um final, e você não pode deixar sua história pela metade. E se você não aparecer nunca mais, filho, se sua mãe nunca voltar a vê-lo, Juan Pablo, pelo menos restará a sua mãe o consolo de saber que você passou seus últimos dias nesta cidade tão linda.

A Andreia, Cristina, Maricarmen, la flaca, Marifer, Iván, Chico, Jorge e Manuel (na Universitat Autònoma de Barcelona), a Mousie, Cristian, Fito e Manolo (na Julio Verne), a Paula, Tere, Ana, María e Topi (na Universidad Veracruzana), a Manuel e Javier (em Guadalajara) e a Rolando e toda a família Villalobos Alva (em Lagos de Moreno). Só eles sabem quanto de verdade há nestas páginas. Ninguém precisa acreditar em mim.

Nos diários de Valentina são citadas passagens do "Diario de Escudillers", de Sergio Pitol, incluído em *El arte de la fuga*. Alguns diálogos de Alejandra contêm versos de Alejandra Pizarnik e Oliverio Girondo. O título do filme *Psicólogas na frente e safadas por trás* aparece por cortesia de Juan Antonio Montiel.

Peço de antemão desculpas à minha mãe se por acaso algum leitor desavisado chegar a pensar que a mãe do Juan Pablo Villalobos deste romance tem alguma semelhança com ela. Desculpe, mãe.

Este romance não existiria sem uma conversa que tive com Jordi Soler na esquina das ruas Bailén e Consell de Cent, numa tarde de outono. Te devo um romance, Jordi.

Milhões de obrigados a Andreia Moroni, Cristina Bartolomé, Teresa García Díaz, Paula Casasa, Javier Villa, Iván Díaz Sancho e Aníbal Cristobo, que melhoraram significativamente o manuscrito deste romance com suas apreciações.

ESTA OBRA FOI COMPOSTA EM ELECTRA PELO ACQUA ESTÚDIO E IMPRESSA PELA GEOGRÁFICA EM OFSETE SOBRE PAPEL PÓLEN SOFT DA SUZANO PAPEL E CELULOSE PARA A EDITORA SCHWARCZ EM JUNHO DE 2018

A marca FSC® é a garantia de que a madeira utilizada na fabricação do papel deste livro provém de florestas que foram gerenciadas de maneira ambientalmente correta, socialmente justa e economicamente viável, além de outras fontes de origem controlada.